啄木鸟·红色侦探系列

"心战专家"落网记

东方明 魏迟婴 著

群众出版社
·北京·

目　录

港商雇凶杀人案 ·· 1

　　广州解放初期，一位开明绅士在晨练途中遭遇不测，身上的财物被洗劫一空。现场看上去像劫财杀人，但鉴于死者的特殊身份，警方在开展常规刑事调查的同时，另设专案组，调查死者是否死于政治谋杀。警方发现此人的社会关系极为复杂，在政界和商界人脉极广，甚至和两广地区大大小小的帮会都有密切往来……

"心战专家"落网记 ·· 52

　　1950年夏，上海警方接到线报，一名由台湾特务机关指派的"心战专家"将秘密潜入内地，执行特殊任务。情报内容仅限于此，关于这个"心战专家"的任何具体信息，警方一概不掌握。在社情复杂、人海茫茫的大上海，这该从何查起？警方千辛万苦找到一个知情人，不料知情人又遭灭口……

春城窃枪案 **101**

  昆明解放初期，公安机关为整顿治安，大力收缴民间的枪支弹药。这时，有人举报一个货栈老板私藏武器。这个货栈老板交游广阔，在境内外的黑道上都说得上话，警方本打算将其作为一颗棋子，必要时为我所用。因此，对他私藏武器行为的处理，必须慎之又慎。不料，这位老板却上门报案，说他私藏的枪支被盗了……

鹭岛碎尸案 **151**

  1950年秋，厦门市"军招"公寓楼202室，旧住户已搬走，新住户未搬入，两件行李无人认领。行李被警方打开，里面竟装着一具无头碎尸。被害人是谁？为何惨遭碎尸？凶手为何将碎尸送至此地？鹭岛碎尸案，搅动历史的风尘，讲述着一段令人唏嘘的往事。

津门连环命案 ·· 199

1958年冬，天津市一个普通家庭的两个孩子接连被毒杀。天真无邪的孩子为何会成为凶手的目标？两起案件作案手法相似，毒药成分相同，警方怀疑是同一凶手所为。岂料，真凶落网，却让警方目瞪口呆。津门连环命案的悲剧，是人性之恶培育出来的恶之花。

港商雇凶杀人案

一、晨练被害

1950年2月27日。广州市。

二十世纪五十年代的第一个春节来得晚，这天才是农历正月十一，星期一。对位于小北区的解放军四野十五兵团野战医院的军医们来说，这两天真够他们忙活的。午夜刚过，驻在郊区的四十四军某部发生营房（破旧祠堂）倒塌事故，正在酣睡的官兵被埋在废墟里，当场死亡六人，数十人受伤，其中十七名重伤员被急送兵团医院救治。军医们一直忙碌到早晨六点多，十七名重伤员总算都脱离了危险，领导安排三名军医值班，其余人都去休息。哪知，值班军医还没来得及吃点儿东西填填肚子，一阵喧哗伴随着急促的脚步声由远而近，一个躺在门板上的血人被七手八脚抬了进来。

新中国成立伊始，与国民党军队的局部战事尚在进行，再加上大规模的剿匪行动，解放军部队还有一定数量的伤亡，所以，根据规定，野战医院通常是不对地方提供医疗服务的。不过，出于革命人道主义以及军民关系的考虑，一旦有患急症的病人来求救，部队医院一般不会推脱，甚至连患者是否有支付医药费的能力都一概不问。现在被抬来的这个伤员的情况就是这样，抬人和护送的都是老百姓，看伤员的衣着打扮也是老百姓无疑，但医院方面什么也没说，军医立刻接诊，把伤员直接送进手术室。

伤员被抬上手术台的时候，心跳、呼吸、脉搏都已停止，瞳孔也无反应。尽管如此，军医们依然全力抢救，不过最终还是回天无力。军医打开手术室门时，外面已经多了两个人，不是老百姓，是接到群众报案后赶来野战医院的广州市公安局小北分局刑警。军医向刑警简单介绍了抢救过程，把两人领入手术室去看了看死者。刑警随即用野战医院的电话向分局报告了情况。过了一会儿，分局刑侦队队长李宝善和市局的蒋法医匆匆赶到医院。

蒋法医就在野战医院的手术室对尸体进行了解剖。死者腹部被尖刀刺中，导致肝脏破裂而亡，凶器是一把宽约2.5厘米的双刃尖刀。死者的衣服、鞋帽完整，全身无其他创口或者诸如皮下毛细血管破损之类的伤痕。蒋法医因此认为，死者是在毫无防范的情况下猝然遭到袭击，一刀毙命。

死者是什么人呢？其衣服口袋里只有一串钥匙，没有其他可以表明身份的诸如证件、钱包等物品，所以一时难以判定。接到群众报告最先赶到医院的那二位刑警正在作记录时，死者家属由管段派出所所长陈景斋陪同着来医院了。刑警一看陈所长，顿时一个激灵：莫非这个死者并非寻常百姓？

刑警的估测是对的，这起命案的被害人果真不是寻常百姓，而是一位开明绅士——

死者名叫张友菊，祖籍广州。广州是中国最早的对外贸易口岸。清康熙年间，朝廷规定对外贸易"仅限于广州一口"，于是就有了著名的"广州十三行"——官府特许经营对外贸易的商行，也叫公行、洋行、洋货行、外洋行。号为"十三行"，却非固定的十三家。张家祖上就是周旋于十三行的牙客（经纪人），代代传承，一直干到清嘉庆二十五年（1820年），鸦片及各项商货走私贸易兴起，十三行开始没落，张家于是干起了走私。十几年干下来，赚了个盆满钵溢，遂金盆洗手，开商行做起了合法买卖。到光绪年间，张家已经进入了羊城富商名录。张友菊的父亲张执瀛对经商缺乏兴趣，只是喜欢读书。家里干脆刻意培养，不过张执瀛天赋也有限，一直停留在举人功名上原地踏步。好在家里有的是银子，就花钱给他捐了个六品候补，候了几年，又花银子补了实缺，在上海海关做了个协管税务的从六品官员。张友菊就是其父在沪当官期间出生的。

张执瀛的心思并不安分，在海关干了十年，越来越觉得无聊，于是辞去官职。去干什么呢？经商？不，他竟对帮会产生了兴趣，结交了一批帮会人士，后来辛亥革命时期的风云人物如陶成章、陈其美、宋教仁等都是他的朋友。折腾了一阵，受朋友影响，便东渡日本留学，还把夫人、孩子都一起带去。在日本，张执瀛结识了孙中山，参与了组建同盟会的工作，还捐了一万两千银元支持革命。

在张执瀛进行上述活动时，张友菊正处于少年往青年成长的阶段，他也有着跟父亲相同的不安分的性格。再说当时即使在日本从事革命工作，也是受到日本警方监视的，与国内一样同属于秘密活动，因此有时需要未成年人送信送物或者相帮望风什么的，张执瀛就引导张友菊参与一些活动。张友菊对这种冒险很感兴趣，跑东跑西特别积极。1908年，蒋介石去日本留学并加入同盟会，比其小三岁的张友菊就奉命给蒋提供过帮助。

辛亥革命前夕，追随孙中山流亡海外的张执瀛奉命回到广州，准备建立秘密据点，可惜由于旅途劳顿，还没来得及行动就突发脑溢血身亡。不久，孙中山出任中华民国临时大总统，念及张执瀛的功劳，追授其为"义烈将军"。二十二岁的张友菊则被推举为广东省议员。张友菊其实对政治并无多大兴趣，只参加了一次预备会议就辞去职务，改向实业发展。他创办了贸易公司、工厂、农场各一，不但亲自管理，还去车间、田间参加劳动。不过，那不安分的性格依旧没有改变，像他父亲那样，他对帮会活动甚感兴趣。以其此时的声望和背景，帮会自是极表欢迎，不但广东地面，就是湖北、湖南、江苏、上海的帮会都跟他有联系。

按说以张友菊的条件，若想经商发财，那肯定是蛮容易的。可是，他对发财的概念却是有时清楚有时糊涂，糊涂时经常坐失良机，清楚时虽然获利不菲，但因为生性大方，又是援助朋友又是搞公益事业，自己的积蓄有限。到了抗战前夕，张友菊的产业还是公司、工厂、农场各一。全面抗战爆发后，其公司、工厂均在空袭中被毁，农场被日军征用为军马场。日军得知张友菊早年的旅日经历以及跟国民党政要的关系，如获至宝，派员数次登门要求他出山担任伪职，汪精卫、陈璧君说来跟他也是熟人，配合日军再三致函、来访，要求他参加"曲线救国"。张友菊的态度是有客来访，殷勤接待；收礼还礼，互相抵消；收到函件，及时回复。礼数上绝对到位，事儿却是回绝。

以张友菊的社会关系，无论是抗战前还是抗战时期，他都能办一些在别人看来比登天还难的事情。所以，他经常接受各方——中共地下党、游击队、国民党"军统"等特务机关、帮会甚至土匪强盗的求助，或资助，或营救，或掩护，或转移，给予力所能及的帮助。不过，抗战胜利后，他对国民党的腐败、独裁很是反感，政治观点上开始较大幅度地倾向于中共和民主进步阵营。1949年10月广州解放后，出任广东省首任省政府主席的叶剑英首次邀请参加座谈会并宴请的二十位民主人士、爱国绅士的名单中，张友菊名列第七。

新政权对张友菊是比较器重的，原拟让他担任省政协委员，参政议政，为建设新中国发挥作用。可是，张友菊的身体不佳，长期患高血压，广州解放前三个月还中过风，幸而救治及时，没落下什么后遗症。因此，原本就对政治、权势比较淡泊的张友菊婉拒了新政权的邀请，说自己目前最要紧的是调养身体，只有把身体养好了才能考虑其他。他接受一位老中医的建议，除了注意饮食外，还要适当运动，每天早晚两次去附近的小公园——逍逸园散步。而他被害的地点，就是在公园后门附近。

张友菊倒地后，很快被两个晨练的群众发现。两人高声惊呼，引来了不少路人。当时张友菊还没有断气，只是已经不能说话了。大伙儿赶紧找了块门板把他抬往附近的野战医院，另有人奔派出所报告并通知张友菊家属。

广东省公安厅厅长兼广州市公安局局长陈泊获知张友菊遇害的消息，当即向其副手、市局副局长陈坤下令：由市局与小北分局精干刑警组成专案组着手侦查该案，尽快抓获凶手。

陈坤立刻行动，在小北分局刑侦队队长李宝善尚未完成现场勘查时，专案组成员中的市局刑警就已经赶到了。陈坤一见李宝善就告诉他："你已被任命为专案组副组长，配合组长、市局刑侦处谭祖德副处长开展对本案的侦查工作。"

现场勘查的收获仅仅聊胜于无。逍逸园后门外是一条与马路相连的六尺宽的便道，便道一侧是杂草丛生的荒地，另一侧是原国民党军队的军需物资仓库，由我军接收，里面剩余的物资准备稍后移交给地方，留了七八名伤残战士看守。从马路那边走过来，顺着军需仓库的高墙拐个弯，二十米开外就是逍逸园的后门。张友菊就是在拐过弯后遭遇凶手的。现场是泥地，因昨天傍晚下过雨有些潮湿，行人路过会留下脚印。遗憾的是，发现被害人后，前来看热闹的人很多，到派出所陈所长、民警小周接到报警赶到现场时，泥地上的脚印已经层层叠叠，根本无法分辨了。

刑警走访了留守军需仓库的几个伤残战士，问他们听见了什么动静没有。这些伤残战士已经接到通知准备退伍回家，说是看守仓库，其实是一种临时安置，尽管手头还有武器，但已经不再进行训练，白天晚上都不站岗，与仓库一墙之隔的这条土路上发生命案时，他们还没起床。年轻人睡得熟，哪里听见过什么动静？

陈坤副局长听李宝善简单汇报了上述情况后，问死者身上携带了什么物品，比如钱包、手表之类。李宝善说还没接触过家属，尚不清楚。于是，陈坤便命司机驱车前往野战医院接一两位家属过来。这边，刑警进入逍逸园，向每个晨练者询问当天以及之前三天内清晨来公园时是否看到过可疑人员。一番访查下来，毫无收获。

这当口儿，陈坤的司机已经把张友菊的女儿张芝琼接来了。据张芝琼说，其父出门时身上总是带着以下物品：钱包、18K金表、金笔、钥匙，左手无名指上还戴着一枚24K黄金板戒。而他被送到野战医院时，身上仅剩下一串钥匙了。刑警随即问了还在现场的那几个最早发现张友菊出事并把张友菊抬往医院的群众，他们有的说没有留意，有的说手上肯定没有戴戒指，有的则说衣服口袋里肯定没有插钢笔。因此，刑警初步认定死者身上携带的上述物品被案犯掠取。

陈坤副局长参加了专案组的首次案情分析会，不过他并未发表什么观点，只是坐在一旁静静地听着大家发言。众刑警的看法基本一致，认为本案是一起以谋财为目的的杀人案。根据法医检验推断，案犯应该是在张友菊未到达现场时就已经埋伏在墙角拐弯处，候得张友菊抵达时迎面将其堵住，持刀威胁其交出钱财。张友菊可能试图反抗或者意欲呼喊，案犯情急之下便把对准他腹部的尖刀往前一送，在其倒地后迅速实施抢劫，然后逃遁。从作案手法来看，这个案犯应该有前科。

专案组认为，案犯埋伏在现场对张友菊实施抢劫，说明他已经铆准了这个作案对象，所以该犯在下手前几天很可能在逍逸园或者死者从住宅到逍逸园的路上特意盯梢，这是一个侦查方向；另外，就是对张友菊被劫的物品进行布控，并调查全市是否有黑社会分子之类的家伙暴富挥霍的。

二、发现凶器

专案组有个留用旧刑警叫麦达荣，四十出头，已经干了二十二年刑侦活儿。此人如果搁在六十多年后的当今，应该属于刑侦情报条线。不过本案发生时，刑事侦查的分工还没有那么细，所以尽管他的大部分时间花在刑侦情报工作上，但还是大路货刑警，不管在旧政权还是新政权警察系统，除了搞情报，他还要像其他刑警一样蹲守、追捕、搜查。不过，麦达荣在搞情报这一块儿是出了名的，所以广州解放后中共一接管公安局，广东公安的最高领导陈泊就接见了他，勉励一番，然后把他派给了广州市公安局副局长之一陈坤。这次，陈坤受命主持侦破张友菊命案，在考虑专案组人选时，自然就想到了麦达荣，点名让他参加专案侦查。

麦达荣搞刑事情报确实有一套。专案组诸刑警受命分头布控或者查摸线索，隔日，即3月1日上午上班时，麦达荣就向组长谭祖德报告了一条线索：惠福区有个叫史静娟的暗娼，昨晚跟几个姐妹去"云峰戏院"看完戏吃夜宵时，说她碰到了一桩好事儿，一个曾经因要求打折而被她拒之门外的小混混儿下午付给她宽衣解带的代价竟是一块金表。

谭祖德马上追问："确实是金表吗？有人看到了吗？"

麦达荣说："不止一个人看见了，当时那几个女子还互相传看过。"

谭祖德当即下令把史静娟悄悄请到公安局。

史静娟，三十岁，广州郊区人，出生于农民家庭，原姓黄，过继给广州市区一个做海产品生意的老板后随干爹姓了史。史老板夫妇没有生育，把史静娟当亲生女儿看待。所以，童年时的史静娟过着远比她家乡农村同龄孩子滋润得多的生活，史老板还供她上学，一直读到小学毕业。这个文化程度当时已经算是可以的了。然后，史静娟就在干爹的海鲜行里帮着干些司磅、记账之类的活儿。干了四年，史老板交了厄运。1938年秋，日军侵占广州，他的海鲜行被烧毁，夫妇俩连同史静娟只好去了乡下，幸亏还有积蓄，但生活质量一落千丈。次年，十九岁的史静娟嫁给了同村童老财的儿子童大年。童大年是个西医，早年是去日本学的医术，回国后开了家诊所。日军侵占广州后，有两个日本军医是童大年当年留学日本时的同窗，二人上门邀请，童大年就去日军医院当了一名军医。这种情况当时是比较罕见的，引起了很多人的议论，自是骂他汉奸。

两年后，童大年随日军野战医院前往广西前线，不久传来了失踪的消息。接着，史老板夫妇先后染上瘟疫去世，史静娟就一个人回到广州过日子。她在一所小学谋了份差事，一边教书一边等丈夫回来。一直等到抗战胜利，也没等到童大年的音信，而她的教师饭碗却因"汉奸眷属"的身份丢了，只好靠做点儿小买卖过日子。精神空虚加上物质缺乏，长得稍有几分姿色的她就干起了暗娼营生。

广州那些喜好寻花问柳的主儿们中颇有一些对史静娟产生了兴趣，于是纷纷登门。不过，史静娟对接待对象却是有讲究的，一是收费不低，而且没有固定价格，随行就市，妓院涨价她也涨；二是对接客对象有选择，她看不上眼的即使愿意支付数倍钱钞也拒之门外。渐渐，史静娟就有了若干相对固定的对象，一月之中就接待那几个主儿。由于收入还不错，她小生意也不做了，靠出卖皮肉挣钱，不接客时就和一班跟她从事同一行当的姐妹们喝茶聊天。用她自己的话说，小日子过得也别有一番滋润。

不过，这种滋润到广州解放后就打了折扣。这倒不是人民政府干涉，建国伊始百废待兴，政府一时还顾不上取缔妓院，更别说对付像史静娟这样的暗娼了。她原来的那些固定接客对象中，一半以上都是军警特务，或是流氓恶霸，新旧政权更迭之际，这等角色要么逃之夭夭，要么落网进了局子，即便有侥幸没被收入法网的，也绝无逍遥之心，东躲西藏还来不及，哪还敢跟暗娼来往？如此，史静娟的收入大为减少，只好放低身价，原先看不顺眼被拒之门外的对象也勉强接纳了，价钱出得低些的也让其进门了。这样的风声一传出去，登门"拜访"的主儿又渐渐多了。

半月之前，来了一个青年混混儿，这人姓王，小时候不注意卫生患过黄癣，即民间所说的"癞痢"，因此得了个"王癞子"的绰号。这人说起来跟史静娟还算熟人。十余年前史静娟刚嫁给童大年时，王癞子的癞痢头还没治好，经常跑童氏诊所请童大年治疗，史静娟那时在诊所帮丈夫打杂，自然跟王癞子有点儿接触。后来，这二位的境遇都发生了始料不及的变化，史静娟由医生太太、小学教师堕落为暗娼，王癞子呢，则由茶叶店小开变成了一个地痞混混儿。

王癞子听说史静娟成了暗娼，对这个比他大五六岁的"史姐"产生了兴趣，于是登门求欢。他愿意付钱，不过手头拮据，想跟史静娟商量打个折。史静娟呢，一想起这主儿曾经患过癞痢头就倒胃口，便以钱钞太少为由把王癞子拒之门外。这种事儿对于史静娟来说是经常发生的，把人撵走了事，转眼就忘了。哪知，王癞子对她却是念念不忘，昨天下午忽然登门，拿出一块18K金表相赠。这自然就是嫖资了。史静娟这几天没人登门，看着这块价值显然可以抵数次接客之资的金表不禁就动了心。不过有条件，她对王癞子说，就今天一次，以后恕不接待！

专案组副组长李宝善把麦达荣带来的那块金表翻来覆去反复端详，认定这是一块颇值些钱钞的真货，寻思这表可能真是张友菊被劫的那块，就问麦达荣："那个王癞子是否跟姓史的女子说过这块表的来路？"

麦达荣说："我问了，她说没问人家。"

往下就该调查王癞子了。这主儿跟麦达荣住一个区，属于两个派出所的管辖范围，不过两人的住所只有七八分钟路程。麦达荣带了两名刑警先去了管段派出所，一打听，派出所民警都知道王癞子其人。这个二十三岁的青年原是茶叶店小开，六年前茶叶店失火，其实火势不大，不过救火时水龙头总归要喷的，火被喷灭了，茶叶也统统报销了。王癞子的老爸王老板又气又急，生了一场大病，待到治好，家里的积蓄也花得差不多了。这样，正在读初二的王癞子被迫辍学，请人介绍找了份工作。但他不是个肯安分的人，干了没几个月就离开了。之后，又结交了一帮痞子，干起了敲诈勒索、坑蒙拐骗的营生。他那初二文化在上世纪四十年代后期的痞子中也算是凤毛麟角，就负责躲在背后出谋划策摇鹅毛扇。

广州解放后，情况发生了变化，人民政府为劳苦大众撑腰，那些被他们当成作案对象的劳动人民底气足了，敢于反抗了，一旦发生纠纷就去派出所，警察肯定是支持劳苦大众的。痞子们不得已改变策略，开始行窃。目前已掌握的线索表明，最近派出所管段内发生的十七起盗窃案件中，至少有一半与王癞子这伙痞子有关。

刑警把王癞子传唤到派出所，问了他去找史静娟的事儿，他一口承认，说过之后似乎生怕刑警对法律规定不尽了解，特别强调他跟史静娟的这种行为是合法的，因为两人都没有配偶，属于"两情相悦"，没准儿往下就结成夫妻了也说不定啊。刑警问："那么金表又是怎么回事呢？"

这主儿却是一脸惊奇地反问："什么金表啊？我不明白。"

"不明白？你小子伸长了耳朵听着，我们这里有史静娟的陈述笔录，必要时还可以让史静娟跟你当面对质！"

王癞子还是一脸的不以为然，直到听刑警说那块表上有他的指纹，这才承认确实是他给史静娟作为嫖资的。至于来路，他说是昨天上午一个姓金的哥们儿送来的，不是赠送，而是用来偿还赌债，作价三十万元（此系旧版人民币，一万元合新版人民币一元，下同）。他拿到手后立刻去钟表店估价，师傅说的确是18K金表，德国货，市面价格大约在八十至一百万元之间。

刑警把王癞子寄押在派出所，又去找那个姓金的痞子。金痞子承认这块表是他参与一起盗窃案时给人望风所得的报酬。刑警听着心里一凉，忙问那是几时的事儿。金痦子扳着指头算了算，说至少有一个星期了，是另外两个痦子庄亮津、忻予笙邀他去沙面那里的一处民宅作的案。庄、忻两人爬院墙进屋子，具体窃得些啥东西他不清楚，出来时给了他这块金表。

当时广州市一共有二十个城区，沙面是其中之一。刑警随即往沙面分局打电话了解，对方说2月22日晚上该区确实有户居民遭窃，次日早晨方才发现，失窃财物七件，都是男女主人临睡前放在卧室床头柜上的首饰、钱包之类。

刑警请沙面分局联系了失主，经辨认，那块金表的确是男主人被窃之物。该案遂移交沙面分局处置。对于沙面分局的刑警来说，那自然是一个意外之喜，可对于专案组刑警来说，这条线索就断了。

不过，当天下午专案组又获得了另一条线索：有人在逍逸园内的沟渠里捡得一把尖刀！

逍逸园原是一个南洋华侨在1900年回广州老家定居时出资购买土地建造的一座私人花园，不大，占地两亩，园内除了一幢三层洋房外，其余的就是假山凉亭、小桥流水，还有一个可供垂钓的池塘。池塘和园外的河流有一条一米多宽的沟渠相通，以保证池塘有活水。1938年秋日军进逼广州时，逍逸园的主人看看势头不对，立刻打点细软携家带眷去了海外。不久日军侵占广州，逍逸园成为日军高级军官的寓所，直至抗战结束。国民党方面接收逍逸园后，以为原主人会回国居住，因此也未作处置。哪知原主全家这一去，竟犹如断线风筝，再也不见影踪。几个月后，接收官员便安排了十来个单身属下入住该园，作为集体宿舍。可是，据说园里时常闹鬼，他们只住了一个多月就搬离了。国民党市政府遂决定把逍逸园辟作免费开放的公园，当时没有园林管理机构，就划归社会局管理。广州解放后，逍逸园仍是公园，新政权不设社会局，就交民政局暂管。

这天下午，有游客进园游玩时，一不小心把钥匙串掉进了沟渠，就向花匠老韦借来长竹竿打捞，结果意外捞得了一把尖刀。老韦马上想到了前天发生在逍逸园后门外的那起凶杀案，当下钥匙也顾不上捞了，骑了自行车把尖刀送到了派出所。专案组接到派出所的电话，组长谭祖德立刻叫上刑警朱水生、程炽，三人一起前往查看。

那把尖刀刀身连柄长20厘米，双刃，精钢打就，极其锋利。蒋法医的尸检报告上说死者身上的创口深11厘米，宽2.5厘米，谭祖德用尺子一量，从刀尖到刀柄正好11厘米，再量宽度，正是2.5厘米。于是认定这把刀就是案犯用来杀害张友菊的凶器。当时新中国公安的刑事勘查手段、检验技术不过如此，不可能再进行更进一步的科学鉴定了。

谭祖德、朱水生、程炽三人在派出所民警陪同下去了逍逸园，查看打捞起凶器的沟渠。三刑警寻思不知凶手是否还把其他什么物品扔进沟渠了，便脱了鞋袜下到沟里仔仔细细掏摸了一遍，没有发现其他物品。

当晚，专案组开会对此进行了讨论，一致认为案犯行凶后，并未马上逃离，而是从后门进入公园，把凶器丢进了沟渠，然后从前门逃遁。

于是，专案组找到了新的调查方向：全组出动，分头走访花匠、晨练者和公园前门外马路上的住家、商贩和路人，指望获得破案线索。

三、五个嫌疑对象

本案的情况有些特殊，在市局组建的专案组开展侦查的时候，另一个由省公安厅政治保卫处六名侦查员组成的专案组也在进行调查。

前面说过，张友菊父子两代都有着非同一般的社会关系。张友菊之父张执瀛自不必说，就是张友菊本人也颇为了得，二十二岁就已是广东省议员，只不过他对政治缺乏兴趣，才没有在仕途上更进一步。而他的社会关系之广泛、结交的权贵之多，在民国布衣中当属凤毛麟角。正因为张友菊是布衣百姓，所以那些具有政治背景的朋友们对他并不设防，在中共统战部门眼里他是属于跟人家说得上话、捎得上信的那种人，比较适宜开展统战工作，发挥桥梁作用。

早在广州解放前夕，张友菊就已被北京圈进了可以协助政府进行秘密统战工作的民主人士名单，张友菊属于其中的"无党派进步人士"。广州解放后，广东省相关部门受北京委托，派员不公开拜访了张友菊，之后又多次悄然约见。几次谈话进行下来，组织上对张友菊的政治态度、社会关系有了透彻的了解，认为他可以为国家做一些特殊而有益的工作。而张友菊也非常乐意为祖国统一出力。

两个月前，广东方面根据北京指令，派员跟张友菊探讨与台湾一位掌握相当权力的官员的岳丈取得信函沟通的可行性。张友菊表示，让他进行这种沟通没有问题，根据他家两代人尤其是其已故父亲与对方的交情，对方多半是会作出回应的，而且他非常愿意接受该项使命，会为此尽最大的努力。于是，1月下旬，张友菊以"探亲访友"的名义悄然去了一趟香港。张家在香港、澳门、台湾以及国外的亲朋好友甚多，光在香港的就有三十多位。他在香港逗留了一周，见了一些亲戚朋友，其中有一位开布店的杨老板就是那个台湾高官在香港的私人代表，北京方面的信件通过杨老板转给了那位官员的岳父。

春节后，张友菊收到了一封香港来函，是那位官员岳父的亲笔复函，对方用隐晦曲折的措词表示愿意为海峡两岸的接触沟通做些撮合工作。张友菊把这封信交给了广东那位联络员，几天后，联络员以拜晚年为名前往张宅向张友菊转达了北京对他的谢意。对于张友菊来说，这是国家对他所做工作的肯定，自是高兴。

可是，就在张友菊根据联络员的要求准备再次前往香港的时候，却横遭不测。张友菊不幸遇害的消息当天即由广东方面报告北京，北京有关方面连夜发来密电，要求中共广东省委指令省公安厅政保部门对该案进行调查。广东省公安厅政保处根据省委命令，抽调侦查员组建了另一个专案组。

省厅专案组侦查的着眼点是张友菊的被害是否与其身负的秘密使命有关。市局、省厅两个专案组各自开展工作，之间不发生横向联系。

省厅专案组组长唐博是延安时期的中央社会部培养的保卫工作者，陈泊的老部下。他原在江西省公安厅从事政治保卫工作，去年秋天中央决定委派叶剑英主政广东，陈泊由叶剑英点名调广东主持公安工作，唐博于是随陈泊来到广东。当时广东省的政保工作以广州市为主，唐博自去年10月广州解放参与接管旧政权辖下的广东省警察厅后，主持了两起敌特案件的侦查，小有成就，并积累了若干新形势下隐蔽战线对敌斗争的经验。这次受命主持张友菊命案省厅专案组的侦查工作，经与专案组其他侦查员研究，认为省厅专案组的调查重点应是张友菊自接受北京下达的特别使命至被害前这一阶段的社交情况，特别是他奉命赴香港执行那桩秘密使命后跟哪些人有过交往。省厅专案组认为，如果张友菊的被害确实跟其所执行的那桩秘密使命有关，那么肯定可以从被害人最近的交往对象中找到破案线索。

省厅专案组随即对张友菊的社交情况和最近的交往对象进行了秘密调查。张友菊整个人生中的社交情况有很大变化：他年轻时尽管于政治缺乏兴趣，于仕途也颇淡泊，可是由于性格和家庭背景、生活环境的原因，社交范围很广，交往对象甚杂；辞去省议员职务从商后，交往对象以商人为主；待到办起了农场，又和一些从事农业科学研究的知识分子交上了朋友；抗战时期，他的交往对象减少了，被迫沾上了政治色彩，前面说过，他跟汪精卫、陈璧君都是熟人，那些主政广东的汉奸官员对他还不都是趋之若鹜？抗战胜利后，张友菊由于健康原因以及对国民党的失望，社交活动更少；新中国成立后，张友菊的身体状况大不如前，中风虽然治好了，但康复期内脑子不大好使，甚至说话都经常词不达意，因此基本上闭门不出，直到1950年，身体状况有些好转，方才跟外界有了接触。

省厅专案组向张友菊的家属调查下来，得知最近两个余月里，张友菊曾跟五个人有过实质性的接触。这里所谓的"实质性接触"，指的是对方曾来过张家当面拜访。

第一位名叫王振寰，这人跟张家是亲戚，他是张友菊妻子的小妹妹的丈夫，与张友菊是连襟。王振寰是初级师范学校毕业生，相当于初中，毕业后当了一名小学教师。他家里是开茶叶店的，老爸王玉峰对茶叶鉴评十分在行，茶业公会遇到茶叶质量方面的纠纷需要调解时，他是必须到场的一位。十年前，王老板去外地进货时，失足跌落山涧而亡。老爸死后，王振寰接班做了茶叶店老板，业内称为"小王老板"。小王老板人很聪明，之前竟然教书学艺两不误，在做小学老师的同时，还用心学习老爸那套鉴识茶叶的本领，没几年就成了广州茶叶行业的业余鉴定师（当时只有业余，没有专业）。

王振寰跟张友菊的真正交往，就是从此开始的。之前，他虽是张友菊的连襟，但比张小十八岁，张友菊根本不把他放在眼里，除了逢年过节见个面，平时没任何来往。近几年来，张友菊着眼于修身养性了，戒烟喝茶。以张友菊的经济状况和品位，物质生活方面自然都是上档次的，茶叶也不例外，于是，王振寰就成了他的顾问。当然，张友菊是不会去拜访这位比他小十八岁的连襟的，都是王振寰过来，每周至少三次，有时弄到极品好茶，则随时登门。张友菊也不会白麻烦人家，连襟每次过来，他都有礼物相赠，有时还价值不菲，比如春节前赠送的一枚徽墨，乃是明宫之物。

第二位是个比张友菊小十来岁的中医，名叫贾思大。贾郎中跟张友菊是世交，其已故父亲贾必祥当年系羊城名医，治疗阴虚火旺引发的诸般疑难杂症颇有一套，而张友菊的父亲张执瀛生就一副热性体质，所以离不开贾中医。后来张执瀛去了日本，竟然把贾必祥也请到东京开了家诊所，诊所的地址就选在自己居住的那幢公寓楼内，以便随时看病问诊。张友菊继承了父亲的禀性，也继承了父亲的体质，而贾思大则继承了其父的医术，所以，张贾两家的第二代还是继续友好交往。

贾思大对张友菊的健康非常关心，以前即使张友菊没有中风而仅仅是患高血压等"三高症"时，他就提出让其运动养生的建议。张友菊听是听了，却没有落实到行动上，于是后来就中了风。张家人迷信贾思大，一家之主中了风不送医院，而是去请贾郎中。贾思大当机立断打电话叫了救护车，亲自护送老友去医院。西医救了张友菊一命，不过出院后的调理还得靠中医。张友菊吃了苦头，脑子算是开了窍，不但听从贾思大的嘱咐每天准时服药，还全盘接受了运动养生的建议，他那套太极拳也是贾郎中传授的。

第三位名叫刘怀谷，四十二岁，以前是张友菊农场的账房先生。这人跟张家也有些渊源。刘张两家以前是近邻，关系一向很好；刘怀谷的父亲是南拳好手，早年张执瀛在上海海关当官时，被张聘为私人保镖。再说刘怀谷跟张友菊的关系。别看刘怀谷一个文质彬彬的账房先生，却是一条血性汉子，一手由其父传授的南拳功夫出神入化，还生就一副暴烈性格。日军侵占广州后，农场被迫歇业，张友菊即把刘怀谷荐往朋友开的工厂，仍是做账房先生，收入比农场还高，而且离家近，可以每天回家。刘怀谷却并不领情，时不时骂几声工厂老板，因为他看不惯老板替日军加工军需品（其实老板也是迫不得已）。工厂老板跟张友菊关系铁，对刘怀谷不予计较，可日伪当局却不会放过他，为此，刘怀谷曾三次被捕，都是张友菊通过关系将其营救出来的。第四次的祸闯得大了，刘怀谷竟然打伤了来厂里检查账目的税务局日本顾问和汉奸科长。老板吓得六神无主，给张友菊打电话，张友菊说先滑脚开溜吧。

　　刘怀谷逃走后，日本宪兵队贴出了通缉令。张友菊一面派人给躲在乡下的刘怀谷送钱送物，一面为其说情打点，还没见眉目时，日本投降了。刘怀谷返回广州市区，可是不久又丢了饭碗，倒不是被炒了鱿鱼，而是老板被国民党当局以汉奸罪逮捕了。张友菊又给刘怀谷介绍了一份职业，然后营救那个老板朋友，刘也不忘旧主，出力出钱。刘怀谷的新饭碗捧得还算牢靠，一直到广州解放还在干着。去年7月里听说张友菊中风，特地请了假去医院服侍。张友菊出院后，他几乎天天来张家探望。他精通气功，也懂医术，每次来都给张友菊推拿按摩，促其康复。

　　第四位是个二十八岁的青年，名叫曹化铁，是广州开远轮船公司的技术员。一个二十八岁的青年怎么会是年过六旬的张老先生家里的客人呢？原来，这个曹化铁已故的父亲曹立彬是张友菊的朋友。曹立彬当年也是一条汉子，少年时就已参加洪门秘密组织的活动，黄花岗起义失败后，又冒着被清廷杀头的危险收殓烈士遗体。在资产阶级革命阵营里，他也算是老资格了。老曹跟张友菊父子都相识，建立民国后，他跟张友菊来往较多。曹立彬江湖上人头极熟，两广、两湖、福建、台湾、澳门、香港都有朋友，当年张友菊创办实业伊始，一些江湖上的事情就是通过他去办的。

　　曹立彬最后一次去香港替张友菊办事途中，所乘坐的船只触礁沉没，不幸遇难。那年，曹化铁才六岁。张友菊原准备将其收为义子，可是请羊城最负盛名的算命先生"露天机"陈镜冲算了一卦，说曹化铁的生辰八字跟他犯克，只好作罢。不过，张友菊还是将曹化铁视同己出，承担了曹的全部生活、学业开支，一直到曹化铁从广东省机械技术学校毕业进入轮船公司工作。抗战胜利那年，曹化铁娶亲，张友菊承担了全部费用。而曹化铁呢，也是把张友菊当作义父一般看待的。不管刮风下雨，小伙子每周休息时必定要来张家看望张友菊，陪伴个半天一天的。

第五位是个四十岁的女子，名叫赵慧雯。用新中国成立初期的一句常用语来说，这位女士属于"历史不清白"。不清白在哪里呢？她在1942年1月到1945年底这四年里，做过"军统"广州站的地下交通员。

赵慧雯小学毕业后自学会计业务，不久考入广东省简易会计学校，毕业后从事会计工作。二十岁上出嫁，丈夫姜蔚比赵慧雯大五岁，是广东省政府的一名文书。婚后不久，第八集团军总司令陈济棠通电全国反蒋，驱逐原省长陈铭枢，与汪精卫联手组建广州国民政府。姜蔚得以留用，竟被汪精卫看中。"九一八事变"后，蒋汪联合，汪精卫出任国民政府行政院长，姜蔚携妻前往南京投奔，被任命为行政院庶务科副科长。在南京期间，姜蔚结识戴笠，于1937年春加入"军统"。抗战爆发后，姜蔚奉戴笠之命前往广州参与组建"军统"广州站，凭借车行老板的公开身份从事情报工作。1941年太平洋战争爆发，姜蔚被"军统"派往海外工作，临走时把车行转租给别人，其妻赵慧雯仍做车行账房，但很快就被"军统"发展为地下交通员。一直到抗战胜利后的1945年底，"军统"广州站撤销，她的特务工作才算结束。赵慧雯领到了一笔奖金，正在高兴，却又收到了姜蔚从香港寄来的离婚声明，从此，她就过起了单身日子。

那么，赵慧雯跟张友菊又是什么关系呢？用张家人的说法，她可算是张家的恩人。两年前，张友菊三岁的孙子走失，已经落入人贩子手中，她正好经过，目睹孩子哭闹挣扎，便知不对劲。那时的警察通常是不管此类事儿的，弄不好是人贩子的同党也有可能，赵慧雯信佛，有心行善，于是悄悄尾随。走了一阵，看见与姜蔚熟识的两个流氓，便上前求助。那二位一出面，人贩子立刻丢下孩子逃走了。张友菊的独苗孙子失而复得，全家上下自是欢喜不尽，对赵慧雯更是感激涕零。从此，赵慧雯就和张家有了来往，而张友菊夫妇也就把她作为女儿看待。

省厅专案组决定对这五个对象进行秘密调查，调查结果如何？稍停再作交代，让我们先看看市局专案组这边的进展情况。

四、帮会涉案

市局专案组在逍逸园的沟渠里发现了凶器，从而决定全组出动分头走访花匠、晨练者和公园前门外马路上的住家、商贩及路人。

按照分工，专案组副组长李宝善和刑警程炽、齐道生去了逍逸园，向花匠、清洁工以及游客（包括晨练者）了解情况。花匠老韦告诉李宝善，2月27日早晨，他在公园里查看花草情况，走过后来发现凶器的沟渠那个位置时，看见一个年约三十五六，穿咖啡色灯芯绒夹克衫、黑色裤子，头戴黑色鸭舌帽的男子蹲在沟渠旁洗手。听见背后的脚步声，男子倏地回头，见是花匠，笑了笑，点点头说："师傅这么早就上班了。"没等老韦回答，他又指着沟渠说，"这条水渠里怎么不养些金鱼呢？"

老韦说："这个问题经常有人提，我也很想养些金鱼，可是，费用成问题，这个公园……"花匠比较饶舌，话匣子一打开，没有半个小时刹不了车，正要跟对方唠一通逍逸园的历史和现状，后门方向传来一阵喧哗，有人大叫"出事啦"、"杀人了"。老韦便刹住话头，急忙往外奔。他是个很喜欢看热闹的人，向来不肯放弃任何一次看热闹的机会，像这种杀人现场，他活了五十多年还没亲眼见过，所以有这份积极性也是可以理解的。不过，老韦有些遗憾，因为他奔到后门外面，刚刚挤进人群，就被沈园长（民政局派来管理逍逸园的干部，没有职务，"园长"是老韦等仅有的三个下属对其的尊称）叫住，指派他去找块门板来把人往医院抬。之后一通忙碌下来，那个黑衣男子早被他忘到脑后了。

刑警程炽走访晨练者老陈时了解到一个情况。老陈是听见喧哗声后较晚赶到现场的一位，因为当时他正在公园前门入口处的草地上打太极拳，听见声音赶过去肯定要比其他人慢些。他赶到时，现场已经有数十人了，本来他是挤不进去的，正好有一个跟他前后脚赶来看热闹的男子从后面硬挤进来。那人是个瘦高个儿，人虽瘦，却颇有力气，往老陈前头一站便往里挤，竟然硬是让他挤了进去，老陈就紧紧尾随，一直挤到圈子最里面，成为第一排观众。而那个瘦高个儿男子的装束，与花匠老韦在沟渠畔遇到的男子一模一样，都是咖啡色灯芯绒夹克衫、黑色裤子，头戴黑色鸭舌帽，应该是同一个人！

公园的扫地工（如今称为"保洁员"）黄妈也见过那个瘦高个儿男子。她回忆说，之前这个男子曾连续两天来过逍逸园，不过不是晨练的时候。一次是上午十时许，另一次是下午一点多。逍逸园是个小公园，来的人不多且都是附近的居民，时间长了，黄妈都看得熟了，所以一眼就看出该男子系生客。那男子见黄妈打量他，索性驻步，询问公园开门关门的时间，解释说他是新搬到附近居住的，今后想天天来公园打拳。

每天早晨到逍逸园打拳的柏老头儿向刑警齐道生反映了一条线索。柏老头儿六十多岁，年轻时在广东省长兼粤军总司令陈炯明的部队当过兵，因为身怀祖传武艺，被选进陈炯明司令部卫队。陈炯明对警卫工作非常重视，曾聘请苏联安保专家来广州对卫士进行安全警卫业务培训，柏老头儿也参加了培训，并取得了"总分优秀"的好成绩。通常，年轻时学过的东西到老还忘不了，柏老头儿就是这样。

2月26日早上，他去公园打拳，离开时，在后门外的那条马路上遇到了那个瘦高个儿男子，不过这人当时穿的不是咖啡色夹克衫，而是一件藏青卡其中山装，裤子倒是黑色的，头上戴的也是黑色鸭舌帽。柏老头儿马上想起，这个人先前他也曾经见过，是尾随张友菊进逍逸园后门的。当时他觉得这个人有点儿面生，显是公园的新客，不过也没在意。现在之所以稍稍注意，是因为这人进公园不到十分钟就离开了。既然不想晨练，那到公园来干吗？即使散步呼吸新鲜空气，那也该转悠上半小时吧。

回家路上，柏老头儿和往常一样去了逍逸园附近的一家小面馆，一碗面还没吃完，看到那男子也进门来吃面条了。吃面条倒没啥，问题是他之前穿的中山装已经换成了一件咖啡色夹克衫。柏老头儿根据年轻时从苏联教官那里学得的安保知识判断，这人可能有些蹊跷。果然，只过了一天，张友菊就在公园后门外横死了。柏老头儿闻讯，马上跟那个男子联系起来，可是，因为刑警没找他调查，他也不会主动去找人家反映这一情况，毕竟他是有历史问题的，多一事不如少一事。就这样，这事在脑子里一搁四天，直到今天刑警上门方才吐露。

市局专案组分析，瘦高个儿具有很大的作案嫌疑。他在作案后进了逍逸园，把凶器丢进沟渠，然后洗去了手上沾到的些许血迹（不会很多，否则在进公园后行至沟渠畔的这段距离里容易被晨练的人们察觉）。根据刑警现场勘查和法医的鉴定，张友菊中刀后并不是马上就血如泉涌，其右小腿踝骨稍上位置的裤子上有一处嵌入布缝的泥迹，那是因为凶手把尖刀刺入张友菊肝脏的同时用鞋尖扫了一下该部位将其放倒在地。由于这一扫，张友菊倒下时身子后仰，凶手趁机抽回凶器。死者衣服上沾染的血迹也印证了上述判断。

分析到这里，不止一个刑警对案发伊始分析案情时形成的一个观点提出了质疑：原认为凶手是在对张友菊捅刀子后方才下手抢劫财物，现在看来似乎不对，因为现场地面因昨晚下雨比较潮湿，案犯动手搜劫财物时，势必会翻动被害人的身体，可被害人的衣服上却没有明显的被翻动过的痕迹。因此，案犯应该是先持刀强逼张友菊交出财物，再动手杀害。

这样看来，这厮作案并非仅仅是为谋财，劫财的同时还谋命。那么，谋命的动机是什么？是抢劫后生怕暴露行踪呢，还是原本就要杀害张友菊，而抢劫不过是一个幌子，为的是转移警方的侦查视线？众人把此案跟广州解放以来发生的同类案子进行比较，试图找出案犯的作案动机。可是，大家回忆下来，从广州解放至今，虽然凶杀、抢劫案件高发，也有在劫财同时又杀人的，可大多是因被害人反抗而遭到杀害，也有因被害人是熟人而遭灭口的，只有一起案件，被害人既未反抗，也非案犯的熟人。据案犯落网后供称，他在抢劫后准备离开时，忽然发现这个女性被害人的侧影酷似曾经伤害过他感情的一个女人，一怒之下就下了杀手——用当今的说法，这似乎属于"激情杀人"。如此分析了半天，对于案犯的作案动机还是无法得出结论。

不过，有一点引起了所有专案组刑警的注意。案犯在抢劫杀人后，没有迅速逃离现场，反倒进了公园，丢弃凶器，洗去手上的血迹，然后，竟然返回作案现场，挤入围观人群"看热闹"。这种行为，表明凶手不仅丧心病狂、胆大妄为，而且具有非同一般的心理素质和反侦查意识，其作案手法之老练，防范意识之周密，不慌不忙从从容容，足以证明这家伙要么是个前科累累的江洋大盗，要么是个经验丰富的职业杀手。

市局专案组由此认为，本案绝对不像之前大家所认为的那么简单，张友菊的被杀也并非偶然，而是经过周密策划的，其动机目前尚难以判断。分析到这里，自专案组正副组长谭祖德、李宝善以下，个个愁眉不展。大家一边苦着脸抽烟，一边你一言他一语地讨论下一步应该如何开展侦查，最后，议出了一个方向：看来得从张友菊的历史中去寻找他被害的原因了。

当晚，市局专案组刑警都回去休息，没有像上几天那样天天加班。谭祖德、李宝善两人聚在一起，弄了瓶白酒，豆腐干、花生米作为下酒菜，一边喝酒，一边翻阅一份材料。

这份材料是从省政府秘书处借来的张友菊在去年11月被推举为广东省首届各界人民代表大会代表时所写的简历。所谓"各界人民代表大会"，相当于后来的"人民代表大会"。当时规定，被推举为代表的人，需要向大会筹备处交一份本人简历。张友菊尽管对政治缺乏兴趣，他这个代表资格也是内定的，但也得写一份。其他代表的简历不过一两张纸，经历复杂的最多也就六七张，而张友菊有一股子"大丈夫事无不可对人言"的坦率，他的经历又远比他人丰富，字写得又大，所以他一写就是二十七张纸，装订起来像本册子。现在，谭祖德、李宝善就是想看看在这份材料中是否能发现一些导致张友菊死于非命的线索。

这类人民代表的简历，以本人的政治经历为主。至于非政治性事件，除非是大事，一般不会提及。张友菊经历丰富，在简历中当然不会写到他所经历的每一桩非政治性大事，可是，民国时期社会秩序混乱，足以引起严重后果的非政治性大事恰恰比较多，尤其对于张友菊这种背景的人来说更是如此。而且，这种大事他并不一定能够意识到，他可能会以为是小事一桩，而对于与此事相关的另一方来说，没准儿就是深仇大恨。

分析了一晚上，谭祖德、李宝善没有在材料里发现什么值得注意的事情或者人物，不过，他们坚持认为这个思路是对头的，决定次日安排刑警对以前和张友菊交往紧密的社会关系分头进行调查。

从3月3日开始，这项调查进行了三天，专搞刑侦情报的留用刑警麦达荣果然不简单，又让他查摸到了一条线索。

麦达荣旧时曾是帮会中人，做过洪门致公堂下面分支机构的"探风"（收集情报的密探），跟广州地面上的帮会人士比较熟悉。因此，谭祖德分给他调查的是广州的帮会这一块儿。麦达荣接受任务后，凭着他以前的一些关系，四处打听相关情况。这桩活儿听起来似乎容易，具体做起来却是颇有些难度的。因为广州一解放，帮会就自动停止了活动，麦达荣的那些熟人、朋友能跑的都跑了，没跑的也都躲藏了起来，麦达荣又是干刑警的，想打听他们的行踪难度颇高。如此奔波了两天，终于找到一个熟人倪某。倪某并非帮会人士，不过他对广州帮会的熟悉程度甚至比帮会骨干分子还高，因为他曾是国民党广州市社会局特情科的文书。社会局特情科接触的就是本市大大小小的帮会组织，所以倪某对各个帮会的情况如数家珍。麦达荣跟他从九点一直聊到下午两点多，终于不露声色地打听到一个情况：张友菊可能与帮会方面结下了梁子。

由于其父张执瀛的原因，张友菊跟洪门、天地会、哥老会都有交往。这种交往不是他主动的，而是人家找上门来跟他套近乎。张友菊则是能推就推，推不掉就敷衍。纵然如此，十八年前他还是被天地会鸿雄堂推举为记名堂主。鸿雄堂建立于清光绪二十年，打出的口号是"驱鞑兴汉"，也确实为清政府制造了一些麻烦。不过后来路子渐渐有点儿歪，到民国前期江湖上已有传闻，说鸿雄堂与土匪、海盗有染。

鸿雄堂想找一个靠山，曾多次派人给张友菊送礼，要求其加入，他们愿推举其为堂主,自然遭到张的拒绝。这样到了1926年,当时蒋介石已经是国民革命军总司令,驻军羊城。忽一日,蒋氏想到要整顿治安,就由卫戍司令部和市警察局联名发布公告,令全市大小帮会堂口须在七日之内前往登记。黑道上便传言,这是诱捕不合当局心思的帮会堂口头目的一个伎俩,不能上当。但是,军警联合公告中说得很清楚,逾期不去登记的,就予以取缔。鸿雄堂头目心里明白,如果军警真要为难帮会的话,本堂肯定是第一个被收拾的。于是,就想到了请张友菊出任堂主以避祸的主意。不过,再像之前那样登门拜访,张友菊必定拒绝,非常时期只好采取非常手段:你不肯帮忙,就逼你点头。

两天后的早晨,张友菊醒来时,惊骇地发现卧室床头插着一把明晃晃的尖刀,床前椅子上放着一支压满了子弹的驳壳枪!张友菊还没回过神来,鸿雄堂就送来了请帖,请其中午前去"南国饭店"用餐。张友菊江湖经验颇为丰富,知道此事必是鸿雄堂所为,这是最高级别的警告——不合作,可以神不知鬼不觉地杀了你!他只好乖乖赴宴,下午回家时,他已是鸿雄堂的记名堂主。而鸿雄堂则凭着张友菊的名头,顺利地逃过一劫。

事后,张友菊拒绝了鸿雄堂的重金酬谢,坚决要求将其名字从鸿雄堂的花名册上删除。鸿雄堂方面寻思,总不见得再次以死亡威胁张友菊,只得答应了他的要求。不过,是有条件的——鸿雄堂遇到生死攸关的大事时,张友菊有义务伸手相助。从此,张友菊虽然不算鸿雄堂的人,可是跟该堂口总是脱离不了关系。逢年过节人家送上的一份厚礼照例是坚决不收的,但是,该堂遇到麻烦时,他就得遵守承诺设法帮助解决。好在经过蒋介石那次帮会大整顿后,鸿雄堂方面行事不敢过分,有时还做一些善事,总算没有再闯大祸,张友菊伸手的次数也不算频繁,事儿也不算大,靠他的面子和人际关系还是搞得定的。否则,如果鸿雄堂还像1926年以前那样与土匪大盗勾结作恶的话，别说帮不了他们，弄不好只怕张友菊自己也得搭进去。

到了1949年初，张友菊跟国民党那班要员的关系明显疏远了，鸿雄堂却有桩重要的事儿要求张友菊必须出面解决。这件事跟社会治安没有关系，而是该堂口的内部问题。

全面抗战爆发次年，鸿雄堂由原先的一个总堂拆分为两个分堂：承鸿堂和崇鸿堂。分堂上面设一个名义上的总堂，两个分堂的堂主每年轮流担任总堂主。这样到了1949年春天，发生了一件内部大事——承鸿堂的堂主刘继秋病殁了。这年轮到崇鸿堂堂主潘四渊担任总堂堂主，他就行使总堂主的职权下令由与他私交甚笃的承鸿堂老三张生根接任，引起了承鸿堂其他大佬的不满，集体抵制总堂的任命，并推举承鸿堂老二汪化担任分堂堂主，争执由此产生。两个分堂坐下来谈判，谁也说服不了谁，总堂主原本不过是名义上的职位，并无指挥另一堂口的实权，而双方的实力也是旗鼓相当，如若火并，尚不知鹿死谁手。最后双方决定干脆把鸿雄堂一拆为二，今后承鸿堂、崇鸿堂各自经营，互不相干。

本来，双方已经谈妥了，分开就是。可是，事情却没有这么简单，在分割堂产时遇到了麻烦。鸿雄堂的公产中有一座大宅院，那是老堂主潘仁山的私人产业。潘仁山无子嗣，大家都以为他会把该宅院留给堂侄潘四渊，潘四渊自己也是这样认为的。可是，潘堂主当众留下的遗言却是把宅院留给鸿雄堂，作为总堂的公产。现在，两个分堂要分家了，这座宅院该算谁的？潘四渊认为应归由他执掌的崇鸿堂，承鸿堂则认为本堂已在该宅院里待了十年，香堂也不知开过多少回了，难道叫他们离开？那该搬迁到哪里去？你潘四渊另外给本堂安排办公场所吗？

双方争执不下，于是有人想起了张友菊，说咱们也别吵了，听张先生的吧，他说应归哪个堂口就归哪个堂口，不得再生异议。双方都认为这个提议能够接受，因为双方都认为张友菊会帮自己的堂口。

张友菊本来不想管这事，可是承鸿堂、崇鸿堂各推出二十名成员前往张宅拜访求告，那副架势显然是志在必得，如果不答应，只怕大大不妥。张友菊只好裁决，裁决的结果是：该宅院归原待在里面的承鸿堂所有。

此语一出，崇鸿堂当场亮出刀子，不是对承鸿堂，而是想朝张友菊身上招呼。承鸿堂见状也亮了家伙，他们不但有刀子，还有短枪和手榴弹，一家伙就把崇鸿堂那些弟兄赶出了宅院。

这是去年4月间的事，听说崇鸿堂对张友菊恨之入骨，四处扬言要给他好看。承鸿堂呢，从4月到10月整整半年，每天派保镖暗中保护张友菊，即使老先生中风住院期间，也派人去医院暗中护卫，只不过张友菊和其家人不知道罢了。这种状况一直持续到广州解放，各帮会堂口都被迫停止活动，头目、骨干逃跑的逃跑，被捕的被捕，承鸿、崇鸿两个堂口的成员都作鸟兽散，张友菊也就失去了保护。

四个多月后，张友菊竟然被干掉了，这起命案是否与崇鸿堂有关呢？

五、疑犯脱逃

3月6日，市局专案组开始对承鸿堂、崇鸿堂进行调查。刑警接触了几个了解这两个堂口最近情况的帮会宿老，得知承鸿堂、崇鸿堂正在为那座有争议的宅院打官司。于是，李宝善就叫上刑警程炽前往法院调查。

崇鸿堂的堂主潘四渊已于去年秋天广州解放前夕病殁。潘四渊对自己的堂叔、老堂主潘仁山的财产落入他人之手一直念念不忘，临终前留下遗言，让其子潘小洲出面向法院提起诉讼，通过法律途径追索堂叔的遗产。潘小洲还没开始行动，广州解放了。占据争议房产的承鸿堂跟由他主持的崇鸿堂一样土崩瓦解，可那座争议房产却换了主人。

原来，承鸿堂在张友菊的调解下得以继续占据该房产后，堂主汪化通过关系做了手脚，把房产转到其妻马锦花的名下，然后跟马锦花离了婚（其实还是住在一起）。这样一来，广州解放后，汪化虽然逃往香港了，但该房产的产权实际上还是属于他的。马锦花是个有点儿见识的女人，她自己也不住这宅院，而是租给了解放军的一个对外不公开的机关，按月收取房租。潘小洲得知后，心里就像整天堵着一团棉花，恨不得马上一纸诉状告上公堂。可是，当时新政权的法院还没开张，潘小洲只好耐心等待。

过了一个多月，法院开始受理民事官司了，潘小洲就以原户主潘仁山堂孙的身份提起诉讼。那时还没有什么民事诉讼法，各地法院办理民事案件没有统一规范，颇有些随意性，承办法官就把马锦花传去谈话。马锦花不简单，不谈案子，而是反映潘小洲系恶霸潘四渊之子，其父死后被徒众推举为崇鸿堂的新任堂主，人民政府应该将其法办。法官告诉她这个情况已经了解过了，原告本人没有历史问题，其生活靠自己所从事的银行职员工作维持，其父死后虽有徒众推举其为新堂主，但他并未接受，因此他跟广州解放后已经自动解散的崇鸿堂没有什么关系，也不必为崇鸿堂以前犯下的罪恶承担法律责任。他是国家公民，享有继承遗产的权利——如果最终法院调查下来争议房产确实属于遗产范围的话。

马锦花随即又有了一个主意，她已经从报纸上公布的广东省各界人民代表大会代表名单中看到了张友菊的名字，寻思这老头儿在共产党的天下照样吃香，所以就把张友菊主持调解争议房产的情况跟法官说了。法官说那得提供证据，打官司得凭证据说话。法官告诉李宝善，他在次日找原告潘小洲谈话时也提到了这个情况。

刑警寻思，潘小洲得知法院让马锦花找张友菊取证的情况后，肯定会意识到张友菊如若出面作证，这场官司八成对自己不利。潘小洲或者原崇鸿堂的残余分子是否会因此动了灭口的念头呢？

市局专案组决定由李宝善率领朱水生、程炽、麦达荣对此进行暗查。四刑警先去了潘小洲住所所在地陈塘区公安分局，分局治安科长大钟跟李宝善是同乡，两人以前在老区干公安时搭伴侦破过数起命案，当下见面自有一番亲热。大钟一听李宝善的来意，大眼一瞪："你的耳朵还真灵，我们才摸到一点儿线索，竟然就被你们探听到了！"

李宝善莫名其妙，问下来才知道原来是这么回事儿——

昨天上午，潘小洲的邻居老邬悄悄来到分局，说要求见领导。那时候领导比较容易见，不过也不是随时随地随便任何人都可以见的，否则还让领导工作不？因此，门卫就问老邬有什么事儿，要见哪位领导。老邬说："你问我要见哪个领导？这我可说不清，我又不认识你们的领导。哪个领导管对付土匪的事儿我就见哪个吧。我看见惯匪'海上飞'了，这家伙混进广州来啦！"

门卫是个刚从部队转业下来的老兵，北方人，不知道什么"海上飞"，不过一听"惯匪"两字，寻思该是治安科管的（当时刑侦归治安部门领导），便说那该找钟科长。大钟是知道"海上飞"的——这主儿是海盗出身，后来被官方的追剿和内讧逼上了岸，纠集了一伙土匪，起了个匪号叫"海上飞"，意思是从海上飞来陆地的。这伙匪徒作恶多端，血债累累，臭名昭著，广州人都知道。大钟是北方人，不过干着治安科长的活儿，所以也知道这厮的名号。那么，老邬要向大钟提供关于"海上飞"的什么线索呢？他说，他亲眼看见"海上飞"两次进出邻居潘小洲的家门。

老邬是个铁匠，三十七岁，二十年前他还没满师时，跟着师傅和一个师兄走村串乡揽生意，曾在南海边的一个小渔村被"海上飞"匪帮拉夫。当时"海上飞"刚从海上逃到陆地拉起杆子，枪支不够就用刀子凑数，命令老邬师徒三个给他们制作长刀和匕首。老邬就这样跟这个惯匪见了几面，一直把对方的那副尊容记在心里。

2月22日年初六，暮色初降时分，两辆黄包车停在老邬邻居潘小洲家门口，下来两个穿着阔绰的男子，手提礼品，叩门而入。老邬当时正在附近的朋友家下象棋，对方来时没有看见，下完三盘棋回家时正好看见潘小洲送客出门，远远看去心里便是一个激灵：这人怎么看着像"海上飞"啊？他生怕"海上飞"还记得自己这个当年被拉过夫的小铁匠，不敢走近，隔着十几米距离看着"海上飞"两人跟潘小洲告别后朝另一方向去了。

老邬心里纳闷儿，寻思这小潘先生是银行职员，一向斯斯文文，怎么会跟"海上飞"这样的惯匪交往呢？回家跟老婆一说，老婆说小潘先生他爸不是崇鸿堂的堂主吗？听说他爸以前专跟江洋大盗交朋友，没准儿小潘先生跟"海上飞"是哥们儿呐！不过，因为当时天色晚了，老邬离得又远，不敢确定自己看见的一定是"海上飞"，也就没向政府反映。到了前天，也是傍晚，那棋友到老邬家下棋。两人下得难解难分时，老婆从外面进来招呼老邬出去一下。老邬走到外间，老婆朝外面一努嘴，他从窗口望去，正看见潘小洲送客出来，这回是一个客人，老邬看得真切，确是"海上飞"其人！次日，老邬便奔分局反映来了。

"海上飞"韩云是列入广东省公安厅、广州市公安局首批缉捕名单的要犯，这个名单早在广州解放前就已经根据地下党提供的情报定下了。大钟送走老邬后，立刻向分局领导报告，领导非常重视，让治安科安排侦查员昼夜监视潘小洲家所在的柳树巷，留意潘家进出的所有人，并严令暂时保密，等把情况搞清楚了再报告市局。大钟没想到的是，刚刚过了一天，竟然让李宝善知道了，带了三个刑警登门拜访，那架势摆明了是想抢案子嘛！

李宝善听大钟如此这般一说，解释说这是误打误撞正好碰着了，遂将张友菊命案的情况简单介绍了一下，说此番登门是为了调查潘小洲是否跟命案有涉。但是李宝善又补充："我们原不知潘小洲跟'海上飞'有来往，现在听你老兄这么一说，倒是要特别关注一下了。看来这个案子你们得让一让，换上市局专案组的同志接着调查，毕竟我们这个案子是省厅督办的，听说北京也发过话哩。当然，具体如何协调，咱还是听市局领导的。"

李宝善返回专案组把情况向组长谭祖德一说，谭祖德立刻向主抓本案侦查的陈坤副局长报告。陈坤指示陈塘分局撤出对潘小洲线索的暗查，由市局专案组接手。

从3月7日凌晨开始，市局专案组派出多名刑警昼夜秘密监视潘小洲的住所。当天上午，市局专案组又通过派出所出面跟潘家女佣黄妈的儿子小姜联系，做通其工作，答应动员其母协助政府进行调查。午后，小姜前往潘宅，找了个借口将母亲带到外面。专案组长谭祖德出面跟黄妈谈话，打消了她的思想顾虑，随即向黄妈了解"海上飞"两次去潘家的情况。

黄妈听说过"海上飞"，却不知两次登门、自己为其端茶送水的那个四十来岁的中年男子就是广州尽人皆知的江洋大盗。刑警问她"海上飞"跟潘小洲谈了些什么。黄妈说潘小洲最初是在客厅接待被称为"韩先生"的"海上飞"的，吩咐她上茶，当她把茶水、零食送去时，主、客却已转到书房去坐了。她来到书房外面，听见"海上飞"在说："老四，这件事就交给你去办了。"然后是那个跟"海上飞"同去的汉子的粗嗓音："放心，我马上安排，准定办妥。"黄妈推门而入后，三人不再开口，只是抽烟喝茶。黄妈当时感到"海上飞"看她的眼光似有几分警惕，但也并未在意。不过，3月5日"海上飞"再次去潘宅时，潘小洲就不再叫她上茶，而是自己往书房拎了个热水瓶。

市局专案组对此情况进行了分析。"海上飞"韩云是广东省公安厅通缉的要犯，广州解放前的国民党警察厅、广州解放后的广东省公安厅的通缉令都曾贴遍广州市的大街小巷，坊间可以说是无人不知。而潘小洲却还在跟"海上飞"来往，光这点就可以逮捕判刑了。因此，他跟"海上飞"的交往肯定有重要目的，联系到他跟汪化前妻马锦花的房产诉讼，以及黄妈听到的"海上飞"与其部属的对话，不能不使人将其跟张友菊命案联系起来。"海上飞"的那股匪帮虽已作鸟兽散，不再作为一个帮伙公开活动，但匪首"海上飞"安排个职业杀手杀害张友菊并不是什么难事。当然不会白干，潘小洲肯定是需要支付一笔酬金的。

黄妈挺得力，当天晚上就让儿子小姜送来了一条情报。潘小洲四岁的儿子在玩玩具枪时告诉她，潘家藏有枪支弹药，孩子说就放在他父母睡的那张大床下面，他听爸爸对妈妈说，是韩伯伯的。"韩伯伯"，那不正是"海上飞"韩云吗？

谭祖德、李宝善正在研究这条情报，监视潘小洲的刑警又报来一条消息。潘小洲今天从银行下班后，去了"小南园饭店"，进了一个小包房。大约过了一刻钟，一个三十多岁的男子也进了包房。化装叫卖香烟、火柴的刑警小曹推着一辆自行车在饭店附近监视，一个小时后，老刑警覃君前去换班。覃君化装成三轮车夫，在饭店斜对面佯装修车，小曹向他通报了跟踪情况。覃君听说和潘小洲一起吃饭的是一个三十多岁的男子，心里一动，便问身材。小曹说是个瘦高个儿。覃君寻思别是那个杀害张友菊的凶手吧，就让小曹进饭店探看。正说着，潘小洲和那男子出来了，那男子果然是个瘦高个子，穿一身黑色西装，头上扣着一顶薄呢礼帽，遮住了大半张脸，隔着一条马路，看不清相貌。

潘小洲扬手正要叫覃君的三轮车，一辆空三轮从旁边巷子里拐出来，那男子就上了车。覃君正要上车跟踪，潘小洲却指着他叫"三轮车"。覃君不假思索立刻佯称"车坏了，正修理呢"。潘小洲便叫了另一辆路过的黄包车走了。等拉着潘小洲的黄包车远去，覃君连忙跳上三轮车，向瘦高个儿的方向追去。覃君身强力壮，拉的又是空车，不过两三分钟就把两车的距离缩短到十来米。正暗自高兴，不料脚下"咔嚓"一声，链条断了，三轮车真的坏了！就这样，他眼睁睁地看着载着瘦高个儿的三轮车消失在巷子里。

另一刑警小曹骑着自行车跟踪坐黄包车回家的潘小洲倒挺顺利，一路无话，一直跟到潘宅，把目标交给在那里监视的战友，这才返回市局交差。

谭祖德和李宝善交换了意见，认为瘦高个儿如果确是潘小洲向"海上飞"雇佣的凶手，两人今晚在"小南园饭店"见面，可能是潘小洲向他支付酬金。这个猜测倘若准确，那么瘦高个儿将不会再跟潘小洲联系。所以，现在要考虑是否下手逮捕潘小洲了。这个决定，市局专案组是不能作主的，谭祖德立刻写了一份书面报告连夜去见陈坤。可是，陈坤却不在办公室，秘书科值班员告诉他，陈坤和陈泊局长一起去市委参加紧急会议了，几时回来还不知道。没办法，这份报告只好放到天明后再说了。

次日上午，黄妈的儿子小姜来报告，黄妈今天一早就被潘小洲打发到郊区鹤潭泉，去照料在乡下休养的潘小洲的母亲。接着，监视潘宅的刑警又来报告，说快九点了，潘小洲还没出门，今天是星期三，他应该去其供职的银行上班的。谭祖德感到有点儿为难，如果黄妈没去乡下，可以通过小姜去打听潘小洲不去上班的原因,现在怎么办呢?他跟李宝善商量了一下,决定请法院帮忙开一纸公函,刑警化装法官去潘宅走访当事人,了解一下其不去上班的原因,先稳住他,这边则立刻把昨晚那份批捕报告送陈坤副局长,如果获批,立刻实施抓捕。

那时的法院是没有制服的,一律便服,通常以中山装或者列宁装为主。专案组刑警刘明道穿了身中山装,去区法院拿了公函,借了一辆挂有法院标牌的自行车去了潘宅。没想到,潘家人告诉他说潘小洲不在家。刘明道暗忖,专案组刑警两人一班整夜盯着潘宅,上午换班后到现在更是没敢松懈,哪里看到过这厮的影儿?肯定是在宅子里躲着。可是,他此刻的身份是法院民庭的法官,没有搜查民宅的权力,只好悻悻离去。

这时,陈坤副局长已经批准立刻逮捕潘小洲,市局专案组接到刘明道的报告后,谭祖德、李宝善当即率领一干刑警出动。到了潘宅,随即进行搜查,果然没有发现潘小洲的踪影。黄妈所说的潘小洲夫妇卧室床下藏着的东西倒是搜出来了,是十支崭新的美制左轮手枪、六百多发子弹,还有一箱美制高爆手雷。这种手雷众刑警从来没有见过,更没有听说过,竟然只有乒乓球大小,后来请兵工专家鉴定时试爆了一颗,威力相当于二战时日本甜瓜式手雷的两三倍。

谭祖德寻思,这些东西是哪儿来的呢?若说是"海上飞"那厮藏的吧,他一个海盗出身的惯匪,从哪儿能弄到这么些美制武器弹药?而且都是崭新的。这明明是特务用的玩意儿嘛!放下这些先不说,潘小洲昨晚是坐黄包车回家的,跟踪的刑警亲眼看见他进了家门,之后再没出过门呀!况且,大清早的时候潘小洲还让黄妈去鹤潭泉乡下照料老太太。莫非这家伙会隐身术,青天白日就在监视人员的眼皮底下开溜了?刑警把潘家人——潘小洲的老婆、姑妈和两个妹妹叫来,分别询问,最后得知潘小洲昨天午夜就从后院爬墙出逃了，逃往哪里不清楚。至于今天早上吩咐黄妈去鹤潭泉，那是潘小洲的妻子发的话，她说这是昨晚丈夫关照的。

潘小洲这一逃，市局专案组上下头都痛了，谭祖德和李宝善只得把潘家人都带进局子，让她们交代潘小洲的所有社会关系，好歹也要把他抓回来。

六、错疑

回过头来，再看看省厅专案组的调查进展——

省厅专案组从张友菊生前众多社会关系中排查出王振寰、贾思大、刘怀谷、曹化铁、赵慧雯五名对象，初步调查下来，王振寰、曹化铁两人可以排除，其他三人似有涉案嫌疑。

前面说过，贾思大跟张友菊是世交，两人的父亲就是好友，贾氏父子用祖传的医术为张氏父子祛病延年，那份友谊自是非同一般。因此，张友菊跟贾思大可以说是一对无话不说的挚友。那么，张友菊受命前往香港去执行特殊使命之事是否向贾思大透露过呢？张友菊已死，贾思大此刻还不能惊动，刑警便向张友菊的家属询问——因为张友菊身负的特殊使命是连其家属都不知道的，所以不可能直截了当询问，只能用旁敲侧击的方式，可是，并无收获。但张家人提供，贾思大的大女婿岳吉祥是国民党特务，供职于"国防部保密局"，少校军衔。而且贾思大与岳吉祥的关系甚好，翁婿俩以前经常吃吃喝喝，广州解放前夕，岳吉祥携家眷逃往海外前两天，贾思大还在"大鸿运酒楼"为女儿女婿设宴饯行，那一次，张友菊也应邀参加了。

这一情况自然引起了省厅专案组的重视。张友菊与贾思大关系密切，而他又认识岳吉祥，贾思大如果知晓张友菊去香港"探亲访友"，是否会请其给女儿女婿捎信或者捎东西？张友菊一旦跟岳吉祥接触，那就难免会引起敌特方面的注意。

省厅专案组决定对此进行调查。侦查员打听到贾思大夫妻关系不睦，贾在外面有个情妇，就通过该情妇的两个小姐妹做通了她的工作，悄悄取出了贾的日记，审阅下来，发现贾思大并不知道张友菊去香港之事——这说明张友菊还是具有一定保密意识的。如此，省厅专案组就把贾思大的涉案嫌疑排除了。

另一个嫌疑人刘怀谷出身南拳世家，一手祖传的南拳出神入化，连香港、澳门甚至南洋都有武术爱好者慕名前来切磋拳艺。功夫练到刘怀谷这等程度，自然有若干徒子徒孙，还有同门师兄弟，往上还有师伯师叔，等等。这些人都在广州，所干的营生五花八门，三教九流都有，其中有几个还是国民党军警宪特的武术教官。军警宪特学员学的是实战本领，所以还要进行实战训练即所谓的"喂招"，刘怀谷这样的拳术好手经常会被他们邀请去点拨指导。

新中国成立后，刘怀谷的那几个担任过反动军警宪特武术教官的师伯师叔和师兄弟，凡是有国民党政权委任的官职的，都被逮捕，有几个手上有血债的还给枪毙了。刘怀谷并非正式教官，只是客串几回喂招，再说也没有其他历史问题，所以人民政府没有找他麻烦。可是，他却并不领情，时不时会爆几句粗口指桑骂槐发泄不满，并数次拒绝省公安厅警察学校、部队侦察干部训练班和省市体委的邀请，坚决不为新政权贡献自己的一技之长。

上述情况当然不能作为刘怀谷涉案的依据，省厅专案组之所以怀疑他，是因为他知道张友菊去香港"探亲访友"的事情，还写了两封信请张捎给其在香港的两个师弟。两个师弟一个姓罗，一个姓王，张友菊把信函送到了罗姓拳师手里，因为王拳师已经去了新加坡，所以，给王拳师的信只能由罗拳师转寄了。据调查，罗拳师在抗战期间曾担任过"军统"广州地区特工培训班的国术教官，抗战胜利后还受到过"军统"的奖励。至于之后是否跟由"军统"改组的"保密局"有什么联系，那就无法查明了。

省厅专案组认为没有理由排除由刘怀谷捎信引起敌特方面对张友菊的香港之行产生怀疑的可能性，尽管不一定是刘怀谷的主观故意，但有可能成为敌特获知张友菊怀有秘密使命的触点。如果这个推测被证实，就解决了专案侦查中一直困扰侦查员的作案动机问题，同时也找到了侦破本案的渠道。

按照规定，省厅专案组将侦查进展情况向省公安厅厅长陈泊每天一报。涉及刘怀谷的情况送上去后，陈泊召见省厅专案组组长唐博，指示这条线索不必往下查了。为什么不查了？陈厅长没有说。后来才知道，张友菊赴港执行特殊使命，其中一个环节就是通过罗、王二拳师了解那个工作对象的一些情况。张友菊并不认识罗、王，所以组织上让他故意向刘怀谷泄露自己要去香港"探亲访友"的消息，料定刘怀谷肯定会借此机会请其给罗、王捎信，张友菊自然就会结识那两个拳师。那么，那位跟张友菊见面的罗拳师是否会向敌特方面告密？或者虽未告密，但无意间透露了与张的接触从而引起敌特方面的怀疑呢？在张友菊被害后，北京方面对此启动了海外调查，结果是罗拳师到香港后从未跟那些在海外的原国民党政权的朋友来往，所以可以排除这种推测。

第三个涉嫌对象就是抗战时期曾为"军统"当过地下交通员的赵慧雯。这个被张友菊夫妇当女儿看待的离婚女子是一家南洋华侨开的贸易公司的职员，跟老板有些亲戚关系，所以老板有事外出时，就把公司一应事务交给她处置。省厅专案组对她进行调查的这段时间，她正担任临时老板。由于是外围调查，所以省厅专案组侦查员李先君、杨登山先去赵慧雯供职的那家公司所在地的管段派出所问了问，得知她的住所离公司不远，属于同一派出所的管辖范围。不过，派出所的两个管段民警（住所和公司两个地段）对赵慧雯其人竟然都没有什么印象。这下李先君、杨登山奇怪了，暗忖赵慧雯曾是"军统"地下交通员，按照军管会颁布的规定应该到公安机关登记，不管她是去市局、分局还是派出所登记，最后都得让管段民警知晓，这二位兄弟怎么会不知道呢？双方一交换信息，都感到意外——派出所方面竟然根本没掌握赵慧雯曾经当过"军统"地下交通员的情况！后来才知道，这个女人在广州解放后并没有向公安机关登记自己从事过"军统"特务工作的经历。

然后，派出所方面就协助省厅专案组对赵慧雯进行外围查摸。管段民警下到巷子里一了解，得知赵慧雯这一阵似乎有点儿不安分，具体表现就是跟两个脸相凶狠一看便知绝非善类的男子来往。最近半个月，那两个男子至少进出赵慧雯独居的住所五六次，邻居听见他们说一口粤语，应该就是广州本地人。接着，管段民警又应李先君、杨登山的要求，把赵慧雯供职的那家贸易公司所在商务大楼的看门人老徐悄悄唤到派出所。李、杨跟老徐谈下来，得知那两个同样被看门人认为"不像好人"的男子还曾去过赵慧雯供职的公司。商务大楼的管理一向比较严，一直有访客必须向门房登记的规矩。据老徐说，那两人的名字很好记，一个叫陶大弟，一个叫陶小弟，来自羊城南郊乡下的龙湾村，好像是一对兄弟。

侦查员查阅过工商局的公司雇佣人员登记材料，知道赵慧雯正是龙湾村人，陶氏兄弟和她同村，是不是亲戚不清楚。李、杨两人向省厅专案组组长唐博汇报上述情况后，唐博让他们二赴派出所，请派出所民警配合他们进一步调查赵慧雯的人际交往、生活状况。李先君、杨登山来到派出所，刚走进院子，就听见屋里传出一个女人穿透力甚强的吵嚷声，进去一看，接待室里那个指手画脚跟民警吵嚷的女人正是赵慧雯。

赵慧雯到派出所来干什么？原来，商务大楼的看门人老徐回去后，并没把民警叮嘱他的"必须保密"放在心里，有人问他刚才去哪里了，他随口就说被派出所找去了。对方自然要问派出所找你干什么，你是不是有什么历史问题啊？那时候，人们对"历史问题"这个说法颇为忌讳，老徐急赤白脸地要表白，便说是民警调查四楼某某公司的那个赵女士……说到这里，意识到是泄密，急忙咬住了舌头。可是已经晚了，一转眼这消息就传遍了全楼，当然也传进了赵慧雯本人的耳朵。这个平时看似很有教养的知识女性竟勃然大怒，二话不说便直奔派出所质问民警："陶氏兄弟是我的亲戚，贫苦农民出身，进城来看看我难道也犯法？值得你们警察偷偷摸摸地调查？"

这是省厅专案组下来调查的案子，派出所民警不便也不知道应该如何回答赵慧雯。一干民警正没奈何，李、杨二位到了，所长急忙把两人扯到另一间屋里说了情况，问应该如何处理。两个侦查员商量了一下，说干脆就由派出所出面了解陶氏兄弟跟赵慧雯的关系，做一份笔录。如果她拒绝回答，就说这是因为她没有按照市军管会的要求将自己的"军统"特工经历向公安机关主动登记，所以警方要进行补充调查，料她也不敢抗拒。

派出所长担心民警应付不了赵慧雯，就亲自出面跟她谈话。赵慧雯听了之后果然不敢再吵嚷，申辩说她当时为"军统"做地下交通工作是为了抗战，而且并非"军统"正式人员，既没有填表，也没有军衔，所以没有向政府登记。至于陶氏兄弟，是她娘家龙湾村的两个表弟，他们的母亲和她的母亲是嫡亲姐妹。他们准备进城做海产品买卖，不知门道，所以请她相帮找内行朋友给点拨点拨。

派出所长把赵慧雯的这番话转达给侦查员，李、杨两人说既然到这一步了，那就让赵慧雯说出陶氏兄弟目前在哪里，把他们找来也做个笔录。一问赵慧雯，她说把两个表弟安置在朋友的一处空房子里暂住着。派出所长随即派人把两人唤来，两人的说法跟赵慧雯一致。

陶氏兄弟一现身，侦查员看着，觉得果真面目凶狠不似善类，便打电话给省厅专案组组长唐博，要求立刻派人把逍逸园的花匠老韦、清洁女工黄妈接到派出所，让他们暗中辨认这二位之中有没有案发那天出现在现场的那个瘦高个儿。老韦、黄妈看了又看，最后摇头否认。陶氏兄弟的杀人嫌疑被排除了。警方把两人连同赵慧雯打发走的时候明确告知，乡下农民进城做买卖可以，不过，必须去乡政府开证明，另外，在广州市内不管是买房、租房还是在亲朋好友处借住，都须按规定到管段派出所办理临时户口。

对于派出所来说，这桩活儿算是结束了。可是，省厅专案组好不容易查摸到赵慧雯这个嫌疑对象，还没查出个结果来呢，唐博哪肯轻易放弃？老唐办案经验丰富，他在派人把老韦、黄妈送到派出所辨认陶氏兄弟的同时，又安排另外两位侦查员周镇、吴诚信前往龙湾村所在的金龙乡，找公安特派员了解情况。

金龙乡的公安特派员告诉他们，陶氏兄弟跟赵慧雯确实是表姐弟关系。赵慧雯出生于龙湾村，三岁时就过继给在广州城里开粮行的伯伯。伯伯每年数次回龙湾村老家都会带上赵慧雯，所以赵慧雯对自己的出生地并不陌生。上学后，寒暑假时赵慧雯总要回龙湾村住上一段时间，跟陶氏兄弟一向处得很好。陶氏兄弟出身贫苦，虽然天生一副凶狠之相，在乡里倒并非作奸犯科之徒，二十几年一直规规矩矩。总之，两人的一贯表现可以用四个字来概括：安分守己。

唐博听了侦查员的上述情况汇报，马上作出判断：这件事的背后十有八九有问题。老实本分的两个青年农民，哪来的胆量、勇气和本领敢到广州市里搞海产品经营？再说，他们是贫农，又何来本钱？唐博坚信自己的判断没错，马上决定对陶氏兄弟和赵慧雯进行秘密监视。

监视的第一天，侦查员发现赵慧雯上午八时许出门，在其住所附近的人力市场叫了一个挑夫，回家后让其一根扁担两头各挂了一个装得鼓鼓囊囊的旅行箱，让挑夫随其离开住所前往汽车站，坐车去了金龙乡。在她家附近执行监视任务的侦查员小王初时不知她准备去哪里，待到上了汽车，听见她向售票员买两张去金龙乡的车票，方才知道她是要回老家。这下，小王有些为难，尽管他是化了装的，但似乎不便一直尾随其到龙湾村，那样的话过于显眼了。但这时候肯定来不及汇报了，小王决定不管三七二十一先跟上再说。

车到金龙乡，赵慧雯下了车，这里到龙湾村还有三里多路，还得让挑夫出力。可能是挑夫说肚子饿了，赵慧雯便带他去路旁的面摊上吃面。就在两人吃面的时候，小王忽然发现被唐博派到乡下来监视陶氏兄弟的三个侦查员之一——老郝。老郝是广州郊区人，地下党出身，广州解放前跑交通时就经常化装成各色人等，此刻化装成走乡串村的泥瓦匠也是惟妙惟肖。他是到乡政府来打电话汇报监视情况的，出门后一眼就发现了小王，顺着小王的视线朝旁边一扫，看到正在吃面的赵慧雯，马上明白了小王朝他使眼色的用意，当下微微点头知会小王：你离开吧，由我继续盯着目标。

谁也没有料到，老郝等三位兄弟竟然失手，让赵慧雯和陶氏兄弟溜走了！

老郝化装成泥瓦匠师傅，带着化装成徒弟的侦查员小江、小闵，由龙湾村农会主席安排进村执行监视任务。他们特地在陶氏兄弟家附近选了家农户搭建猪舍，一边干活儿一边盯着陶家大门。老郝尾随赵慧雯来到龙湾村，看着陶氏兄弟出门从挑夫手里接过行李，赵慧雯掏钱打发了挑夫后进了门。哪知，赵慧雯并未在陶家停留，和陶氏兄弟一起直接从后门离开了！

老郝这边，三人已经把猪舍盖成了，看陶家仍无动静，就去找农会主席请他安排人去探看。一看，家里早没人了。

好在侦查员机灵，随即找到了赵慧雯的娘家人，将其父母兄弟姐妹都带到村委会，分别询问，终于得知赵慧雯已由陶氏兄弟护送去了番禺南沙海边的小渔村。赵慧雯要偷渡前往香港，陶氏兄弟是送她上船的。船是赵慧雯事先联系好的，具体情况家人并不清楚。

省厅专案组随即全体出动，一路到赵慧雯的住所搜查，另一路则去番禺，总算赶在天黑前把还没等到接应船只的赵慧雯以及陶氏兄弟逮捕。在市区搜查赵慧雯住所的侦查员却并无收获，赵慧雯的贵重细软都装在旅行箱里带走了。去小渔村抓捕的侦查员搜查了旅行箱，并没有发现涉案物品或者可以证明赵慧雯与敌特有联系的证据。

那么，赵慧雯偷渡香港又是怎么回事呢？省厅专案组对三人进行讯问后，得知赵慧雯前不久遇到一个从香港来广州的朋友，告诉她其前夫姜蔚已经离开了"保密局"，在九龙开了家饭馆。他没有再婚，与一个女人同居了一段时间。两年前那女人去了新加坡，嫁了一个华侨老板。赵慧雯听了不禁心动，想去香港跟姜蔚复婚。这些日子，赵慧雯一直在暗暗寻找能够帮她偷渡的蛇头，把娘家两个表兄弟找来就是托他们跟在广州的龙湾村老乡打听这方面的消息。后来，还是她自己找到了曾和前夫一起在"军统"混过的一个哥们儿，此人姓郭，现在已经离开特务机关做起了生意。通过老郭介绍，她终于找到了一个可以帮她偷渡的渔民。

赵慧雯对偷渡之事供认不讳，但侦查员问及张友菊命案，她一概摇头。省厅专案组讯问了整整一夜,最终排除了赵慧雯涉案的嫌疑。

七、真凶落网

3月9日,省厅专案组排除赵慧雯涉案嫌疑的当天傍晚,市局专案组在太平区长虹巷的一个小尼姑庵里抓获了潘小洲。

一天前潘小洲失踪后,市局专案组对潘家四口进行了讯问,根据她们交代的情况作了一番分析,列出了十七个潘小洲有可能前往躲藏的地点,长虹巷的那座尼姑庵便是其中之一。

这座尼姑庵很袖珍,就三间平房、一个花园,外面是黄色围墙红漆庵门,庵内只有一个尼姑,法名静珠,三十二岁。这静珠本名陆清姝,出身富家,自幼聪慧,十九岁从省师范学校女子班毕业后,当了一名高小教师。其时教育部门为解决师资缺乏,推出"师生同升级"的临时措施,即初小老师随同其所教的学生一起升到高小,高小老师随考取初中的学生一起进入初中当中学老师。当然,老师升级必须得有一个前提:本身业务素质出众,足能承担升级后的教学工作。陆清姝具备这份素质,所以教了两年高小就升级去教初中国文。教了一年初中,她遇到了从外校转来的初二学生潘小洲。跟班升到了初三,这对师生竟然玩起了师生恋。最后的结果是,陆清姝怀孕打胎,辞职出家做了尼姑。

潘小洲与陆清姝的这层关系,被侦查员从其老母口中挖了出来。市局专案组通过秘密侦查,终于吃准潘小洲藏匿于尼姑庵,于是将其捉拿归案,陆清姝涉嫌窝藏,也一并进了局子。讯问之下,潘小洲供出了真相,虽跟张友菊命案无关,却也令一干刑警大吃一惊。

原来,潘小洲竟是"国防部保密局"的潜伏特务,受命潜伏后,根据上峰指令将与其父潘四渊颇有交情的惯匪"海上飞"等六名土匪发展为特务，最近正准备接受台湾秘密指令，伺机进行破坏活动。潘小洲出面跟马锦花打官司争夺房产，系受上峰指使，本意倒并非为钱钞，而是从安全计为自己涂上一层保护色——一个对财产斤斤计较之徒，应该不会当特务的，因为当特务的一旦暴露必须即刻滑脚开溜，要房产干吗？

潘小洲特务案上报市局后，领导让转交给政保部门接着往下侦办，市局专案组继续张友菊命案的侦查工作。

这时候，市局专案组已经没别的路可走了，不得不再次把注意力集中到那个曾在张友菊命案现场出现过的瘦高个儿男子身上。3月12日，市局专案组全体出动，分头对瘦高个儿在逍逸园附近那家小面馆出现的情况进行走访。那家面馆正好地处三个派出所管段的交界处，所以这次走访的范围比较大。大伙儿从市局出发时，谁也没想到运气已经悄悄降临了。

市局专案组副组长李宝善和刑警小段去了紫云里派出所。派出所指导员葛任辛把李宝善和小段让进办公室，沏茶递烟，刚聊开个头，外面来了个群众，说要找派出所领导反映重要情况。这是一个六十岁上下的老者，说话跟公鸭有一比，偏偏嗓门儿又大，那音质扰人耳鼓可想而知。他在外间一开口，里面李宝善和葛任辛基本上就不能开口了，说了也是白说，只能听他的。

接待这个老者的是留用警察老苏。在旧社会，即便算不上恶警，也不可能对老百姓和颜悦色，现在不同了，跟人家说话得特别耐心。老苏忍着对方的公鸭嗓听下来，终于听明白了，原来那老者这两天外出时，总觉得后面似乎有人盯梢，就怀疑有人要对他图谋不轨，不是谋财就是害命。老苏乍一听暗吃一惊，忙请对方坐下，递上一杯水，请教对方贵姓。老者说免贵姓钱，草字永显，原住太平区，年前刚搬到附近的大福巷16号居住，户口还没迁来呢。然后就说到正题，说来说去就是有人盯梢，至于是什么人、几个人、凭什么认定是盯梢，则一概说不上来。

老苏便换了个角度提问，钱老先生您是干甚营生的？以前是否有仇人？是否得罪过什么人？钱永显说自己是广州本地人氏，六十二岁，干典当行营生，十六岁时从艺徒做起，一直到典当行首柜（高级店员）。两年前回家赋闲，一向安分守己，胆子小得树叶掉落都怕砸破脑袋，从来没有得罪过什么人；且向来不过问政治，更不结交官府、帮会，连和尚道士也不打交道。钱永显说完后问老苏："你看我这样的一个小老百姓，在旧社会尚且没人跟我过不去，现在解放了反倒有人盯我梢了！民警同志，您看这不是奇怪了吗？"

钱永显觉得奇怪，接待他的老苏同样感到不可思议。想来想去，他怀疑这位来访者可能是脑子出了问题，哪根神经短路，于是便耐心诱导，指望经过婉转地点拨使其从云里雾中回到清明现实中来。老苏的用意挺好，可是钱老先生却不肯领情，见民警不信他反映的情况，就着起急来，越着急，声调就越高，公鸭嗓震得里间外间的人耳膜嗡嗡作响。

李宝善寻思跟葛任辛谈不下去了，遂起身告辞。哪知，李宝善注定是要撞好运的，他和小段走出葛任辛的办公室，正好和那位钱老先生照面，不禁一怔——乍一看，这老头儿长得竟跟被杀害的张友菊一模一样！他回头想示意小段，看他是否有同感，小段正睁大了眼睛盯着钱永显，嘴巴大张，像是含着一个问号。

钱永显见李宝善从办公室出来，以为是派出所长，当即撇下老苏向他求告，声称自己受到威胁，如若政府不问不管，那肯定不是丧生就是破财。

李宝善事后承认，如果不是因为对方酷似张友菊，他肯定会跟老苏一样，怀疑此人精神不正常。可是，因为钱永显这张脸跟张友菊酷似，所以他就对这个老头儿产生了兴趣。当下便朝葛任辛使个眼色，本意是想让老葛先以派出所领导的名义出面把对方稳住，至于自己是谁，那就不必介绍了，对方认为是所长也好，副所长也好，将错就错，先跟他谈谈再说。哪知葛任辛领会错了意思，没说自己是派出所指导员，反而指着李宝善说这是分局刑侦队李队长，是下来检查基层治安工作的。钱永显一听大喜，便缠着李宝善反映情况，把已经对老苏说过的那些话又复述了一遍。

不过，李宝善不像老苏那样只听对方陈述，而是边听边启发引导，这样一来，对方所说的内容就显得有些靠谱了。比如，钱永显说最近五六天里，他出门时不管是步行还是叫黄包车、三轮车，都有人骑着一辆自行车超越他，那辆自行车是六七成新的日本"富士山"牌，他以前供职的典当行也有一辆，所以一眼就认得出。至于骑车者的模样、身高，他却说不上来，因为对方是从后面超越他的，他来不及细看就已到前面去了。不过，到了前面对方却又不加速了，用和他差不多的速度行进。由于对方没有下车，他也不知对方身高多少。从那人的背影以及踩车的动作估计，应该是个介于青年和中年之间的男子。

钱永显还告诉刑警，在这期间，他曾去戏院看过一场京戏，幕间休息时想想觉得不靠谱，决定回家。他是个戏迷，广州的大戏院家家都熟，是从后门溜出去的。出去后，为印证自己的这个决定是否正确，又返回戏院前面，在停着的那几十辆自行车周围转了一圈，果真发现了一辆六七成新的日本"富士山"牌自行车！至于是不是之前跟踪者骑的那辆，那就说不准了。那辆车没牌照，不知是根本没上牌呢，还是车主故意把牌照卸下来了。

钱永显反映的情况引起了市局专案组的重视，当天晚上，全组刑警开会讨论此事。众人反复看过钱永显和张友菊两人的照片，除了越看越觉得此公的相貌跟张友菊酷似之外，找不出丝毫钱永显被人盯梢的理由。钱永显历史清白，没参加过国民党和日伪政权的党政军警特和反动会道门，老实本分，遇事以和为贵。钱有三个子女，都已成家独立，有稳定的工作，家庭也和睦。如此，众刑警就形成了一个共识：张友菊可能是被凶手当成钱永显错杀的，至于对方为何要冲钱永显下手，那就需要继续调查了。

正讨论到这里时，陈坤副局长来了。他听了最新案情的汇报后，指示顺着这个方向秘密调查，同时安排便衣刑警保护钱永显，这也是查摸那个跟踪者的一条途径。

从3月13日开始，市局专案组刑警化装对钱永显提供保护。派出所出面跟老头儿取得沟通，告诉他，您的反映引起了政府的重视，公安局已经采取措施，您尽管放心活动，想上哪儿就上哪儿，保证您安全无恙，另外对您老府上也作了安保布置，绝对不会出问题。

刑警对钱永显和其住宅进行了全方位的监控，也就仅仅一天，即当天晚上九时许就发现有人骑着那辆"富士山"牌自行车出现在钱家附近，转了两个圈子就离开了。刑警程炽化装车夫蹬三轮载着李宝善进行跟踪，却未能成功，因为载人三轮车的速度跟自行车是没法儿比的。众刑警自然感到惋惜，还有点儿担心被对方发觉。不过，这份担心却是多余的，午夜过后，"富士山"再次出现在钱永显住所附近，鬼鬼祟祟转悠片刻，进了旁边的小巷。刑警蹑足悄行闪至巷口，借着另一头射入的路灯光一瞥，只见那厮已把自行车靠在钱宅一侧的院墙边，支好撑脚架，正往车上爬。三名刑警待他上了自行车正往墙头攀爬的时候直扑过去，当场连车带人扑翻，在他身上发现匕首一把，腕上还戴着一块金表。

押解市局讯问时，最初这厮一口咬定他是想进钱宅行窃，直到专案组长谭祖德派刑警驾车把张友菊的家属、逍逸园花匠老韦、清洁工黄妈接到市局，经辨认确认金表系张友菊生前之物，被捕者正是命案发生之前及当天都曾出现在现场的瘦高个儿男子后，他才交代了作案情况——

案犯名叫齐高舟，广东省新会县（今江门市新会区）古井镇人氏，三十五岁，父母早亡。少年时出家七年，练得一手南拳。十七岁入粤军陈济棠部当兵，因擅长散打擒拿，且生性机灵，被选入陈济棠的特别卫队。特别卫队其实并不承担警卫勤务，只负责执行暗杀、绑架、爆炸、纵火之类的特别使命，相当于后来"军统"的行动处，所以，齐高舟接受的都是行动特工的那套训练。

1936年，陈济棠联络桂系军阀李宗仁、白崇禧打出"反蒋抗日"的旗号发动"六一事变"，失败后逃亡欧洲，其特别卫队遂作鸟兽散，齐高舟于是在江门做了一名小贩。不久，娶妻生子，过着一份清贫但还算安逸的小日子。从1936年到1949年这十三年里，齐高舟经历了抗战、解放战争两个历史阶段，尽管身怀特殊技能，完全可以施展出来谋利，可是他一直没有出手，这可能跟没有人登门劝其出山也有关系。新中国成立后，一个不速之客改变了他的人生轨迹。

此人名叫朱义淳，是当初齐高舟在陈济棠特别卫队时的排长，和齐高舟拜过把子，后来跟着陈济棠去了海外。抗战爆发后，陈济棠回国出任国民政府委员，朱义淳却留在香港当了资本家的上门女婿，跟着岳父做起了生意。抗战胜利，老朱回广州探访亲友时跟齐高舟见过面，送了义弟一份厚礼。广州解放后两个余月，1950年元旦前，老朱又回来一次，这次是特地来找齐高舟的，他要求义弟为其办一件事儿——杀一个人。

朱义淳告诉齐高舟，要干掉的那人名叫钱永显，是个六十来岁的老头儿，原在典当行，现已回家养老。为什么要杀他呢？老朱生意场上的挚友老马的岳父是南洋富商，晚年移居香港与女儿同住。这富商终生未娶，所谓女儿是抗战初期香港尚未沦陷时在交际场上逢场作戏认下的。

不过，老马夫妇对富商照料得很好，这后面当然也有着一份觊觎其财产的用意。不久前，一向健康的老人查出患了肝癌，惊惧之下精神崩溃，癌症倒是得到了暂时性的控制，却成了精神病人。

根据法律规定，老人虽然尚未去世，但因患精神病，所以即使立下遗嘱也是无效的。因此，老马的妻子只要准备一应材料证明她确系老人的干女儿，待老人去世后就可继承遗产了。可是，老马聘请的律师在进行相关准备工作时却意外发现老人在移居香港前是立过一份遗嘱的，言明其身后将一半财产赠予其表弟钱永显，附加条件是只给钱永显本人，其家属无权继承；另一半财产倒是留给干女儿的。老马夫妇面对这个意外情况感到难以接受，便动了把钱永显干掉以独霸财产的念头。

老马把这事跟朱义淳一说，朱虽然愿意相助，可其时他已是一个大腹便便的中年胖子，当年的身手不再，不可能亲赴广州干掉钱永显，于是就想起了义弟齐高舟。此次前来找齐高舟，言明老马那里愿意为这桩活儿支付黄金十两，先付定金三两。齐高舟既重义兄之情，又贪图那十两黄金，再说这活儿也不难做，就答应下来。

朱义淳给了齐高舟一张钱永显的照片，那是从十年前老马的岳父去广州时与钱永显的合影上裁剪下来翻拍的单人像，地址却没有，不过提供了一条线索：钱永显是典当行老手，对古玩鉴定颇有一手，所以他经常去广州市古玩业公会与一班古玩发烧友交流。朱义淳让齐高舟去古玩业公会守候，必能守到。

齐高舟这一守，却遇到了长相与钱永显酷似的张友菊。张友菊是广州颇有名气的古董玩家，他也喜欢光顾古玩业公会，跟那班行家神聊。中风康复后去得少了，哪知年初五古玩业公会接财神菩萨时应邀去露了一下面，恰恰就让齐高舟撞着了。齐高舟见他的长相、年龄都跟朱义淳说的一样，又暗暗对着照片反复核对，最后认定此人就是目标，便跟踪到了张友菊的宅第。之后，连续数日跟踪，摸清其每天早晨要去逍逸园晨练的规律，就在2月27日下了手。

行凶后，齐高舟扔掉凶器混在现场人群里看热闹，哪知听人说死者姓张而非钱，更不是从事典当业的，便知杀错了人。这厮胆子甚大，且具有职业杀手的素质，马上决定重新开始，非要把正主儿干掉不可。几天后，他再去古玩业公会守候，果然让他撞到了钱永显，故伎重演，仍旧跟踪到其宅第。之后又连续跟踪了几天，发现这个目标的活动没有规律，只好夜晚入室行刺，不料却被刑警蹲守拿下。

1950年6月9日，齐高舟被广州市军管会判处死刑，执行枪决。

"心战专家"落网记

一、"083"专案

1950年夏,华东公安部接到一份北京转来的重要情报,一名由台湾"国防部保密局"局长毛人凤点名指派的"心战专家"将于近日秘密潜入内地。这个代号"083"的高级特务所执行的使命是:配合"韩战",培训和指导上海、南京两地的"保密局"潜伏特务在内地进行"心战"活动。为粉碎敌人的阴谋,北京方面指令华东公安部牵头组建专案组,迅速查明"083"的行踪,在其开展活动前将其抓获归案。

华东军政委员会决定把这一任务交由华东公安部副部长王范负责。王范，原名张庭谱，江苏如东人。1926年11月加入中国共产党。不久，根据组织安排来到上海，考入公共租界工部局巡捕房，以巡捕身份为掩护从事秘密工作。后因叛徒出卖被捕，关押在南京陆军监狱。1937年8月，经八路军南京办事处与国民党当局交涉获释。同年10月，王范赴延安，此后一直从事政治保卫工作。1949年初，王范受命负责中共中央进驻北平前的准备工作，肃清了大批潜伏敌特分子。这年4月，毛泽东等中央领导进入北平时，王范乘坐第一辆汽车开道，圆满完成了保卫任务。上海解放后，王范任中共中央华东局保卫处长，不久又调任华东军政委员会公安部副部长，分管政保工作。这次，他以副部长身份主持"083"专案的侦破工作，可见上级对此案的重视程度。据说"083"落网后得知自己的对手竟然是王范，不由连声叹气："怪不得我还没开始活动就被抓了！"

王范受命后，于7月13日在上海市公安局召开了第一次专案组会议。这是一个阵容强大的专案组，王范担任组长，下设第一、第二两个小组，其成员均是从上海、南京两市公安局抽调的精干侦查员。当时的行政区划中没有江苏省，只有苏南、苏北两个行政公署，南京市跟上海市一样，都是自成一体的特别市。十名上海侦查员组成的专案一组由上海市公安局政保处科长徐三友担任组长，十名南京侦查员组成的专案二组由南京市公安局政保处副处长路惕升担任组长，徐、路二位同时兼任专案组副组长。

大家互相认识后，王范便向众人介绍了一应情况。说是"一应"，其实就是本文开头的那段关于"083"的文字，没有更多信息。摆在大伙儿面前的就是这样一个难题：台湾派来的那个"心战专家"，只知道一个"083"的代号，姓名、性别、年龄、容貌、体态等一概不知，至于这个"083"是哪里人、是否曾在上海或者南京待过，那就更不清楚了。专案组要在茫茫人海中找到这么一位人物，难度可想而知。在座的虽说都是政保侦查员中的精英，以前都侦破过不少疑难案件，可包括王范在内，谁也没有遇到过这种情况。

"是否还有后续情报？"有侦查员问。

"这个……上级交代任务时没说，我们只能当作没有后续情报来对待了。"

那么，接下来该怎么办？侦查员们首先以"083"身负的使命为着眼点，即"心战"。所谓"心战"，就是心理战，"心战专家"就是精通心理战的主儿。根据以往破获的敌特案件，台湾特务机关对大陆的所谓"心战"，无非就是策划和实施策反、散发反动传单、张贴反动标语、制造和散播政治谣言之类，以达到扰乱人心的目的。其实，心理战在中国并不是什么新鲜东西。公元前202年，项羽兵败垓下，被汉军包围。汉军在夜晚唱起了楚地的歌，楚军以为刘邦已经平定楚地，因此军心被瓦解。这就是"四面楚歌"的典故，也是中国历史上最早的心理战。

国民党特务机构之前注重的是情报和行动，对心理战根本没当回事，其特训班的训练科目中并无"心战"内容。这种状况一直持续到1948年中共武装力量从战略防御转为战略进攻，也就是国民党政权行将瓦解前，方才意识到"心战"的重要性。蒋介石下令选派特工前往美国攻读"特工心理学"、"心理战要义"等科目，但这种学习是需要时间的，派去的特务学业尚未完成，国民党军队已经一败涂地了。撤离大陆前，"保密局"在布置潜伏特务时，还是以情报和行动为主，即使想到还有"心战"，也没有这方面的人才。

国民党败逃台湾后，国共两方的对峙情势发生了根本性的逆转，台湾特务机构不得不对"心战"予以特别关注，由那些在美国完成"心战"培训返台的特务以及美国专家为教官,举办训练班,并成立专门策划并实施"心战"的特工部门。但是,远水解不了近渴,无论从财力还是从安全因素考虑,台湾方面都不可能在短时间内向大陆派遣大批的擅长"心战"的特务。因此,"保密局"决定采取一种更有效率的办法,派遣"心战"教官潜入大陆,对原已潜伏在大陆的人员进行"心战"培训。

以上,就是专案组对"保密局"派遣"083"来大陆的背景的推断。然后,就该研究如何张网捕拿了。一般说来,特务潜入大陆后要想安身,必须具备一个貌似合法的身份。否则的话,他是没法儿在南京、上海那样的城市找到落脚点的。即使作为游客,也要入住宾馆、旅社,或者下榻于居民（可以是特务同伙,也可以是普通市民）家里,或者租借市民的空房。而这种办法在目前的上海、南京,已经不具备安全要素了——住宾馆、旅社需要证件或证明,民警隔三差五要来盘查;下榻于市民家里或者租房,则须向派出所申报临时户口,否则时间稍长,就会被居委会注意到,继而报告派出所。如果不幸到了这一步,别说进行特务活动了,只怕想安全撤离也为时已晚。

那么,这个身份如何获得呢?可以有以下几种办法:第一,盗用或冒用他人身份,但这种方式只适合进行短期潜伏的特务,如果是长期潜伏,很容易露马脚;第二,伪造可以以假乱真的身份证明;第三,由同伙或者不知情者为其提供旁证,通过合法手段取得身份。

当然,如果有条件,也可以另辟蹊径,比如秘密入住某座独门独户的花园洋房或开明绅士、民主人士的宅第,尤其是后者,这类人家大多是深宅大院,居委会是没有条件监视的,派出所一般也不会去查户口,即便查,也是点到即止,不会挨门查看。如果找到这样的地方,"083"不但可以平安住下,甚至还可以利用这里的便利条件召集特务进行"心战"培训。

专案组随即作出安排，专案一组、专案二组分别在上海、南京查摸上述适宜于"083"作为落脚点的目标，要求辖区公安分局、管段派出所留意此类住户。与此同时，对被我方拘捕（包括被捕后因各种原因释放）的部分敌特分子的供述材料进行审阅，查找当初奉派前往美国进行"心战"培训人员的线索，以缩小甄别范围。

当天散会后，上海的专案一组和返回南京的专案二组随即开始行动。

当时的上海市共有三十个区，专案一组的十名侦查员作了分工，每人负责跑三个区，主要是去分局传达以华东公安部和上海市公安局名义联合下达的协查指令，至于具体如何进行，没有统一做法，可以由分局自己派员调查，也可以由下辖的各公安派出所调查。专案组十名侦查员则坐镇三个分局中交通最便利的那个，协调调查工作，汇总调查情况。这项工作进行到第三天，专案一组发现了两条线索——

一条来自洋泾区政府所在地浦东洋泾镇。该镇的东北角有一座老宅子，镇上人都称其席家大院，但宅院的主人却不姓席，姓薛，名无易，是个五十来岁的老者，操一口四川方言。没人知道薛无易是怎么跟席家大院沾上边并成为宅子主人的，只记得早在北洋后期，这位薛先生还是一个二十多岁的青年时就已经出现在洋泾镇上了。然后，忽然有一天，原席家大院的主人席祥昌全家离开了洋泾，据说是去席氏的老家江西南昌了。

洋泾一带把所有外埠人士一概称为"客边人"，在他们看来，薛无易这个客边人在镇上为数不多的客边人中属于另类——来历不明，沉默寡言，没有家眷，深居简出。薛无易把席家大院稍加修缮，改成了一座货栈。洋泾镇位于黄浦江畔，当时系浦东地区有名的水陆码头，因此货栈生意很好。抗战时期，货栈曾被日军征用，辟作军用物资仓库，抗战胜利后物归原主，薛无易继续经营货栈生意。上海解放后，货栈被华野部队临时征用，作为军用物资储存仓库。半年前，部队退租，薛无易也不再折腾了，就把大院空置着。上个月，他突然请了几个匠人师傅，对院内的部分房屋进行了修缮。镇上人以为这个客边人又有什么新的经营路数了，不料，房子修缮好后却一直不见动静。本月初，有人注意到几乎天天有陌生人进出席家大院，来去的时间没有定规，上午下午清晨黄昏，想来就来，想去就去。

上述情况自然引起了洋泾镇公安派出所的注意，已经将其作为需要了解的对象了，可是，这一阵子因忙于清除匪霸，腾不出手来，只好往旁边暂时搁一搁。这时，接到专案组的协查通知，派出所首先想到的就是席家大院，不敢耽搁，赶紧把情况上报。

另一条线索来自徐家汇区。该区的襄阳路上有一座法式花园洋房，户主的姓氏绝对冷僻——职，所以这一带的人们就把这座花园洋房唤作"职园"。"职园"的主人职老爷子单名赓，字柏龄。借用洋泾镇的说法，老爷子也是客边人——广东梅县人氏。不过，职赓并不像薛无易那样神秘，他的情况不但徐家汇一带的人们知晓，还上过报纸——年轻时追随孙中山，曾主持华中地区地下交通工作，为革命党人传递情报、运送军火。辛亥革命前夕，职赓被捕，遭到严刑拷打，一条腿留下残疾。中华民国成立后，论功行赏，职赓被安置于上海，按月领取一份不菲的薪饷，还把位于拉都路上的一座花园洋房拨给他居住。上海解放后，拉都路改名为襄阳路，职老爷子在此居住至今。

1912 年至 1950 年，将近四十年间，职老爷子经历了北洋政府、南京政府、日伪政权和新中国，竟然一直安安稳稳过着一份滋润日子。北洋时期，北京政府对其颇为尊重，凡有高级官员来沪公干的，必由地方大员陪同着前往拜访；南京政府时期，蒋介石、汪精卫、孔祥熙、宋子文等也都登过门，历届上海市长每逢年节必定上门慰问；日伪时期，侵华日军驻沪部队的将领以及汉奸政权的头头脑脑也曾频频光顾，请其出山，均遭到拒绝；上海解放后，潘汉年副市长受陈毅市长委托，也曾上门探望。

那么，职老爷子为何被认为与"083"专案有关呢？那是因为派出所接到群众举报，反映"职园"近日一反常态，隔三差五有宾客出入，而且这些人的年龄性别、穿着举止都各不相同，有西装革履、旗袍高跟的，也有长衫马褂、绸衣绸裤的，还有粗布衣裤、布鞋草鞋的。这些人来到"职园"，或乘私家轿车、出租汽车、军用吉普，或摩托车自行车、黄包车三轮车，也有步行的。"职园"雇有门卫、花匠、车夫、厨子、保姆，每有客人登门，均各司其职，殷勤接待。职赓老夫妻俩从来不迎接客人，也很少送客到门口，那几个联名反映情况的邻居唯一看到的一次，老两口送出来的客人竟是一个五十来岁看上去属于劳动阶层的妇女。

正是因此，才让几个邻居感到不可思议，凑在一起议论了一阵，越发觉得可疑，于是产生了向派出所反映情况的念头。派出所对此自是重视，正好接到专案组的协查通知，于是就作为可疑情况报了上去。

专案一组遂决定对这两个可疑情况进行调查。

二、两条线索

一组组长徐三友作了分工，侦查员万国伟、蔡鸣和老谢、小祝前往洋泾镇调查席家大院的主人薛无易，刘兴昌、老林、老丰、小贾前往徐家汇区调查"职园"的主人职赓。

7月17日上午，万国伟等四人便衣装束，搭乘轮渡过了黄浦江，前往洋泾镇。先去了洋泾公安分局，找到政保股金股长说明来意。金股长自是积极配合，指派两名侦查员听专案组调遣。其中一位姓马的年轻侦查员是本地人，住在席家大院附近，每天上下班都要路过席家大院门口。小马说，今天早上路过那里时，看见有四五个陌生汉子在门口转悠，不知是什么来路。万国伟等人商量下来，决定请小马出面前往席家大院所在地的居委会，让居委会大妈通知薛无易到镇政府民政股开会，侦查员则在镇政府等候。

不一会儿，小马满头大汗地赶到镇政府，说薛无易不肯来，称他今日有要事，不能离开。万国伟沉吟片刻："既然他不肯出门，那我们就登门拜访。"

一干侦查员过去一看，暗吃一惊。席家大院大门一侧竟然挂出了一块招牌，白底黑字，赫然醒目："华北军政委员会物资部驻沪办事处物资储运站"。三个操北方口音的男子正把"军事重地闲人莫近"的牌子往另一侧墙上钉。侦查员有点儿纳闷儿，怎么席家大院突然变成"军事重地"了？于是上前亮出证件，点名要找薛无易说话。那三个男子不敢阻拦，说薛老板在宅子里面，你们自己进去吧。蔡鸣寻思不能让他们溜了，便说我们没来过贵处，不熟悉，劳驾您三位头前带路。言毕，众侦查员早已围上来，簇拥着那三个男子进了大门。

薛无易从容面对侦查员，说这真是大水冲了龙王庙，相遇不认自家人了。说着，拿出一个外面印着"中国人民解放军华北军区"的牛皮纸档案袋，把里面的一应文件、证明一一拿给侦查员过目，同时解释说，华北军区因采购军用物资需要，特在上海设立物资储运部办事处。此事分派给了薛无易的堂弟、华北军区后勤部军官薛无冕，薛无冕想起堂兄在上海浦东洋泾镇上有一座宅院，水陆交通均很方便，遂决定征用席家大院作为储运仓库。当时军队征用民房是按市价付房租的,薛无冕还以"华北军政委员会物资部"的名义跟堂兄签订了一份租房协议。

侦查员马上提了两个问题,一是那个"驻沪办事处"在哪里,二是那个薛无冕是否在场。薛无易说堂弟在市里,正为筹建办事处到处找房子呢,储运站可以设在洋泾,办事处却是必须设在市区的。这个回答听起来似乎合理,但侦查员不能仅凭对方的一面之词就打道回府,至少要找相关部门核实一下。万国伟寻思,军方在镇上设仓库,按说镇政府方面应该是知道的,可是,刚刚在镇政府的时候,侦查员向镇领导简单介绍了他们要调查薛无易其人的情况,镇领导却并未提及仓库的事,这又是为什么呢?正疑惑间,侦查员小祝有了新发现——对方出示的证明上的印鉴似乎有问题!

小祝那年不过二十一岁,但于印章却颇有心得。他出身刻字匠世家,九岁开始就跟着祖父、父亲鼓捣印章,到十八岁上,他刻出的印章跟老爸相比一点儿不差,算得上一个专业刻字匠。五年前,小祝因"窝藏"遭到追捕的地下党(他的小学老师)上了国民党警察局的黑名单,不得不投奔苏北根据地,若非如此,他可能已经子承父业当上刻字铺老板了。现在,小祝的专业特长发挥了作用,凭经验,他觉得对方出示的那些文件上的印章略显粗糙,笔画间有拖泥带水的痕迹。

他断定这是伪造的印章,于是盯着薛无易连连发问。对方反复解释说他是房东,不过是受堂弟委托暂时保管这个牛皮纸档案袋,其他情况一概不知。可越是这样,越显得疑点重重。其他侦查员在一旁看着,已经明白眼前这几位必定有事儿,二话不说,拔枪的拔枪,掏手铐的掏手铐,转眼就把连同薛无易在内的几个嫌疑分子铐在一起。然后搜查全宅,搜得伪造的印章一盒,公文、证件若干,手枪三支,子弹二百多发,现钞三百余万元(此系旧版人民币,与新版人民币的兑换比率是10000∶1)。

　　侦查员没想到误打误撞竟撞上了这么一条大鱼,尽管还不知道这些人与"083"案件是否有关,但肯定是潜伏敌特无疑。出于保密的需要,他们请洋泾分局设法联系一条汽艇开到席家大院后门河边,沿着黄浦江把人犯直接运到了市区,再转汽车押到上海市公安局。汽艇还没到,身穿解放军军官制服的薛无冕忽然从市区过来了,自投罗网,倒是省了侦查员不少事。

　　这边几个侦查员分头讯问薛无冕等人,却不知另一路侦查员刘兴昌、老林、老丰、小贾四人正遭遇另一个版本的大水冲了龙王庙——

　　刘兴昌这拨人马的调查路数跟万国伟那一路不同,他们没去徐家汇分局,也没去襄阳路派出所。为什么呢?因为"职园"的可疑情况是徐家汇分局提供的,按常规,如果情况有变化,徐家汇分局会在第一时间告知专案组,现在专案组并未接到通知,所以应该还是老情况。那就没必要去麻烦人家了。

　　那么,该怎样对"职园"进行调查呢?侦查员一番商量后,认为应以不打草惊蛇为原则,先查外围,盯着那些在"职园"进进出出的主儿查摸,比如他们是何许人,来自何方,居住何处,频频进出"职园"有何目的,跟职赓是什么关系,等等。这种调查当然得悄然进行,于是,四名侦查员分别化装成三轮车夫和乘客、路人以及沿街叫卖的小贩。

　　刘兴昌个头儿不高,身材瘦削,他就化装成乘客,让人高马大的老丰扮成车夫,蹬着三轮车载上他,沿着襄阳路由北向南,边走边观察。经过"职园"门口时,三轮车的链子掉了。当然,这是有意安排的。老丰下车装链子,尽管这是个简单活儿,但他以前不曾干过,还是显得有些笨手笨脚。"乘客"刘兴昌则借这个机会下了车,一边等候老丰修车，一边来回溜达，目光有意无意地往"职园"里面窥探。忽然，他注意到"职园"竟然是装有电话的，一根黑色电线从围墙上的丁字形铁架子上伸出，与马路旁边的电线杆相连。刘兴昌暗忖幸亏过来看了看，之前还真没想到电话的问题。既然"职园"是上海滩为数不多的私人电话用户之一，是不是可以考虑请邮电局协助，对这部电话进行监听呢？

正这样想着的时候，刘兴昌忽然感觉到背后似有异样动静，正待转身，后腰已被硬物顶住，有人低声在他耳边说："不许动！"

刘兴昌一惊，意识到那是手枪，便不敢动弹。因为搞不清对方是何来路，他便用江湖口吻和对方盘道，同时也是向正埋头修车的老丰报警："不知是哪位老大？兄弟今天正好没带钱钞，请高抬贵手！"

"别啰嗦！"对方显然是个熟手，说话的同时，伸手从刘兴昌怀里抽去了手枪。

一切都发生在瞬间，犹如电光石火，快得让人根本来不及思考。蹲在地上装车链子的老丰发觉情势不对，正待起身，突然两条胳膊被人以擒拿手法反扣住，接着双脚离地，被两个汉子快速抬进了"职园"大门。那二位的动作有些粗暴，将其抬到门内往地上一扔，老丰的半个身子差点儿被摔散了架。一个翻身正要爬起来，又被一脚撂倒，这一脚的力道也不小，老丰怀里掖着的手枪掉了出来。这时，刘兴昌也被人拗住推进来了。两人这才看清，对方是四个彪形大汉，为首的那个利索地捡起手枪，摆弄两下，冷冷地下令："搜身！"

这一搜，把刘兴昌和老丰的证件搜了出来。对方一看，愣了一下："你们是市公安局的？谁叫你们来的？哦……先把他们松开。"

刘兴昌反问："你们是什么人？"

对方没有回答，把两人请入一间空屋，关在里面。刘、丰听见那个为首的吩咐下属："给市局打电话核实他俩的身份。"

十分钟后，那个为首的又进来了，把手枪、证件还给二人，说是闹了点儿小误会，然后请他们从后门离开——三轮车已经停在后门口了。

刘兴昌已经意识到对方可能是自己人，但对方自始至终没有亮明身份。遇到这等事儿，他们自是立刻返回专案组驻地报告，刚进门，徐三友已经等着他们了，告诉他们说上级来了电话，命令停止对"职园"的调查，什么原因没有交代。直到很久以后，刘兴昌才偶然听说，"职园"的主人职老爷子当时正奉北京之命执行一桩重要使命，那几个便衣系北京直接派赴上海的安保人员。至于这项使命的内容，只怕连市公安局领导也不一定知晓。

这时，另一路侦查员已经初步完成对席家大院拘留人员的讯问，所获情况也是"一包气"（上海方言，令人非常沮丧的意思）。

薛无易的堂弟薛无冕时年三十九岁，早年曾在上海滩干过证券交易买卖，不过没有执照，只是给人当助手——当时证券交易执照极为难考，跟如今的注册会计师有一比。别看他没有执照，人脉却很广，据说经常出入上海滩三大亨黄金荣、杜月笙、张啸林的公馆，由此可见其活动能量了。照这样发展下去，薛无冕很可能在证券行业成就一番事业。不料抗战爆发，上海失陷，薛无冕进了日伪政权的财政局当了一名科长。如此，到抗战胜利后，他就是榜上有名的汉奸了。在提篮桥监狱吃了两年半的牢饭，出狱时他已是两手空空，孑然一身。于是，他以投资为名到处借钱，折腾了几回，却闹了个血本无归，只有四处躲债。

薛无冕知道，老是这样下去肯定有躲不开的一天。古话说穷则思变，可是，怎样变呢？上海解放后，他所熟悉的证券交易已经停止了；做其他正经买卖也不可能，一是缺本钱，二是没经验，三是国家已经有意识地在控制私营经济的发展。那怎么办呢？看来只有行骗，大捞一笔，然后远走高飞，去香港或者澳门。

那么，骗谁呢？薛无冕把主意打到堂兄头上。薛无易是个老实人，也没什么野心，换句话说就是不思进取，靠出租房产就能过上一份舒心滋润的日子，倒也逍遥自在。上海解放后，军方按市价租用席家大院，他照样有一份不菲的收入。后来军方退租了，一时半会儿又没有新房客登门，担心坐吃山空，他才有了点儿危机感。这时，薛无冕来了，说是供职于华北军区后勤部，专门替军方在江南采购物资，并在上海建立一个物资储运点，寻思着肥水不外流，就想到了堂兄的院子。薛无易自是乐意，就跟他签订了协议。房子出租了，薛无易没拿到一分钱，反而贴进了一笔装修费用——薛无冕是打算空手套白狼的，怎么会老实付房租？但薛无易并不担心，他以前有和军方合作的经历，知道军方是信守承诺的，又对堂弟所说深信不疑，做梦也想不到这是堂弟设下的骗局。

薛无冕和他招收的几个帮手——招供，交代了准备打着军方的旗号大肆行骗的犯罪事实。公章、文件、证明之类，自是薛无冕伪造的；军服、手枪、子弹，则是从黑市上买的。当时上海北站附近的虬江路旧货市场，白天卖的全是合法物品；到了夜晚，正规商家关门打烊，魑魅魍魉纷纷出动，五花八门的违禁物品一应齐全，别说手枪，就是炸弹据说也有出售。政府取缔过几次，但不久又死灰复燃。

如此，费了好几天工夫查摸到的两条线索，就全都断了。

三、暗娼和嫖客

专案一组四处奔波的时候，专案二组也查摸到了一条有价值的线索：

这条线索是侦查员朱福家到派出所布置协查任务时无意中获得的。

朱福家原系国民党"首都警察厅"的刑事警察，真实身份是中共地下党员，南京解放前夕接到组织上的通知，说他可能已经暴露，命其火速撤离到江北。南京解放后，他参加了接管工作，仍然干老本行，但不再当刑警，而是调到南京市公安局政保处。这次华东公安部组建"083"专案组，他被领导点名抽调过来。专案二组一干人马返回南京后，随即布置工作，朱福家负责鼓楼分局辖区的协查。他最初当刑警时就在鼓楼区，对这一带很熟悉，接受任务后，他也没去分局，而是直接往下面跑，把协查的事儿交代给派出所。

7月14日，朱福家来到中央路派出所，所长老郁正在和一干民警开会，听取户籍警对管段治安情况的汇报。朱福家没有打断，坐在一旁听着。汇报结束，老郁问他有何贵干时，他指着民警老毕说："我要查摸的情况好像跟这位同志刚才的汇报有关系。"

老毕刚才汇报说，其管段内的印家巷有一个单身女子，名叫蒋琦蓉，今年三十岁。这个女子的经历很不寻常。她本出身富家，其祖上三代均是南京城里有名的商人，其祖父在世时拥有的房产就达二十处之多，蒋琦蓉现在居住的印家巷12号即是其中之一。她自幼生活优越，一天到晚都有娘姨、保镖、司机围着打转。不过，到她十岁那年，她的生活发生了剧变。先是祖父去世，父辈分家；然后是父亲外出时遭土匪绑架，勒索大洋两万。家里如数交纳，可是，那伙土匪根本没有职业道德，钱到手后依然撕票。

蒋父生前娶了三个老婆，蒋琦蓉是第二个老婆所生。老爸一死，三个老婆闹分家，其母分得房产三处、钱财若干。靠着这些财产，本可以过上相当滋润的日子，可是，原本就有赌瘾的蒋母没了丈夫的约束，不但变本加厉，不久还抽上了鸦片。有这两项开销，别说三处房产，就是三十处只怕也会折腾个精光。不到三年，其母输掉了总价值三四万大洋的浮财，两处房产也抵押了，最后贫病交加，于一个风雪之夜跳江而亡。从此，十三岁的蒋琦蓉成了孤儿。幸亏之前由于族人的强烈干涉，其母没有卖掉位于印家巷的最后一套房产，她才有个落脚之地。在族人的帮助下，她把这套房子的四分之三出租，靠租金维持生活和学业。

蒋琦蓉初中毕业那年，全面抗战爆发，南京沦陷。当时她已考入教会办的护士学校，日军制造惨绝人寰的大屠杀时，适逢她参加学校组织的教学交流活动去了外地，总算逃过一劫。可是，当她半年后返回南京时，赖以栖身的印家巷房产已被汉奸霸占，接着，护士学校又停办了。其时，蒋氏家族的成员死的死，逃的逃，破产的破产，谁也帮不上她的忙。蒋琦蓉为求生存，只好委身于一个青帮流氓裘三宝。姓裘的许诺三个月内帮她索回印家巷的房产，转眼三个月过去，她不但没要回房产，反被裘三宝灌醉了卖给妓院。直到抗战胜利，妓院老板因汉奸罪入狱，妓院被查封，蒋琦蓉才恢复自由身。不久，国民政府将日伪霸占的财产发还原主，蒋琦蓉才得以回到印家巷的老宅。

遭此大劫，蒋琦蓉身心俱疲，啥也不想，只图过一份安稳日子。而其时的经济状况跟抗战前的"黄金十年"根本没法儿比，仅仅靠出租房屋，蒋琦蓉难以维持生活。她想找一份工作，可多年的妓院生涯让她养成了好吃懒做的习惯，再也受不了朝九晚五的辛苦；想嫁人，那段窑子生涯成了拦路虎。无奈之下，蒋琦蓉在出租房屋的同时，又做起了暗娼。不过，她对主顾是有选择的，只跟几个固定的男性保持来往，不图发财，过上小康日子她就满足了。

本来，各人有各人的活法，上海解放初期，类似蒋琦蓉这样的暗娼行为并无哪条法律予以禁止，所以也不会引起派出所的关注。但是最近，蒋琦蓉的情况发生了变化。三天前，她的三户房客同时接到房东蒋琦蓉的通知，要求他们在七天内搬离。当初订立租房合约时，白纸黑字写得清清楚楚，"房东如需收回房子，须在三十日内告知房客"，因此，三户房客认为这样的要求不能接受。

若在旧时，遇上这种情况，可以向法院告状，也可以找甲长、保长调解。如今，上海刚刚解放，人民法院虽已成立，但要处理的大要案件颇多，这类小事根本顾不上，而甲长、保长已进了历史博物馆，取而代之的是居民委员会。于是，三户房客便向居民委员会反映情况，希望协调解决，其诉求是最好不搬，如若一定要搬离，那房东也得给足一个月的时间让他们寻找新的房源。

户籍警老毕在例行巡查时，从居民委员会得知了上述情况。其时派出所还没有接到"083"专案组的协查通知，老毕只是将其作为日常工作内容在派出所的例会上向所长作了汇报。旁听的朱福家认为这个情况值得注意，就留下老毕专门了解，不问别的，单问两点——蒋琦蓉要求房客退租时，说了什么理由；蒋氏的那处房产面积多大，结构如何？

老毕说，蒋琦蓉要求房客退租时没说理由，只说她的房子另有用途，而且比较急，所以要求房客立刻退租；作为补偿，她愿意免除本月的租金。蒋的房子是一座小型石库门宅院，独门独户，两层楼房，进门有一个天井，分前后两进，有前后客堂、东西厢房以及阁楼，总居住面积应该不少于一百八十平方米。朱福家听着，心里一动：如此建筑结构，颇适合给那位"心战专家"作培训场所，只要大门一关，里面别说开"心战"课了，就是练擒拿格斗外面只怕也听不见，而且还有那么大的面积，一次聚集十几人应该不成问题。

朱福家返回专案组驻地，向专案二组组长路惕升一汇报，立刻引起了重视。侦查员们兵分两路，一路跟房客接触，了解相关情况；另一路则密切注视蒋琦蓉的一举一动。

侦查员钱春白、荣冲福、老王、小姜四人奉命向房客了解相关情况。三户房客分别姓郭、宋、杨，都是四十多岁的中年男子。三人提供的有关房东蒋琦蓉的情况，归纳起来如下：

蒋琦蓉这几年里的相好比较固定，总共不过五六人，上海解放后至今，常来往的有三个，一般一星期来印家巷这边一次，有时过夜，有时待上半天。邻居都知道蒋琦蓉曾做过妓女，再说人民政府当时也没明令禁止这种暗娼式的卖淫，因此对蒋倒也比较宽容，有时背地里偶尔说起，有人还认为这种固定嫖客至少比没有节制地胡乱接客显得"文明"些。郭、宋、杨三户房客对那三个固定嫖客也没有另眼看待，时间长了，偶尔遇见还打打招呼，聊上两句。由此得知，这三个嫖客一个姓李，系长江客运码头的机修工；一个姓陆，系秦淮区不知哪所学校的体操老师（旧时人们把体育课称为体操课）；还有一个姓闵，也在秦淮区，是个中医。

房客们对那个姓闵的中医印象最为深刻，此人性格温和，比较健谈，而且热心，三个房客都受过他的惠——家里老人孩子有个头痛脑热什么的，适逢他登门，顺便请其诊治，当场开个土方，往往药到病除，而且不收费用。此外，这位郎中先生还精通电气，三个房客家里的电灯、收音机、留声机之类的出了故障，让他摆弄两下，立时解决问题。

蒋琦蓉其人生性小气，比较贪财，对房租卡得很紧，只要听说别家涨价，她必定会在第一时间跟涨；交纳房租的时间也严格按照合约规定执行，只能提前，不能延缓，有时交租日房客正好不在家，她即便等到半夜也绝不拖到第二天。所以，这次她主动提出愿意免收本月租金，房客们都颇觉意外。三个房客不约而同判断，她之所以急着把他们赶走，肯定是因为有了愿意出高价的新房客。

那么，平时蒋琦蓉是否有嫖客之外的其他客人来访呢？在房客们印象中，蒋琦蓉平时一向没有什么亲朋好友登门，即使逢年过节也是如此，这可能跟她做过妓女有关。可是，五天之前，忽然有一个肤色黝黑、举止粗鲁的大汉登门，蒋琦蓉热情款待，比对那三个老嫖客还殷勤。那黑大汉是下午三点多来的，蒋琦蓉随即拜托房客老郭的妻子去菜场买来生熟菜肴和老酒。吃过饭，那大汉由蒋琦蓉陪同着出去了。房客都以为他是告辞离开了，而蒋是去送客的。哪知晚上八点多，两人又回来了，房客们从其言谈间得知，原来两人去看电影了。当晚，黑大汉留宿蒋琦蓉家，次日日上三竿方才离开。当天傍晚，蒋琦蓉就向三户房客提出，要立刻收回房子，另有急用。

三位房客提供的情况中，有两个人让侦查员们产生了兴趣。一是那位中医。身怀岐黄之术不算啥，那个年代中医有的是，问题是一个中医怎么会精通电气，甚至会修理收音机？这在当时是比较罕见的。另外，就是那个突然冒出来的黑大汉，这主儿是什么来头？跟蒋琦蓉是什么关系？此人出现之后，蒋琦蓉就要求房客们搬家，这是偶然的吗？

次日，专案组派员分头查摸。尽管三个房客提供的嫖客信息比较模糊，但对于侦查员来说已经足够了。他们分头跑了半天，就顺利地找到了目标。这三人分别是长江客运码头职工李圣培、私立"勤俭小学"体操老师陆中民和私营中医闵玮钧。进一步调查，李圣培、陆中民历史清白，没有参加过任何党派或帮会，除了跟蒋琦蓉等暗娼有来往之外，并无其他劣迹。闵玮钧则不同，这人是中医不假，而且还是祖传郎中，医术不错，但他在抗战时曾参加"中统"，系"中统"派驻上海特务机构的地下报务员，在法租界霞飞路以中医诊所为掩护，秘密从事报务工作，后因组织遭到破坏，奉命撤离。离开上海后，他没有返回重庆听候总部重新安排，而是私自回到了南京老家，脱离"中统"，开业行医至今，不过，尚不清楚他现在跟"中统"方面是否还有联系。至于那个黑大汉，专案二组虽然费了不少劲儿，却未能查到其底细。

"083"专案组组长王范听到上述情况汇报后,认为专案二组有可能查摸到了有价值的线索,于当晚赴南京坐镇,指挥进一步的侦查。

专案二组继续对蒋琦蓉进行秘密监视,发现她除了去过一趟一街之隔的"达诚牙医诊所"治疗蛀牙外,并未跟其他人有过接触。与此同时,专案二组侦查员跟已经排除嫌疑的两个嫖客李圣培、陆中民进行了接触,辗转了解蒋琦蓉跟闵玮钧的关系,那二位都说没听说过此人。再细问下来,李、陆二人也都不知道对方的存在,也就是说,蒋琦蓉对三个嫖客均隐瞒了自己另有相好。

7月16日一早,李圣培、陆中民向专案二组报称,他们分别收到了蒋琦蓉寄出的挂号信函,说现在已经解放了,人民政府颁布了《婚姻法》,提倡新风尚新风气,作为守法群众,应该响应政府号召,所以她决定从此中断跟他们的关系,准备在适当的时候物色对象,组建家庭,生儿育女。

这两封内容相同的信函交到专案二组,侦查员们传阅之后,马上产生了疑问——蒋琦蓉正被秘密监视着,可监视人员并未发现她曾经去过邮电局寄挂号信呀?再看邮戳,这才恍然。原来这信是7月14日寄出的,那时候监视人员还没到位。当时邮局的投递效率不高,再加上初解放时各行各业都百废待兴,邮局这边人手不足,即便是同城的信件,隔上一两天才送达也是常事。

这时,管段派出所打来电话,说有个叫闵玮钧的中医跑到蒋琦蓉家里去吵架,双方争执不休,闵对蒋动了手,打得蒋口鼻淌血。邻居报告居委会后,居委会干部把两人送到了派出所。因为涉及蒋琦蓉,派出所马上致电专案组,询问应如何处理。

二组组长路惕升立即指派侦查员荣冲福、老钟、小夏前往派出所,以派出所民警的名义分别跟蒋琦蓉、闵玮钧谈了话。原来,闵玮钧也收到了蒋琦蓉寄出的断交信。闵有妻子，跟蒋琦蓉的交往无非是寻求刺激。现在，蒋琦蓉不愿跟他保持关系了，本也无可无不可。可是，前不久他刚送给蒋琦蓉一块女式"英纳格"手表，此刻忽然接到断交通知，心情可想而知。于是，就拿着挂号信赶到印家巷，向蒋琦蓉讨还手表。蒋琦蓉生性贪财，哪肯把已经到手的手表还给人家？争执中，闵玮钧一怒之下抽了蒋琦蓉一个耳光。

事情就这么简单，双方都没有说出更多的内容，侦查员就把此事交由派出所处理。当时的法律对于个人赠予尚没有统一的观念，承办民警都是凭着感觉办案，向闵玮钧问明价格后，让蒋琦蓉付了一半的钱钞，"英纳格"就归她了。

离开派出所，蒋琦蓉捂着半边脸去了"达诚牙医诊所"，不到半小时，跟踪的侦查员就看见牙医把她送出诊所，一边还叮嘱些注意事项。侦查员根据他们断断续续的谈话判断，蒋琦蓉的那颗蛀牙被闵玮钧一巴掌打得摇摇欲坠，牙医已经将其拔下来了。告别牙医，蒋琦蓉在附近的一家豆腐店里买了两块豆腐，径直回到印家巷。

次日上午，专案二组的侦查员们正讨论蒋、闵的这次争吵是否有什么其他背景，又接到派出所的电话，说蒋家的三个房客来反映，他们昨晚接到蒋琦蓉的通知，告知不必搬离，欢迎他们继续租住。一干侦查员吃惊不小，这是怎么回事？她为什么打消驱赶房客的主意了？

专案二组之所以把蒋琦蓉列为"083"专案的嫌疑人，重要原因之一就是她的私房特别适宜于提供给"083"执行培训"心战"特工的使命。现在，她不再让房客搬离，那岂不说明敌特方面已经决定放弃这个地点了？为什么放弃？难道跟昨天闵玮钧上门一闹有关？

专案二组当即举行案情分析会，由坐镇南京的"083"专案组组长王范主持。王范综合了众人的意见，认为还是得盯着蒋琦蓉，这个女人身上有明显的可疑之处。撇开那个不明身份的黑大汉，仅是她这两天的言行举止就颇值得商榷。在整个"083"案件中，蒋琦蓉不过是个棋子而已，这一点没有疑问。印家巷住宅是否作为授课点，当然不是她本人能够决定的。但是，她既然明确通知房客可以继续租居，说明她得到了上家的指示。问题是，这个女人已经处于我方侦查员的密切监视之下，她是通过什么途径跟她的上家或者上家的代理人取得联系的呢？

根据监视人员的值班记录，自蒋琦蓉被监视以来，除闵玮钧外并无其他人登门。蒋琦蓉离开过住所两次，前一次是去牙医诊所，后一次是去派出所解决纠纷，在返回途中又去了一趟诊所，然后去菜场买了两块豆腐。除此之外，她所接触的人就只有同一屋檐下的三户房客了。三户房客应该没有问题，因为之前跟他们进行的谈话已经算是打草惊蛇了，而蒋琦蓉并无反应。

那么，闵玮钧是否有问题呢？侦查员认为似乎可以排除其嫌疑。如果仅仅是为了向蒋琦蓉传达上家的指示，不需要采用讨要手表这类借口，更没必要大动干戈，闹得邻人尽知，他完全可以通过其他手段做到这一点。而且，也许正是因为闵玮钧的上门，动静闹得太大，蒋琦蓉将此事上报之后，其上级认为此地已不适宜作为培训地点。照这样分析下去，蒋琦蓉接到取消原计划的通知，应该是在闵玮钧上门之后。

这样，剩下的疑点就是那个牙医诊所了。蒋琦蓉这两天一共去过两次，昨天是第二次，去过之后的当晚，就挽留房客继续租住。对于她来说，这应该是第一时间，因为那时三个房客刚刚下班回家。当然，昨天她还去买过豆腐，不过，跟豆腐店老板娘的接触不过分把钟时间，在这么短的时间里，要把闵玮钧登门闹事的信息告知对方，还要等待对方作出放弃原计划的决定（前提是豆腐店里的人即是蒋的顶头上司，有决定权），实在是太过仓促。所以，侦查员认为问题应该出在牙医诊所，那个牙医是有决定权的,听到蒋琦蓉的汇报之后,随即决定放弃原计划。于是,蒋琦蓉当晚就挽留房客了(这可能是她自己的主意)。

"083"专案组组长王范当即下令,秘密调查"达诚牙医诊所"。

四、牙医诊所

"达诚牙医诊所"是一家只有一名牙医唱独角戏的小诊所,牙医名叫钱达诚,四十岁,是个自学成才的牙科郎中。旧时做牙医不必凭文凭,也没有执业医师证书之说,第一只要敢想,第二只要敢做,第三须得有患者光顾,那就足够了。钱达诚就是这样,先是在马路边上设小摊头,一张桌子两把椅子,再撑一顶遮阳伞,弄一张马粪纸写上"专治蛀牙"什么的,就算是开张了。他在遮阳伞下从十八岁熬到三十六岁,方才买了套门面房开了诊所。凭着长期马路设摊练就的那套水磨功夫,他跟一干邻居搞好了关系,主顾渐渐增多。

不过,跟邻居关系好,也意味着人家会了解自己的情况。不止一个邻居告诉侦查员,他们最近曾见到过一个肤色黝黑、面容狰狞的中年汉子去过诊所。

信息反馈到专案组,王范果断下令:拘捕钱达诚,搜查诊所!

7月19日晚,一干侦查员悄然包围了诊所,请一位女邻居以"丈夫急病,请求相帮"为名叫开了门。众人一拥而入,竟有意外发现——那个相貌特征明显的黑大汉也在诊所内。因为天热,黑大汉在后面天井里用门板搭了一张凉床,光着膀子躺在上面。这厮颇为机警,听见动静,一个翻身滚下凉床,从墙边花坛里取出预先藏好的手枪,正推弹上膛时,被率先冲上来的侦查员一拳砸飞。黑大汉身手不错,随即一脚踢倒侦查员,但往下却不敢"有所作为"了,因为此时至少已有三支手枪对准他了。

众侦查员押着钱达诚和黑大汉前往专案二组驻地,当即讯问,不料却是一场空欢喜……

黑大汉名叫齐大梁,江苏盐城人氏,四十二岁,系苏北一带小有名气的海盗,道上字号唤作"黑煞神",二十多年来作恶多端,血债累累。抗战期间,曾被日伪收编,给了他一个伪军营长的官衔。后来因为跟上司关系恶化,制造了一起灭门血案,把上司一家八口杀光后逃到南京,改名换姓,混进一家国术馆当教习。立稳脚跟后,齐大梁拿着多年打劫得来的钱财挥霍,隔三差五逛妓院,结识了当时尚未从良的蒋琦蓉。蒋琦蓉贪财,认钱不认人,跟齐大梁厮混了一段时间。抗战胜利后,蒋琦蓉之所以能收回印家巷的房子,也是借了齐大梁的光。

尽管国民政府下令发还房产,但曾经霸占房产的那个汉奸已经将房子租给了好几个房客,那些房客就是赖着不走,蒋琦蓉无可奈何,只得求齐大梁帮忙。齐大梁动用他的江湖朋友登门威胁,才迫使房客们就范。为此,蒋琦蓉对齐大梁特别感激,甚至有了嫁给他的打算。齐大梁还没盘算定当,突然得到消息说他已被列为"江苏省七大双料巨匪"之一("双料"指的是抗战前是匪盗,抗战时投敌),立马拔腿开溜。在东北、西北混了一阵,三次被捕,都被他逃脱。最近齐大梁又回到南京,想先待上一段时间,歇歇脚,喘口气,有机会就干几票,然后再想办法逃往境外。

抵达南京后,齐大梁先去找了牙医钱达诚。用钱达诚的说法,齐大梁应该算得上是他的"恩公"。他在认识齐大梁之前,一直在马路旁摆小摊头。那时候没有城管,不过警察时常要来训斥或者驱赶,隔三差五他就得装孙子;另外,地痞、流氓、小瘪三也常来敲诈勒索,时不时得破点儿小财,甚至还有人来拔"霸王牙"——拔了牙不给钱。自从结识齐大梁后，因为警察中有齐大梁的国术弟子，只打了声招呼，从此就一切太平，警察和地痞流氓不但不再骚扰，还时不时给他拉几个客户。他的生意从此越来越好，有时病人来拔牙还要排队。

钱达诚渐渐有了点儿积蓄，想买房子开诊所时，齐大梁再次相助，还垫了一些钱钞。钱达诚尚未把齐大梁垫付的钞票还清，齐大梁已经被列为"双料巨匪"，滑脚开溜了。此刻，齐大梁登门，钱达诚自然热情接待。在他看来，老齐是国民党警察局通缉的，如今国民党政府垮台了，老齐自然也就没事了，只要别再惹麻烦就行。

在牙医诊所住下后，齐大梁又去找蒋琦蓉。他对蒋琦蓉说了自己准备偷渡赴港的计划，蒋琦蓉马上提出要同行。齐大梁说一起走没问题，但你得把房子卖掉，设法换成黄金，否则这房子就等于是丢了。蒋琦蓉深以为然，却不知应该如何操作。齐大梁让她先把房客回掉，有房客的房子不容易出手。临走时，齐大梁又告诉蒋琦蓉，他近日住在牙医诊所，有事可去那里见面，但没事不要过来。

其实，齐大梁对蒋琦蓉隐瞒了一件事。他准备把以前的几个海盗弟兄召集过来，一起在南京干上几票，然后再伺机偷渡。由于那几个弟兄都在外地，赶到南京的日子肯定有早有晚，这就存在一个安全问题。旅馆查得紧，不能住；临时租房也有一个提供临时户口的障碍；悄悄猫在钱达诚的诊所吧，诊所太小，进出人员太杂容易引起怀疑。于是，齐大梁就想到了蒋琦蓉的房子。把房客撵走后，就可以悄然住人了，只要不往外乱跑，那幢独门独户的石库门院落绝对安全。

这边蒋琦蓉向房客提出退租后，又想到她得结束跟那三个长期嫖客的关系，免得哪天正好撞到，惹恼了齐大梁，发作起来那就误事儿了，就悄没声地去邮局寄了断交信。哪知，李圣培、陆中民倒还好说，不来往就不来往，那个姓闵的中医却十分难缠，竟然打上门来。说来也怨她太贪财，西瓜芝麻都想抓，结果就挨了人家一顿揍，还进了赵派出所，被迫出了一半钱款。她不服气，离开派出所就直奔牙医诊所，希望老齐能帮她出一口恶气。

齐大梁听她如此这般一说，马上意识到派出所肯定会因此事留下印象，印家巷那边显然已经不适宜作为"集结点"了，得另外设法解决。这个蒋琦蓉太贪财，而且喜欢擅自行动，容易坏事，还是甩开她比较安全。他就糊弄蒋琦蓉说，卖房子的事儿他跟人谈得差不多了，人家买来也是打算出租的，带着房客也无妨，只要能继续收房租就行，所以也就不必要求房客退租了。

齐大梁的反侦查意识极强，生怕蒋琦蓉跟闵玮钧的矛盾会牵连到自己，于是打定主意，尽快物色新的藏身地，哪知这么快就落网了。

尽管抓获了一名榜上有名的刑事要犯，但跟自己肩负的使命没有关系，专案二组的侦查员们空欢喜一场。齐大梁被移交南京市公安局刑侦处，侦查员们还得另行寻觅"083"案件的线索。

五、甥舅之间

回过头来，再说专案一组的侦查进展。

7月18日，专案一组开会分析案情。这个会开得有点儿长，从上午八点一直开到下午三点多。不过，后来的事实证明，大伙儿花费这些时间还是值得的，因为专案一组作出了一个重大决定——改变侦查方向，并获得了专案组长王范的首肯。

原来进行的调查是围绕"083"潜入内地后用以藏身和活动（即培训"心战"人员）的地点开展的，现在，大伙儿经过反复讨论，最后决定撇开这个方向，另外寻找突破口——针对敌特方面潜在的受训人员进行调查。

之所以作出这样的决定，是因为上海这个城市反特工作的特殊性。当时的上海是全国所有城市中潜伏敌特分子最多也最杂的一个，这当然与上海的地理位置、历史状况以及经济和政治重要性有关。正是这些因素，导致上海拥有大量的"边缘人员"。所谓"边缘人员"，指的是以下四类对象：

其一是双料分子，即"两面间谍"或"多面间谍"。由于历史原因，早在抗战之前就已有多方的情报特工在沪活动，除了国共双方的以外，还有苏联、共产国际和其他西方国家派遣的。上海解放后，这些特工有的离开中国，有的因历史问题被捕或被审查，有的归口到革命队伍，还有一些虽然不属于我方人员，但曾与我方有过合作，通常都是功大于过，不属于惩处对象。这部分人员不愿接受政府的安排，而是选择自谋出路，流落在社会上，做生意或供职于公私企业等。

其二是脱离分子。这类人员曾是国民党或者其他方面的特工，没有严重罪行，有的在历史上还为中共方面提供过帮助，而且早在解放战争甚至抗日战争之前就已经脱离特工组织，不再跟政治沾边。上海解放后，政府方面一时腾不出手跟他们坐下来"回忆往事，清点功过"，暂时任他们该干啥还干啥。

其三是自首分子。此类对象通常犯事不大，属于敌特组织中的小角色。上海解放后，他们主动前往公安机关登记，因罪行较轻，又属于自首性质，暂不予追究。

其四是嫌疑分子。这类人员曾经为敌方出过力，甚至直到上海解放前夕还有特务活动，已经是我方暗中监控的对象。

众侦查员认为，"083"潜入内地进行"心战"培训，其受训对象中的绝大多数肯定是公安机关不掌握的潜伏敌特分子，但不排除敌特组织临时物色一些他们认为适合拉拢的对象参加培训。根据以往破获的敌特案件来看，其潜伏使命中通常都有一项"发展成员，壮大队伍"，所以借培训之机拉"边缘人员"下水的可能性从理论上来说应该是存在的。毕竟，他们相互之间可能相识，甚至以前曾共过事，抑或是上下级关系的也有。从另一方面分析，上述四类"边缘人员"中的第四类，即那些已被我方留意的嫌疑分子，有可能恰恰被敌特组织选中接受"心战"培训。因此，查摸这些"边缘人员"，就是目前寻找"083"踪迹的一条有效途径。

定下新的调查方向后，专案一组随即作了具体分工，一干侦查员忙碌了四天，7月22日汇总情况，一共查摸到十六名被认为符合条件的"边缘人员"。随即对这十六人的情况逐个进行分析，经过再次筛选，定下了七个重点调查对象。这一重点调查，焦点就集中到了其中一个名叫丁大有的调查对象身上。

说起丁大有，就不能不提他的舅舅屠兰盛。没有屠兰盛提供情况，侦查员也不会那么快发现嫌疑对象。

屠兰盛是浙江宁波人氏，时年三十三岁。他原是江南造船所（新中国成立后改称江南造船厂）的一名钳工，全面抗战爆发那年正是二十挂零血气方刚的当口儿，积极参加抗日救亡运动，被中共地下党组织发展为地下党员。1940年初冬，皖南事变前夕，屠兰盛忽然接到组织上的通知，说他的身份已经暴露，命其火速离开上海，前往皖南茂县新四军军部待命。组织上本来是准备将其安排到枪械修理所工作的，因为他既是钳工又是党员，容易跟那些技工师傅（属于军方雇佣人员，并非新四军军人）打成一片。可是，屠兰盛在辗转前往皖南的途中，穿越日寇封锁线时被敌人发现，交通员牺牲。这样，屠兰盛就跟组织上失去了联系。当然，他的目的地是明确的——安徽茂县新四军总部。

屠兰盛还是认定方向直奔皖南，可他的运气实在太差，半路又遇上了国民党第二十三集团军上官云湘部，当即被强征当了挑夫。排着队挨个儿从卡车上卸子弹箱时，旁边另一辆卡车抛锚，几个士兵修了半天也修不好，汽车团一名军官骂骂咧咧抄起扁担就要揍人。屠兰盛看不下去，便出言指点。人家按他的指点一试，引擎竟然立马就能发动了。那时候，别说像屠兰盛这种大上海著名大厂出来的钳工了，就是穿街走巷磨刀补锅的匠人都被看作技术人才，因此屠兰盛马上就引起了军官的重视，随即强令"光荣入伍"，而且立刻就是上士军衔，专门负责修车。

初时屠兰盛还惦记着找机会逃跑奔茂县，但不久就发生了"皖南事变"，新四军不知去向，他也就死了心，寻思先留下再说吧。一年后，"军统"首脑戴笠在进行一年一度的"战地视察"时，途经二十三集团军驻地，座驾出了问题，向部队求助，汽车团指派屠兰盛去排除了故障。戴笠向他表示感谢时跟他聊了几句，得知他来自上海，且是浙江人，心里就留下了印象。不久，屠兰盛接到通知，让他去重庆"军统"局报到。这时的屠兰盛，早就打消了寻找组织的念头，接到命令立刻动身。他估计，到了重庆八成还是让他去修车。哪知，戴笠不仅是看中了他的技术。他是上海人，熟悉上海的情况，又有技术作掩护，是从事地下工作的绝佳人选，而且，"军统"上海区行动特工的武器一旦发生故障，也好让其修理。就这样，屠兰盛在重庆加入了"军统"，经过简单培训，就被派到了上海。

抗战胜利，"军统"裁员，屠兰盛拿了一笔退伍费离开，还干他的老本行。不过不做钳工了，而是在北京路开了一家五金店铺，生意还过得去。上海解放后，屠兰盛遵照市军管会的通令，前往公安局登记。接待人员让他回家写一份自传材料，屠兰盛只有小学文化，花了一个星期方才完成。材料交上去后，没有下文，没人来找他，他也就定下心来继续做他的五金店老板。

不久，北京举行开国大典，新中国宣告成立。此后，时不时有人找上门来了，都是找屠兰盛外调的，有调查敌特情况的，也有中共组织部门审查干部时向他了解当时地下党某人的情况的，总之，都是别人的事儿。忽一日，又有两个政保侦查员来找他，问的内容却是跟他有关的。

"有一个叫丁大有的人你认识吗？"

屠兰盛说："他是我外甥，哪有不认识的道理？怎么，他有什么事儿了？"

丁大有只比屠兰盛小一岁，但确实是屠兰盛的亲外甥，这种情况在那个年代司空见惯。侦查员问屠兰盛是否曾介绍丁大有参加"保密局"特务组织。屠兰盛说没有。对方追问："没有？你再想一想！"

"真的没有！"

侦查员二话不说就掏手铐，屠兰盛慌了，要求让他再想想。想来想去没有结果，就要求对方"稍微提示一下"。对方说了三个字——姜青甫。这一说，屠兰盛终于想起来了。

姜青甫是他在"军统"时的同事，是个收集情报的小特务。抗战胜利后，屠兰盛离开"军统"，姜青甫则继续干特务。"军统"改组为"国防部保密局"后，姜青甫晋升为少校。大约两年前的一天，屠兰盛在外滩偶遇姜青甫。许久不见，自是要打个招呼叙叙旧。姜青甫邀请屠兰盛去外白渡桥畔的礼查饭店喝咖啡，闲谈中，得知屠兰盛的外甥丁大有在交通大学做技工，就说想见见丁大有，交个朋友。屠兰盛干过几年特务，知道对方可能是想收集交通大学的什么情报，便把丁大有的地址给了姜青甫。之后，他再也没见过姜青甫，跟丁大有当然一年会见几次面，不过早把这件事抛诸脑后，也不知后来姜青甫是否去找过丁大有。

现在，政保侦查员为这事找上门来，那说明丁大有十有八九已经被姜青甫发展为"保密局"特务,而且可能还在活动。想明白这一点,屠兰盛更不敢隐瞒,一五一十把上述情况和盘托出。那二位问:"丁大有前年离开交大,去戏院干电工了,这事儿你知道吗?"

屠兰盛说:"这个我是知道的,他还没去的时候我就听我姐姐说了。"

"我们可以直言不讳地告诉你,丁大有是有问题的。据我们掌握的材料,丁大有为姜青甫收集过交大学生运动的情报。至于他是否加入了特务组织,我们还在调查。"

屠兰盛暗忖,对方告诉自己这些情况是什么意思?肯定有什么目的吧,而且多半跟自己有关。于是,看着对方不吭声,静候下文。果然,对方接下来就摊牌了,先说题外话:"你历史上有问题,不仅是参加'军统'的问题。当初过封锁线时,那个交通员一共护送了四个人,怎么只有你一个人活着?这里面有没有问题,还要继续调查。所以,我们随时可以把你拘捕,而且可以一直关着,你信不信?"

那时候对于人犯羁押没有法定期限,"一直关着"的现象确实存在,屠兰盛也听说过,所以点头表示没有异议。然后,对方又说:"不过,我们并没有把你一棍子打死的打算,还是想给你将功补过的机会,就看你是不是愿意争取了。"

屠兰盛自是点头如鸡啄米。对方这才道明来意,让屠兰盛利用亲戚的便利条件对丁大有进行秘密监视,具体注意哪些方面,屠兰盛当过特务,都不必侦查员交代。此后,屠兰盛就开始关注并向侦查员及时报告丁大有的动向。

就这样,屠兰盛成了政保处的耳目,他也比较乐意做这件事。第一并不吃力,也不会影响他的生意;第二可以保全自己。最近他不断听说上海解放伊始去公安局登记的那些有历史问题的主儿陆续被捕的消息,其中有的还不是像他这样正式参加了特务组织,只不过是因为朋友关系偶尔为特务组织提供了帮助。他担心，如果不照政保民警说的做，只怕也逃脱不了吃牢饭的命运。

如今，专案一组的线索就来自屠兰盛的监视报告。

五天前，屠兰盛从姐姐屠兰菊（即丁大有之母）那里得知，在戏院干得好好的丁大有忽然跟老板闹翻了，要辞职。当时，许多厂家商铺的经营者对中共政策缺乏了解，担心被没收财产，其中也颇有一些人曾跟国民党、日伪方面有说不清道不明的关系，因此，都在上海解放前夕变卖资产，跑到海外去了，由此导致上海解放后社会上的失业情况比较严重。像丁大有这样捧着戏院电工的饭碗，有一份稳定的收入，许多人羡慕都来不及，可他却吵着要辞职，不要说丁大有的母亲，就连屠兰盛也不免大吃一惊。不过，当过"军统"特务的屠兰盛随即就怀疑其中可能有什么特殊原因。正好姐姐托他劝劝这个外甥，他就借着这个机会跟丁大有聊了聊，得知了丁大有跟老板闹翻的原因。

不久前，丁大有向老板请两个月的假。老板以为自己的耳朵出了毛病，连问两遍确认自己没听错，丁大有说的是两个月而不是两天，立马拒绝。为什么呢？戏院的照明通风、放映设备、舞台灯光最为要紧，马上要进伏天了，几乎天天都要跳闸，电线也时不时烧焦，这都得靠电工来撑着。若是请两天假，那还可以商量，临时从其他戏院请个电工客串一下，请两个月的假，那不是让老板坐蜡？老板坚决不准假，丁大有就动了辞职的心思。

屠兰盛当然要问问外甥请两个月假想做啥。丁大有支支吾吾，说朋友请他临时去帮忙，报酬开得蛮高的。再问下去，外甥就不肯透露了。

第二天，屠兰盛又去了姐姐家，听说丁大有主意已定，先做临时工，顺带着另外物色饭碗。使他不解的是，姐姐和外甥媳妇竟然默认了，不再唠叨，也不再请他出面"劝劝大有"了。如果屠兰盛到此为止的话，可能也就无法为专案一组提供线索了。可是，这个情况对于曾当过特工的屠兰盛来说，几乎不假思索就觉得反常，他不再向一脸神秘兮兮的外甥媳妇和姐姐打听，出门直奔董家渡。

去董家渡干什么？找姐夫丁中耕。丁中耕已年过六旬，干了四十多年账房犹觉不够，还在一家南货批发行发挥余热。老头儿嗜酒，每餐都要喝二两。屠兰盛赶到董家渡，佯称办事路过，正好请姐夫去饭馆吃午饭。丁中耕有机会喝一杯，自是乐意。两人边喝边聊，屠兰盛终于从丁中耕的嘴里套出了外甥辞职的原因——丁大有在外面接了一个活儿（具体是什么活儿老头子也说不清楚），为时两个月，对方一次性支付了三百万元的报酬。

旧版人民币三百万元，相当于新版人民币三百元。不过，按上海解放初的物价，三百万元可以买一套位于上海市区、面积在六十平方米上下的二手房（平房），相当于丁大有在戏院打工近一年的薪水。屠兰盛闻听之下，顿时一个激灵。丁大有有几把刷子他最清楚了，充其量不过是接接电灯线修修放映机，这种活儿对江南造船所出来的钳工屠兰盛来说太过小儿科了，什么人会出如此高薪临时聘用这主儿？他马上就联想到了外甥的敌特嫌疑，于是把上述情况原原本本写进报告，送交市公安局政保处。

专案一组排查到这个情况，立即对丁大有产生了兴趣。一干侦查员讨论下来，最后的结论是，当初姜青甫通过屠兰盛认识丁大有后，利用丁在交通大学的便利收集有关学生运动的情报，当然是支付了报酬的。但是，丁大有并未参加特务组织。

为什么这样说呢？如果丁大有当初参加了特务组织，上海解放后，"保密局"完全可以派人来与其续上"组织关系"。这是由不得丁大有愿意不愿意的。根据"保密局"的前身"军统"创始人戴笠定下的规矩：一旦加入团体，只要未获准离开，终身不得脱离；否则，将执行"纪律制裁"。"保密局"只需派人找到丁大有，命令其"归队"，他就得乖乖跟着走。不然的话，客气点儿的，一纸检举信附上当年领取报酬的字条寄到上海市公安局，不客气的那就直接"纪律制裁"了。

一般情况下，特务津贴是按月领取的，底层小特务的津贴通常不会很高。如果丁大有是在册的特务，无论是否支付报酬，上级特务组织安排他干什么活儿，他都必须执行。可是如今，丁大有一次性获得了三百万元的报酬，这说明丁大有充其量不过是"保密局"的外围人员。

再往下分析，对方给了丁大有这么多钱，要让他干什么？从为时两个月这一点来看，跟"083"潜入大陆执行的使命是沾得上边的。那么，对方拉拢丁大有，具体安排他做什么活儿呢？根据丁大有的经历及其掌握的技能，侦查员们认为可能跟"心战"培训有关。估计"083"的授课方式不单单是空口白话，还会采用幻灯、小型电影放映机、播放录音等方式加强效果，而这些设备无法直接携带入境，也不适宜在内地搬来运去，所以，会通过"就地取材"的方式来解决。物色丁大有，就是出于这种需要。

综上，专案一组认为，这个丁大有是一条相当有价值的线索。

一组组长徐三友向王范汇报了上述情况，请示对丁大有的调查采取何种"规格"，即整个儿一组人马全部扑上去呢，还是只动用部分侦查员，剩下的人继续从其他方面寻觅线索。王范与徐三友商量下来，最后决定，为稳妥起见，先指派三名侦查员调查丁大有；如果查下来发现确实跟"083"案件有关，那就把一组的力量全部压上去。为便于即将开展的调查，王范通知上海市公安局政保处，让那两个原负责联系屠兰盛的侦查员，即刻起将该耳目移交专案一组。

侦查员蔡鸣、老谢、小祝受命对丁大有进行秘密调查。7月22日晚，三人悄然约见屠兰盛，要求他从次日起，找个借口尽可能抽出较多的时间协助专案组工作。屠兰盛说这好办，我有高血压的毛病，就说不舒服需要休息几天就行了，以前也常有这样的事儿。

次日上午，屠兰盛把五金店的生意安排了一下，接着，去南京路的老字号"沈大成"买了些卤菜、皮蛋，拎着去了姐姐家。这天是星期日，姐夫丁中耕不上班，正好一起喝酒。饭后，姐姐屠兰芳说昨晚太热，大家都没睡好，"打个中觉"，睡一会儿吧。那天，丁大有不在家，其妻带着两个子女去娘家了，屠兰芳便把弟弟安排在丁大有的房间里午睡。

对于屠兰盛来说，这正好是一个机会，可以看看外甥的房里藏了些什么。四处查看了一阵，没有什么发现。正要上床，脚跟被什么东西碰了一下，低头一看，是床底下的一口木箱。屠兰盛是姐姐家的常客，因为是能工巧匠，时常被爱好无线电的外甥缠着，帮外甥设计制作各种外壳、线路板一类的玩意儿，这口木箱就是用来盛放此类物件的。不过，平时这个木箱都是摆放到位，上床时脚后跟不会碰上，今天位置有些靠外，看来外甥是动过这口箱子了。屠兰盛干过特务，心眼活，马上打开来查看，发现少了一样东西——一个便携式工具箱。

屠兰盛对这个工具箱的印象很深，那是他刚经营五金店时从两个美国水兵那里收购的。当时二战刚刚结束，黄浦江上停泊着美国军舰，水兵们常常把舰上的物资偷运上岸卖给市民。这口便携式工具箱只有寻常红十字医药箱那样大小，内盛多种精巧、轻便的五金工具，是为舰上的救生舢舨专门配备的，市面上根本见不到。屠兰盛买下后，正好丁大有去五金店，见之赞不绝口，屠兰盛就送给外甥了。现在，这个工具箱不在了，显然是丁大有拿出去了。

午睡过后，屠兰盛和姐夫坐在后院葡萄架下喝茶聊天，问及丁大有的去向。丁中耕说是今天早上出去的，没说去哪里，手里提着个包袱，看上去沉甸甸的。屠兰盛寻思，那就是那个工具箱了，于是又产生了疑问。这个军用工具箱极为坚固，即使从十米高处跌落也不会摔坏，密封也好，沉到海底也是滴水不进，而且携带方便，可拎可背。丁大有如果是正大光明地去给人干活儿，完全可以直接拎着工具箱出门，何必多此一举在外面包块布呢？看来，他是不想让人发现他拿着工具箱出现在公众场合。什么活儿需要这样藏着掖着？其中必有问题啊！

六、杀人灭口

傍晚，屠兰盛把上述情况向侦查员作了汇报。侦查员要求他继续留意，尽快弄清楚丁大有的去向。

次日，屠兰盛先去了姐姐家，又跑到董家渡南货行，屠兰芳、丁中耕夫妇也好，外甥媳妇也好，都没有透露丁大有去了哪里，只说他昨晚十点多才回来，今天一早又出去了，出门时打了招呼，说今天如果活儿干得晚就住在外面了，不要等他。

屠兰盛从专案一组侦查员那里接到的指令是每日必报，有情况随时报告。中午，屠兰盛就给侦查员打了电话。专案一组立即派员前往丁宅附近暗中监视。果然，丁大有这天晚上没回家。

7月25日，对丁宅的监视还在继续。侦查员们原以为丁大有当天即便回家，怎么也得是傍晚，哪知午前丁大有就坐着一辆三轮车回来了，下车时手里并没有提着屠兰盛所说的那个工具箱，而是拎着一个纸板箱。侦查员吃不准这是什么路数，想让屠兰盛去探问，又担心屠兰盛去得过于频繁引起怀疑。于是，另外想了个办法，找到丁大有原供职的那家戏院，向管事施定邦亮明身份后请其协助，编个理由前往丁家探看情况。施定邦连连点头:"其实您几位不来,我也要去找他的——最近戏院里连续断电,老板头都大了,让我去挽留他呢。"

施定邦平时跟丁大有并无交往,此番过去,只探听到丁大有是从苏州回来,带回来的那个纸箱子里装的都是些苏州特产,如虎丘菊花、卤汁豆腐干、糖藕、枣泥麻饼之类。丁大有还送了两盒豆腐干给施定邦。施定邦要把豆腐干交给侦查员,蔡鸣说你拿回去吧,不过让我先拍几张照片。

至此,丁大有的行踪简直到了扑朔迷离的程度。这家伙到底去了哪里?跟什么人接触?干的是什么活儿?一组组长徐三友获知情况后,批评了负责监视丁大有的三个侦查员,说你们应该一接手就监视丁大有的,否则我们不会这么被动。好在丁大有的工具箱还没拿回来,说明他还会出去,届时一定要盯住了。

正说到这里,忽然传来消息,丁大有突患急病,昏迷不醒,家人已叫来救护车,将其送往附近的铁路医院去了。徐三友曾在部队保卫部门、根据地公安系统干了十来年,见多识广,经验丰富,当下心里就"咯噔"一下:完了!这必是杀人灭口!

后来查明的情况诚如专案人员所估料的,国民党"保密局"少校特务姜青甫当初通过屠兰盛的介绍认识丁大有之后,并未将其发展为特务,只是让丁大有帮着收集了几次学运的情报。每次提供情报后,姜青甫都付给他一笔酬劳,让他打个收条。收条由"保密局"专门印制,式样都是统一的竖式排版,右侧是"中华民国国防部保密局财政收据",中间填写金额,左下则是领款人的签名、指印以及日期。丁大有没有想到,这几张收条竟然成了"保密局"潜伏特务要挟他的依据。

上海解放后,姜青甫已经不知下落,去戏院电工间找丁大有的是一个三十来岁的健壮男子,见面后很客气,说久仰丁先生大名,不知今晚散场后是否有空，我请先生去吃宵夜。丁大有根本不认识对方，一时有些迟疑。对方轻轻说出了姜青甫的名字，丁大有便知道他是什么人了，心下便惴惴不安。

当晚，那个自称姓曹的男子请丁大有喝酒，席间说最近有点儿小事想请他帮忙。丁大有问什么事，对方答称："做你的本行，无非是把一些零部件拆拆装装，活儿不多，你肯定应付得来。"见丁大有犹豫，对方不紧不慢地说，"我们尊重丁先生的选择，绝对不会强迫你做什么的。来，我给你看一件东西。"说着，就把情报费收据的照片亮了出来。"我们只要把这照片寄往上海市公安局，你的自由生活就结束了，是不是？"

就这样，丁大有乖乖就范。

这个姓曹的真名叫罗胜冠，是"保密局"潜伏在上海的"东南第一特种工作室第三组"组长。此次，罗胜冠接到密令，要求该组负责为代号"083"的"心战专家"提供工作、生活和安全方面的保障。"第三组"连罗胜冠在内一共有七名特务，分布于上海、苏州、南京三地。罗胜冠接到指令后，即召集六名下属赴沪，密议如何完成该项任务。这时，罗胜冠已收到"保密局"从香港汇来的折合人民币五千万元的活动经费，说经济上不必考虑，只要完成任务，钱花光了还可以要求追加。

七名特务反复计议，认为最好还是把"083"安置在上海比较稳妥，因为上海地广人杂，容易隐藏，便于活动。罗胜冠便让手下寻找场所，找了三天，最后选定了手下特务金大喜的一个亲戚在长宁区业已停产的工厂。这时，罗胜冠又收到已经潜入广州的"083"发来的密函，说其授课设备中的一架便携式小型幻灯、电影一体放映机因故未到，广州无处购买，要求"第三组"为其准备，有购则购，没有出售则须迅即购置零部件自行装配。

罗胜冠派人跑遍了上海滩所有出售相关设备的店家和旧货摊，别说什么一体机了，普通的电影放映机连旧货都没有，幻灯机倒是有出售的，不过需要凭证明。没办法，只好设法装配了。这方面，"第三组"的特务都是外行。罗胜冠突然想起，一年多前他奉命留下潜伏时，上司交给他一份材料，说是"准备扩大组织发展对象时可作参考"，材料中有一个名叫丁大有的原交大校工，后跳槽到戏院负责维修电路及放映设备。罗胜冠暗忖此人应该能够胜任，遂决定让丁大有"归队"。丁大有经不住威胁利诱，半推半就地成了"第三组"的一名新成员。

丁大有被拉下水后，按照指令跑了中央商场和几家旧货店铺，采购了拼装电影放映机的零部件，然后辞去戏院的工作，前往罗胜冠指定的一处密点（并非"083"栖身和授课的工厂）安装调试。头天，丁大有携带工具过去，忙碌到晚上。他原本是可以不回家的，但因为忘记带万用表了，只得往家里跑一趟。当晚回到家，从床底下的那口木箱中取万用表时，发现他在木箱上做的暗记已被人动过了，不禁大吃一惊。询问母亲，得知白天舅舅屠兰盛曾来过，饭后是在他的房间里午睡的。丁大有松了口气，以为是舅舅上床时无意中踢到了箱子，也就没再当回事。

7月24日上午，丁大有赶到密点继续干活儿。当晚，和罗胜冠共进晚餐时，罗胜冠随口问起昨晚他回家后有什么情况。如果丁大有不说床底下的木箱被动过的细节，他还不至于丢掉性命。可是，他却毫不在意地说了此事。罗胜冠是老特务，对此类细节有一种职业性的警觉，当下就打听丁大有的舅舅是怎么一个角色。按辈分丁大有是屠兰盛的外甥，按年龄却只差一岁，两人的关系更像兄弟，因此对屠兰盛的经历知道的比较多，就详细介绍了一下。罗胜冠不动声色，内心其实已经绷紧了弦，佯装无心地问了问屠兰盛的近况，得知这个有着"疑似革命叛徒"和"军统特务"双重罪名的家伙竟然没有被公安局拘捕过一天，马上意识到不妙。于是，丁大有的生命之路也就走到头了。

罗胜冠于特工这一行经验丰富，根本不敢心存侥幸，更不打算也没时间对丁大有所说的情况作一个外围调查什么的，当即决定灭口，宁可另行物色装配电影放映机的人员，也不能留下这个隐患。晚饭后，他把丁大有送到临时住宿点，又沏了两杯咖啡，和丁大有边喝边聊。咖啡里掺进了美国生产的间谍专用毒药，这种毒药可麻痹人体的中枢神经系统，导致心脏停搏，致命时间长短根据人体摄入的剂量而定。被害人死亡后，即使进行法医检验，也难以确定到底是因突发心脏病还是中毒致死。罗胜冠给丁大有下的药量，是算准在服药后的二十小时左右发作的。离开临时住处，罗胜冠立刻命手下前往外滩附近的市电报局，给苏州的特务下属发了一份加急电报，命其必须在第二天上午十点前携带一些苏州土特产抵沪。

次日上午，丁大有继续干活儿。十时许，罗胜冠来了，带了一箱苏州土特产，说今天工作暂停，让丁大有回家待命，并把这些苏州土特产带回去，对家人说昨天去了苏州，住了一宿，这些东西就是在苏州买的。至于几时再来，在家里等候通知，这几天不要出门。丁大有多少也有一些特工的经验，知道这当口儿什么都不能问，服从就是。罗胜冠给丁大有叫了一辆三轮车，预付了车钱，两人客客气气道别。当然罗胜冠心知肚明，丁大有这一去，就是来生再会了。

上述情况，专案一组的侦查员此刻当然不会知道。获悉丁大有猝死，自是大吃一惊。侦查员们都并非初出茅庐的雏儿，他们的估计和一组组长徐三友一致——这人死得太突然，十有八九是被灭口的。徐三友召集大家开了个短会，下令兵分两路，一路调查丁大有的死因，另一路调查丁大有所谓"去苏州"的具体情况——去苏州干什么？下榻何处？会见了什么人？

徐三友率刘兴昌、老谢、小唐、小贾前往铁路医院了解丁大有的死因。他们过去的时候，市局派来的法医已经赶到。徐三友以前曾主持调查过十数起命案，他做事风格细致，每次都要陪同法医一起检验，一边看一边还问长问短，因此对尸检也能说得出若干道道，寻常法医糊弄不了他。这次当然更是重视，拿着照相机守着解剖台，一边看法医操作，一边拍摄照片，还吩咐一旁的侦查员做记录。

可是，当时新中国成立还不到一周年，公安机关的检验技术和设备与西方还颇有距离，法医已经尽其所能了，最后得出的结论依然是心肌梗塞。至于是什么原因造成的，从理论上来说，可以是疾病，也可以是药物。法医对死者的血液进行了化学鉴定，但现有的试剂检测不出有毒成分。

与此同时，另一路侦查员万国伟、老丰、老林、小祝赶到丁家，对丁大有全家包括大人孩子在内分别询问，还走访了多家邻居，均未发现可疑迹象。

这时已是晚上九点，但侦查员们还没有收兵的打算，临时凑在一起议了议，认为可以从丁大有午前带回家的那些苏州土特产上面寻找线索。

由于天热，寻常市民家又没冰箱，所以丁家下午已经把丁大有带回的土特产中容易变质的如卤汁豆腐干、糖藕什么的分送邻居品尝，还留着适宜保存的桂花米花糖、枣泥麻饼、奶油瓜子、蜜饯等，基本原封不动。这些食品都被侦查员收拢在一起进行检查，还把已经扔掉的包装纸或包装盒全部回收。

当晚，侦查员对如何调查丁大有赴苏州的情况进行了讨论。以当时的交通条件，基本可以排除乘汽车前往苏州的可能，那就只有搭乘火车或者轮船。从时间上看，乘轮船可以排除。因为当时的内河小火轮从上海驶往苏州要十二个小时，晚上七点从上海曹家渡出发，到苏州阊门终点站是次晨七点；而苏州开往上海的轮船则是早七点启航，当晚七点到达。所以，丁大有是不可能搭乘内河轮船往返上海和苏州的。那么只有搭乘火车了。当然可以到火车站去调查一下，但侦查员寻思基本上希望不大。

另外还有一个调查思路，就是通过那些土特产进行查摸。侦查员们认为这个方法虽然很费力气，但比较靠谱。于是，连夜对那些土特产的包装进行分析，还拿出了下午拍摄的丁大有送给戏院管事的那两盒豆腐干的照片一起查看比对。那时的商品是不注明保质期的，也没有生产日期，甚至生产厂家、地址也没有。所以，侦查员没法儿分析出这些商品是由哪家工厂或者作坊生产的，又是从哪家商店购买的。

好在，侦查员在那几张卤汁豆腐干的照片上终于有所发现。包扎豆腐干的纸绳颜色有深浅之分，很有规律，寸许一段，均匀分布。因为是黑白照片，不能判断那是两种什么颜色，不过，这跟当时市面上常见的淡褐色纸绳毕竟是有区别的。侦查员由此猜测，会不会是某家商店独特的包扎纸绳呢？

这时已是午夜，但侦查员还是立刻出动，前往丁家及其邻居家，分别提取那些苏州特产上的包装纸绳。几种商品的纸绳是一致的，都是粉红和墨绿相间。

7月26日，专案一组派员前往苏州。当时公安局装备简陋，专案一组只配备了一辆两轮摩托车、三辆自行车，这当然解决不了问题。经请示，临时调来了一辆中吉普，载上五名侦查员，一路颠簸了两个多小时方才抵达目的地。下车先去车站派出所，请他们出面跟车站工作人员联系，询问站台工作人员和流动小贩，昨天上午是否有貌似丁大有那样的男子出现过，是否有人送行，等等。能问的都问遍了，没有结果。

这是侦查员意料之中的。接着，侦查员抄下了苏州到上海的所有列车时刻，又开着中吉普前往市工商局，要求协助查明这种红绿相间的包装纸绳是哪家商铺使用的。工商局打电话请来了几个行业协会的老法师，他们一看纸绳，一致说这种纸绳全苏州只有一家商号使用——观前街上的"余兴隆"。

"余兴隆"的全称是"苏州余兴隆土特产商行"，专门出售苏州各类土特产，在旧时的江南地区比较有名气。这家老字号的经营颇有特色，第一是进货渠道正宗，每样土特产都有出处，拍摄了照片悬挂在墙上；第二是买卖公平，打出两个"无欺"的牌子，曰童叟无欺、贫富无欺，做成牌匾悬挂在店门口；第三是商品价格比同行略高，但保证质量，顾客不满意可以在规定的期限内退换，店方不会拒绝。

这样的商号，店员的职业素质自然也不低。侦查员登门访查，一亮纸绳，一出示照片，店方接待的账房先生马上说："这种纸绳、这种捆扎手法（原来'余兴隆'捆扎商品的手法跟其他商店也不同）确出自敝号。"

侦查员又问近一两天是否有人前来购买过一批品种、数量都不算少的土特产。账房先生立刻点头："您说的定是昨天上午的第一笔生意了。当时敝人还没到店，是店员直接收的款，敝人到店后，店员立刻把货单和钱款交到账台了，因此我记得很清楚。至于具体是什么样的顾客购买的，那得问经手的店员老顾。"

老顾是个五十来岁的老店员，据他说，昨天上午一开门，就来了一个三十五六岁的男子，瘦高个儿，戴眼镜，穿着短袖衬衫和西装短裤，手里拿着一把黑色折扇，看样子像是个文化人，说一口苏州话，说要买一些本地土特产送人。这时，商行刚把当天进的货如卤汁豆腐干、糖藕什么的往店堂货架上摆放，那人就随意挑了若干。然后，又在另一侧货架上选了菊花、米花糖、麻饼等，让一并装在一口纸板箱里。这些东西分量不轻，店员正想问是否让店里的学徒给拎到前面街口的公交车站时，那人一手便提起纸箱，轻松出门而去。几个店员纷纷议论，说这位先生可能是会功夫的，看上去瘦弱，力气却不小。

中午，侦查员去了公园茶室，买了面包，又沏了一壶茶算是午餐，边吃边分析案情。

"余兴隆"的店面格局是江南常见的那种，外面是围墙、石库门，进门是一个天井，穿过天井才是店堂。所以，店员只看见那个"眼镜男"拎着纸箱走出店堂，穿过天井再出石库门，并不知他出门后是坐车还是步行，以及是往哪个方向去的。这就需要侦查员判断了。

当时是上午九点十分左右，而两个小时后，这箱土特产已经到了上海的丁大有家里。从苏州到上海北站，火车需行驶一小时零五分。从观前街到火车站有四五华里，乘坐三轮车最快也要十分钟时间，再加上排队买车票、进候车室、检票等，不管丁大有当时是在车站等候还是就在"余兴隆"门外待着（根据店员的描述，那个"眼镜男"的外貌与丁大有相去甚远，应该不是同一人），他也得坐九点四十分之后的那趟火车。侦查员看了时刻表，九点四十八分、五十三分各有一趟从北方开来的火车会在苏州站停车上下客。再往下就是十点钟以后了，可以不考虑。

这就是说，丁大有乘坐的肯定是这两趟车中的一趟。一小时后列车抵达上海，丁家离北站坐三轮车只需不到十分钟，那就跟专案组监视人员目睹他在十一时许拎着纸箱进家门合得上了。所以，"眼镜男"也好，丁大有也好，从"余兴隆"出来之后，只有乘坐三轮车、黄包车才赶得上九点四十分左右的火车。调查方向也随之而定：向苏州这边的三轮车、黄包车夫打听线索。

一干侦查员随即赶到苏州市公安局，通过市局联系人力车公会，调查昨天上午九点多在观前街"余兴隆"门前上三轮车或黄包车的客人。

这项调查进行了整整六个小时，晚上七点，最后一个车组的信息反馈上来了，结果出乎大家的意料——竟然没有哪辆车拉过那样的乘客！

七、生擒"083"

7月28日，市局法医用从香港空运来的最新化学试剂对丁大有的血液再次进行检验，终于确认系中毒身亡。当天，专案一组在苏州的侦查员已回到上海，"083"专案组组长王范下令，专案二组全体侦查员立即从南京赴沪。

当晚九点，两个组的侦查员全部到位，随即召开案情分析会，会上决定，专案一组继续负责上海这边的调查，专案二组放弃在南京的调查，全组赶赴苏州查摸那个"眼镜男"的线索。

7月29日，丁家大殓。专案一组自组长徐三友以下，一干侦查员全部前往丁宅，不是为丁大有送行，而是向其亲朋好友了解情况。这已是没有办法的办法，明显有撞运气的意思，不过，这个运气竟然真让一组给撞着了——丁大有以前一个叫彭葆真的同事说，7月24日午后他曾遇到过丁大有！

这就怪了。7月25日午前丁大有拎着苏州土特产回家时对家人说过，他前一天上午就去了苏州，彭葆真怎么会在24日午后看到他呢？侦查员的第一反应是时间有误，盯着彭葆真追问。对方说没错，就是7月24日午后一时许，地点是长宁区延安西路路口的"宝固五金机电旧货行"。

彭葆真四十挂零，系交通大学实验室技工，跟丁大有曾是同事，以前丁大有在交大上班时，两人关系很好，称兄道弟，互相知道底细。丁大有离开交大去戏院工作后，两人还经常来往，偶尔还在外面喝点儿小酒。彭葆真记得，上一次跟丁大有见面是今年5月下旬梅雨时节，那天他去黄浦区办事，顺便到丁大有供职的戏院看望，两人的午餐是在戏院附近的"老半斋"吃的，因为下午都还要上班，没怎么喝酒。在他印象中，那时丁大有一切均正常。

7月24日上午，彭葆真受学校指派，前往北站附近的虬江路旧货市场，淘一些从外国废电机上拆下的线圈，供学生实验使用。他在市场转了小半天，没看到合适的。返回途中，在淮海中路吃了一碗冷面，突然想起长宁区延安西路路口有一家"宝固五金机电旧货行"，以前他也去淘过旧货，现在何不再去瞧瞧？

他和丁大有就是在那家旧货行遇见的。当时他正在电机类的旧货架间转来转去，忽然旁边来了一个人，初时也没注意，擦肩而过时，意外发现竟是丁大有。对方显然刚喝过老酒，而且还喝了不少，呼吸粗重，酒气熏人。丁大有也认出了彭葆真，可不知怎么的，彭葆真觉得丁大有的神情似乎有些怪异，既意外又吃惊，还有些许惊慌。彭葆真问他来淘什么东西，丁大有稍一愣怔，回答说戏院里的电风扇电机声音太响，可能要调换线圈，想来淘淘旧货。彭葆真提议去附近公园坐坐，喝杯凉茶，聊聊天。丁大有说改日吧，他是和别人一起出来的，路过这里，顺便进来看看。说着，便匆匆离开了。

当时彭葆真就觉得丁大有似乎有些反常，而且前言不搭后语，前面说是来淘旧电机的，后面又说路过，顺便进来看看。不过，也没再往其他方面想。不料，第二天他在交大上班时，接到了丁家打来的报丧电话。这样一来，彭葆真就不得不把丁大有的猝死跟前一天的反常联系起来。当晚，他匆匆赶到丁宅去吊唁，问了问，丁大有的家人告诉他，法医判断是心脏隐疾。他当然是相信法医的，那也就无话可说了。

本案破获后，徐三友在讯问罗胜冠时，罗交代的情况印证了彭葆真的说法。7月24日那天中午,罗胜冠和另一特务陪丁大有午餐,回来时经过那家旧货行,丁大有说进去看看,这家旧货行里可能有拼装放映机用的零部件。罗胜冠自无二话,不过旧货行里边又闷又热,他和另一特务也就不进去了,站在路边树荫下等候。原以为丁大有要待一阵才回来,哪知三五分钟他就出来了,说没有合适的货。

由此看来,罗胜冠并不知晓丁大有遇见了彭葆真。否则的话,以罗胜冠的谨慎,彭葆真也是性命难保。

当下,徐三友等人跟彭葆真聊下来,终于意识到丁大有根本没去苏州,而是一直在上海。这个情况对于此案来说非常重要,专案组据此判断,既然丁大有在上海装配电影放映机,那么"083"培训特工的地点肯定也在上海,于是抓住这条线索立即进行追查。

侦查员首先前往长宁区的"宝固五金机电旧货行",了解7月24日彭葆真是否来淘过旧货。店方一查发票存根,确有"交通大学"购买旧线圈的记录。问是否有丁大有那样一个男子来淘过旧货,店方说这个就说不好了,每天来淘旧货的人至少有几十个,谁去注意呢?再查发票存根,也无甚发现。

根据预先拟定的计划,十名侦查员分成五拨,每拨两人,分头到附近的饭馆查访7月24日中午是否有貌似丁大有那样的一个男子在该店用餐。这样查其实是比较费事的。长宁区的这个地段,每家饭馆的午市虽然不至于都是顾客盈门,但上座率通常都不会低于一半,跑堂都在忙碌,不可能留意到每一个顾客。好在丁大有这人比较好认,肤色极白,头发极黑,两下互相映衬,就有点儿显眼了。不过,这样的特征还是太过模糊,五拨侦查员一圈查下来,竟然查到三家饭馆都有类似的客人。

又是一番折腾,到下午五点,终于锁定了那三家饭馆中的一个——"大富饭馆"。之所以锁定这家饭馆,是因为几乎所有的跑堂都说曾看到这样一个顾客。不是他们的记性好，而是因为丁大有不止一天来这里用餐，在之前的7月23日也曾去过，而且午市晚市都去了，7月24日的晚饭也是在那里吃的。每次都是三个人，每顿都要上五六个菜以及啤酒、白酒。

该饭馆结束晚市营业后，侦查员把跑堂和账房先生召拢过来，询问他们是否留意到丁大有等三主顾在用餐时说了些什么。遗憾的是，谁也说不上这方面的内容。

当晚，专案一组决定，连夜跟"大富饭馆"联系，次日起张贴"内部整修，暂停营业三天"的告示，全店凡见过丁大有等三个主顾的跑堂连同账房先生，均由穿便衣的侦查员陪着在附近转悠，希望能遇见那几个主顾。至于饭馆停止营业的损失，则由税务局扣除一定比例的税款作为补偿。这当然需要警方跟税务局协调了，当时讲究"公对公"，这种情况即使没有先例，两家之间一商量，基本也没什么问题，无须多费口舌。

与此同时，专案二组在苏州的访查也有了收获。他们研究下来，认为唯一能抓的线头就是"眼镜男"离开"余兴隆"使用的交通工具了。起初，他们跟专案一组一样，也认为是黄包车、三轮车，生怕一组查得不细，把一组走过的路又趟了一遍，毫无收获。继而扩大调查范围，把汽车、马车和自行车也算了进来。马车曾是旧时苏南地区包括上海一带常见的公私交通工具，沪宁沿线几个城市的马路上均有公共马车载客，后来随着汽车、自行车的普及，马车也就相应退出，但在新中国成立初期还见得到，以南京居多，上海、苏州要少一些。正是因此，专案一组的上海侦查员忽略了马车的问题，而专案二组的南京侦查员因为天天见到，所以自然而然地想到了马车。

本案发生时，苏州还有二十来辆从事公共交通运输的马车。二组本着先易后难的路数，先从这些马车查起。这一查，竟然就查到了线索——

有个姓宁的马车夫说，他曾于7月25日八点多在"余兴隆"门口载过一个"眼镜男"，此人拎着一个沉甸甸的纸板箱，说要赶火车，让走快些。跟宁某谈话的是二组组长路惕升和侦查员钱春白，这二位都是老手了，拉家常似的又跟宁某往下聊，结果聊出了一个细节。宁某说，那天上午，他刚拉了个乘客到观前街。根据以往的经验，观前街必有主顾叫车，于是他就把马车停在"余兴隆"斜对面的一棵大树下等候。其间，他看见"眼镜男"乘一辆三轮车到"余兴隆"门口下车，当时此人并没戴眼镜。本来，他对这个情景也是留不下什么印象的。可是，那男子把三轮车打发走后，从口袋里掏出眼镜盒子，取出眼镜架在鼻梁上。他就觉得这个男子似乎有点儿奇怪，不过，这念头也就是一闪而过，要紧的是拉客。他断定对方是入内购物的，既然乘三轮车来，自然也会乘车离开。宁某赶紧把马车赶到"余兴隆"门口停下，专等对方出来后叫车。后来的情况果然如此。

路惕升大喜过望，安排侦查员再去人力车公会，请他们协助寻找把那个不戴眼镜的"眼镜男"拉到"余兴隆"的三轮车夫。

这一查，很快就有了结果。那个三轮车夫姓牟，长着一张看上去有点儿迷糊样的脸，可能脑子也有点儿迷糊，尽管之前警方已通过人力车公会调查过两次，但他脑子里想的是"眼镜"，却没去想"余兴隆"，因此什么也回忆不起来。这回，侦查员找到他，不跟他说眼镜了，他就想起来了。他说那个男子是在钱家巷口上的车，显见得是住在那条巷子里的。

二组顺藤摸瓜往下查，7月31日晚，将住在该巷的"眼镜男"许述卓拿下。许犯供述了一应情况，7月25日那天，他乘坐火车到沪后，随即叫了辆出租汽车，把那箱土特产直接送往长宁区凯旋路"德胜咖啡店"门口,那是上海发来的加急电报中指定的地点。他只在那里等候了两三分钟,就来了一个男子,对上了暗号,把纸板箱拿走了。

二组组长路惕升当即赴沪。王范听取汇报后,下令一组派员前往江西路市电报局,找到7月24日夜间拍往苏州的那份加急电报的底稿。底稿上留下的发信人的姓名、住址都是假的,不过,查到这一步,离目标彻底暴露也就不远了。

专案人员盯着长宁区延安西路至凯旋路之间的那个区域进行调查,次日,终于发现了"第三组"组长罗胜冠的踪迹。鉴于尚需捉拿"083",专案组便把二十名侦查员全都拉了出来,对罗胜冠进行全方位监视。

1950年8月1日晚,罗胜冠突然前往上海北站。专案组立即全体出动,在罗胜冠刚刚和从广州抵沪的"083"接上头时,将二人同时抓获。罗胜冠被捕后,供出了其主持的"第三组"其他六名特务(他不知许述卓已落网)。当晚,这些分布于数地的特务全部被警方抓获。"083"(真名倪川泓)也供认了自己的身份和特务使命,并交代了在广州接应、掩护他的特务的情况。

1950年12月中旬,"第三组"七名特务分别被判处死刑、无期徒刑和有期徒刑。在这之前,代号"083"的"心战专家"倪川泓被押解北京,另行处理。

春城窃枪案

一、私藏武器

这是梁兴道参加公安工作后遇到的第一起案件，也可以说，正是因为这起案件，使他从一名教师转行当了警察。梁兴道是昆明本地人，出身于城市平民家庭，父亲是中药店药工。尽管收入有限，但家里只有梁兴道一棵独苗，所以能够将其供养到高中毕业。1948年，他考上了四川大学国文系。梁兴道在成都上了一年学，接受了革命思想，于大一放暑假前参加了地下团组织。暑假结束，梁兴道风尘仆仆从昆明赶到成都，却接到组织上的通知，说他已被国民党特务盯上，让他即刻转移。于是，他便佯称患病，返回昆明。

这时候正是新中国成立前夕，尚未解放的云南与四川一样，处于血雨腥风的白色恐怖之中。昆明当地的中共地下党团组织也有一些同志因暴露了身份，不得不离开省城前往外地避祸，地下党方面人手奇缺。梁兴道有一位叫罗贵福的高中同学，早在高二时就已加入中共地下党，高中毕业后没考上大学，组织上安排他打入国民党昆明市警察局当了一名刑警。

罗贵福的任务是秘密搜集情报，密切注意敌人的动向，一旦发现异常立刻向组织报告。以往，他在获取情报后，立刻经地下交通员火速递交组织。可是，那一阵组织上人手紧张，已无法给其配备专门的交通员。没有交通员确实很不方便，甚至会因此暴露身份。于是，罗贵福就决定自己物色一个临时交通员，他把目光投向了同学兼挚友梁兴道。当时他并不知道梁兴道其实是自己同一阵营的战友，梁兴道呢，则在第一次接受罗贵福的委托为他"捎送"礼品给一个"朋友"时，就已经意识到大致上是怎么回事了。这正是他乐意做的，自是非常积极。

不久，梁兴道找到了一份工作，去自己的母校当了一名代课老师。而罗贵福经过两个来月的观察，对梁兴道很是信任，正要向老同学灌输革命思想准备将其作为发展对象时，突然发生了变故——他上了敌人的黑名单，幸亏及时得知消息，赶在敌人下手前转移了。

昆明和平解放后，梁兴道在成都的地下团员身份得到了确认，从代课老师转为正式教师，组织上正准备委任他担任副校长时，罗贵福来找他了。此时罗贵福的身份已是中共派来的接管人员。当初他撤离昆明后，去了西南局接管昆明干部大队，昆明和平解放时随军进入春城，中共接管市警察局，罗贵福被任命为昆明市公安局第四分局治安股副股长。当时实行"大治安"模式，治安股除了管治安，还管刑侦，罗贵福就分管分局刑侦队。当时刑侦队还有不少留用刑警，上级指示尽快物色合适的人员充实进来，罗贵福又想到了梁兴道，就动员他去公安局工作。

梁兴道听说让他去当警察，马上摇头，说我不是干警察的料，不去！我在母校教书挺好的，而且教育局即将任命我当副校长了。罗贵福说老同学，你说你不是当警察的料，难道我是？我读高中时的强项是数学，曾经得过全省数学竞赛第二名，老师都说我是当数学家的料，甚至有可能成为"华罗庚第二"。这话是在课堂上说的，你当时也听见了。至于高考落榜，那是我运气不好，当时正在发烧。可现在你看，我还不是当了警察？这是革命工作需要……他还要说下去，上课铃响了，梁兴道说就到这里吧，我要为革命教书去了。说罢撇下罗贵福直奔教室。

没想到，第二天罗贵福又来了，说老同学你工作调动的事儿暂且作罢，不过，最近我那边的活儿实在太多，你在教书之余，可否利用课外时间帮兄弟一个忙？罗贵福要梁兴道帮忙的事儿是摘录最近半个来月分局收到的人民来信。这活儿原应是分局秘书股（即后来的办公室）干的，可秘书股忙不过来，就搁下了。昨天，分局领导说最近市军管会要下来检查各分局的日常工作，得赶紧把文件都整理一下。秘书股顿时紧张了，来不及完成，就把活儿分解开来，交各部门协助处理。

治安股摊上的是协助处理人民来信，要求对每封信件的内容进行摘录，编上序号存放起来。治安股其实也忙得不可开交，不过人家这是急活儿，无论如何得帮忙的，罗贵福就想到了临时拉梁兴道一个差。他对梁兴道说这也是公安机关对你的信任，否则会把这等机密材料交你处置？再说你们学校考试已经结束，发下成绩报告单就放暑假了，你不干点儿活儿老是待在家里，只怕也会闷出病来是不是？梁兴道无奈，只得接下了这活儿。

梁兴道有所不知，其实这是罗贵福给他挖的一个坑。分局领导听罗贵福介绍了梁兴道的情况，下决心一定要把他调去。罗贵福就想了个法子，用摘录人民来信的活儿先把老同学粘住了再说。梁兴道只想早点儿完工，免得误了人家的事儿。忙碌了两天搭一个夜班，总算把上百封信一一编了号，每封信的内容都摘录下来，还制作了一份目录。忙完了去分局交给罗贵福，对方又是递烟又是沏茶，那殷勤劲儿让梁兴道隐隐觉得似乎不对头。正要告辞时，罗贵福指着目录中的一个编号说："这个名叫祝修玉的被检举人你知道是谁吗？"

梁兴道摇头。

罗贵福说："说起来跟你老弟只怕还有点儿瓜葛呢。"

梁兴道蓦地一惊："怎么跟我有瓜葛？我可是从来没听说过这个人啊！"

祝修玉是编号092的检举信中的被检举对象。那封信是实名举报，检举人名叫普心照，是个中医，祝修玉是他的邻居。他举报说祝修玉家里藏有枪支弹药，对政府贴出的要求全市凡是家里藏有枪支弹药的居民都须主动上交公安局的布告置若罔闻。近日听说祝修玉准备把藏匿的枪支弹药转移，故特向政府检举。

时值1950年，新中国刚成立不久，解放军和国民党残部以及其他反动武装的局部战斗还在继续，民间藏枪比较普遍，更何况云南这种自古以来匪盗横行的省份。梁兴道处理的那些检举信中，举报民间藏匿枪支甚至手榴弹、炸药的，大约占了十分之一。他已经记不得罗贵福所说的这个姓祝的被检举人了。当下，他拿出那封检举信匆匆浏览后，还是摇头："老兄，你这葫芦里到底卖的是啥药啊？"

罗贵福说："你不是正跟同事小严姑娘谈恋爱吗？这个老祝就是小严老师的父亲，你老弟未来的岳丈。之所以女儿不姓祝，那是因为严家上代只有小严她妈一个女儿，祝修玉是入赘做上门女婿的。"

梁兴道暗吃一惊。严淑娟是他的同事，教音乐的，长相算不上漂亮，不过很耐看。这姑娘心地善良，善解人意，跟同事关系处得很融洽，梁兴道当代课老师的时候就跟她很谈得来。他的地下身份公开后，严淑娟更是对他表示好感，最近两人交往频繁，不过尚未正式确定恋爱关系。没想到，她的父亲竟然私藏枪支，按照政府规定，这是要受到惩处的。那时候社会上很看重政治表现，梁兴道有地下工作经历，又即将担任副校长，正在争取入党，手里拿的完全是一副好牌，眼下小严她爸犯了这事，如果还继续跟她处对象，那无疑是会影响自己的政治前程的！这下他可有点儿不知如何是好了。老同学既然向他透露此事，就是让他有个思想准备，以便他作出正确的选择。可人心毕竟是肉长的，他和小严老师正是情投意合的时候，怎能说断就断？

其实，罗贵福却是另有企图。此举也并非他的个人主张，而是奉命行事。那天，罗贵福动员梁兴道调往公安局遭到拒绝，向分局分管治安的周克庸副局长汇报时，周副局长递给他一封检举信，就是被梁兴道编号为092的那封。这封信是直接写给周副局长的，拆阅之后，周副局长不禁一愣。这倒并不是因为祝修玉私藏枪支弹药这件事本身。前面说过，那时候民间私藏枪支弹药算不上什么稀罕事儿，周克庸听得多也见得多了，愣怔的原因在于被检举的对象竟是祝修玉。

周克庸不认识祝修玉，半个多月前连听也没听说过。直到6月10日市公安局政保领导找他沟通情况时方才知晓，祝修玉以前跑过很长时间的单帮，据说跟境外一些黑道人物说得上话。鉴于对敌斗争形势的需要，今后较长一段时间里我方免不了要跟那些家伙打交道，所以，市局领导叮嘱周克庸，要注意保护祝修玉，以便日后为我所用。据市局政保部门初步调查，祝修玉本人并无作恶劣迹，因此政府不会动他，但是，由于他结交的朋友中颇有黑道人物,保不准那些人会影响他,公安局需要注意此人情况,必要时提供保护。祝修玉居住于第四区,此事就交由第四分局负责,所以政保领导就找周克庸沟通了。

接受任务后,周克庸还没来得及专门跟治安股谈这事,就收到了检举信。于是就把罗贵福叫来,说这事得稳妥处理,抓他是不行的,一旦惊动了黑道,人家就会怀疑此人已经被人民政府"招安",为安全计就会切断与他的联络,今后就不能发挥他的作用了;可不动他呢,于那个写检举信的群众不好交代,又不能跟人家说明原因。所以,得考虑第三种方式——动员祝修玉自首,让他自己把私藏的枪支弹药交出来,公安机关也不公开处理,做份笔录就是,然后给检举人一个回复:被检举人因主动交出藏匿的枪支弹药获得宽大处理。

这桩活儿就交给了罗贵福。周克庸叮嘱,事虽不大,问题是不能让祝修玉本人更不能让外界感觉到这是公安有意"放水",所以要考虑另找一个合适的人去做祝修玉的工作。罗贵福说:"哎!这不是天意吗——我那个老同学梁兴道跟祝修玉的女儿是同事,又正谈恋爱,请他出马不是最合适吗?"

罗贵福去母校"挖墙脚"动员梁兴道跳槽前,根据规定已经把梁兴道的一应情况查摸了一遍,用现在的说法就是政审,所以他对严淑娟的家庭情况、社会关系之类比梁兴道还清楚。

就这样,罗贵福给老同学挖了个坑,把检举信塞进了秘书股需要整理的那堆群众来信中,现在提出来予以"提醒"和"关心"。梁兴道哪知底细,当下心里自有一番波涛汹涌,最后向罗贵福请教此事如何处置为好。罗贵福便说你去跟小严商量,动员她老爸主动自首,交出藏匿的枪支弹药,这事不就悄悄解决了吗?梁兴道说这不是把你老兄也扯进来了吗?我也逃不了干系。那可是暗通消息,往轻里说是立场问题,往重里说就是违法犯罪了。罗贵福说有我给你老弟罩着，这样做肯定没问题。祝修玉藏匿枪支弹药，应该属于出于江湖义气帮人家一个忙之类的，他本人不至于卷入什么犯罪团伙，你只要悄悄一提醒，那就是让他悬崖勒马，等于是救了他。到时候你看着吧，小严姑娘准定哭着喊着非嫁给你不可了。老弟，听哥的没错！

梁兴道实在割舍不了对严淑娟的那份爱慕之心，寻思看来只有照罗贵福所说的去做了。接着，他就去找了严淑娟。罗贵福其人以及跟梁兴道的那层关系，严淑娟已经听梁兴道介绍过，所以，现在再次说到这个分局治安头目，姑娘倒也不感到突然。不过，听梁兴道话题一转说到祝修玉藏匿枪支弹药之事，当即花容失色。严淑娟相信梁兴道所说的内容属实，因为之前他提到过罗贵福，虽然没明说，但可以推断那是罗贵福告诉他的。罗贵福和梁兴道是什么关系？老同学还在其次，两人可是在国民党统治的血雨腥风中结下生死之交的战友啊！

严淑娟忐忑地问梁兴道应该如何处理此事。梁兴道按照罗贵福的授意，问姑娘怎么打算。严淑娟说不如悄悄给父亲一个暗示，提醒他赶快把藏匿的枪弹扔掉。梁兴道说这是一个主意，问题是如果他已经被人盯上，在扔的过程中被当场抓获又当如何？那是抓现行，绝无宽恕之理的呀！小严的社会经验跟梁兴道、罗贵福当然有云泥之别，听梁兴道如此一说，哪里还有其他主意？于是眼泪汪汪地盯着梁兴道催问良方妙策，后者就说了自首的法子。

严淑娟觉得这的确可行，但不知父亲自首后是否可以获得宽大。梁兴道说应该没问题，我跟大罗说一下，让你爸去找罗贵福自首不就得了？严淑娟想让梁兴道陪着她一起去做父亲的工作。梁兴道说还是你先去跟他说，说得通就好，说不通我再出面。

次日，6月25日星期天，一大早严淑娟就兴冲冲地去了梁兴道家。

姑娘之前从未来过梁家，两人的恋爱还没到上门的当口儿，即使到了也该是男方先去女方家拜访。不过，因为有这事，姑娘也顾不上了。什么事呢？老爸的工作做通了，答应第二天公安局上班后即去向罗股长自首。梁兴道如释重负，赶紧将此事告知大罗。罗贵福听了也是一阵轻松，说那就约在明天上午十点吧，周一一早我们要先开会布置一周的工作，十点该结束了，接待老祝没问题。

可是，次日老祝却爽约了！

二、祝修玉和"钻天鼎"

祝修玉之所以爽约，是因为他没法儿践约——私藏的六支手枪、六百发子弹失窃了！

经女儿劝说，祝修玉已经决定向公安局投案自首。周六傍晚，他把藏匿于主卧室床下的一个小旅行箱拿出来，打开查看了那六支手枪和六百发子弹，准备次日拎着箱子去分局。其妻严蔚雯当时也在卧室，看着丈夫把箱子重新锁上放好后，下楼去准备晚饭，女儿进厨房相帮，她便告知了上述情况。严淑娟说明天公安局不上班，让爸爸后天上午去吧。一家人谁也没想到次日会发生重大变故。

枪支弹药失窃应该发生于星期天下午到傍晚之间，这个时段祝家正好没人。

十二年前，祝修玉的妻子严蔚雯生儿子（即严淑娟的弟弟）时难产。旧社会妇女临盆被称为"一只脚伸在棺材里"，指的就是难产，因西医普遍缺乏，难产大出血导致的死亡率极高，常常是大人小孩儿一起踏进鬼门关。严蔚雯遇到的就是这种情况。幸亏祝修玉的人际关系广，辗转托人联系了昆明西郊冷水湾的董明观博士。董博士早年留学英国攻读西医，毕业回国在南京中央医院担任外科副主任，因抗战爆发回昆明老家，不再沾手老本行，在乡下隐居耕读。这次碍于挚友情面，只好出马。对于外科医生来说，接生乃是小菜一碟。董明观一出手，自然解决了难题，母子平安。过了月子，严蔚雯立刻做了两桩事：一是从此以后笃信佛教，二是让儿子拜董明观为义父。

严蔚雯的虔诚在全市佛教徒中大大有名，周围渐渐聚集了一批女性居士。昨天她得到消息，有一女居士的丈夫骑马外出时出了事故，伤势严重，便前往探视。而严淑娟呢，当天吃过午饭就去学校了，期末考试已经结束，主课老师忙着阅卷打分写成绩报告单，严淑娟这个教音乐的副课老师也没闲着，学校领导让她组织学生中的文娱爱好者排练一台节目，准备在暑假里慰问驻军，她从现在就得开始忙碌了。她那个被董博士救下的弟弟正上小学五年级，和往年一样，放假期间到西郊冷水湾义父处度假去了。因此，这天下午两点半到五点半之间，家里是没人的，窃贼正是利用这个空当光顾了严家，别的东西都没拿，单单顺走了祝修玉放在主卧室床头柜一侧的那个装着手枪和子弹的旅行箱。

祝修玉夫妇回家后，正好来了个亲戚，一起吃了晚饭，又聊了一会儿。送走客人回到楼上，祝修玉坐在藤椅上喝茶抽烟听收音机里播放的京戏，妻子忙完了楼下厨房的活儿，端水上来擦拭席子时方才发现那个箱子不见了。

可以想象，祝修玉这一晚上肯定失眠。严淑娟因为回来得晚，他也就没告诉女儿，直到今天早晨才对严淑娟说了此事。严淑娟顿时像遭了火灼似的直跳脚，埋怨父亲为啥不早说，这等大事应该立刻报告公安局的！祝修玉说我知道这是大事儿，可是我怕说了人家也不相信，反而怀疑我耍了花枪故意把东西转移了，我这一去，只怕就要给公安局扣下啦！严淑娟说现在啥都别说了，我得找人问问这事咋办！

严淑娟找的人当然就是梁兴道了。梁兴道一听之下，就觉得自己的脑袋大了一圈，说怎么这么巧，打算自首了，那些东西却被偷了？严淑娟一听更急了，说你都这样想，那人家警察就更要怀疑我爸了，你说这事咋办啊？梁兴道说你先回去吧，我赶紧奔分局找大罗。

分局里，罗贵福正等着接待前来自首的祝修玉，哪知祝修玉没来，倒是老同学急匆匆跑来说了这么一桩事。这事他自己作不了主，便让梁兴道先待着别走，他去向周副局长汇报。周克庸听着也大觉意外，说这不是一桩事儿，而是一起案件，该立案侦查。小罗你是管刑侦的，这个案子就交给你去查吧。另外，你举荐的那位老同学小梁的材料市局已经批下来了，同意把他调入公安队伍，分局人事股这几天就会把他的调动手续办好。他们学校该放暑假了吧？你可以让他先来分局上班，就到治安股吧，查这桩窃枪案的时候你可以带带他，这是一棵好苗子。

罗贵福听了窃喜，寻思这是组织上决定的工作调动，那就由不得你梁兴道情愿不情愿了。不过，有一点他要提醒周克庸：梁兴道跟严淑娟正恋爱，跟着自己参加对这起窃枪案的调查是否合适？

新中国成立伊始，百废待兴，法律法规、规章制度尚在初步制订和酝酿之中，对于侦查工作中的回避制度还没有严格规定。因此，周克庸的意思是，根据目前工作需要，梁兴道参加该案侦查，对于获取翔实情况会有帮助；况且，他跟祝修玉女儿的恋爱尚是初级阶段，还没到谈婚论嫁的地步，不过就是比较密切的同事关系。小梁尽管年轻，可他是经历过地下工作的同志，应该有这个觉悟，这件事对他来说也是一个考验，我们应该相信这位同志是经得住考验的。

这边周副局长和罗贵福倒是商量好了，可梁兴道却老大不情愿。罗贵福说老同学这就是你的不对了，干革命工作还需要本人答应？你小子竟敢把自己放在比组织还高的位置上？这话是在他们的母校即梁兴道当副校长的那所中学校园里的一株榕树下说的，罗贵福正想再说一句"还真反了你"时，校长兼支部书记叫梁兴道去办公室。看着梁兴道的背影，罗贵福点了一支烟抽起来，脸上露出得意的笑容，他料想必是教育局的电话打过来了。

果然，梁兴道回来时，已经是一副认命的样子，说大罗要不咱就走吧。罗贵福递给他一支烟，先把分局领导交代的任务介绍了一下。然后，他让梁兴道去找正在指导学生排练节目的严淑娟，告诉她一会儿要上门了解枪支被窃的情况，她回家后如果碰到，不要惊奇，也不要招呼，假装不认识就是了。

由于户口本上的户主是严蔚雯，所以我们这里就暂且称为"严家"。严家的住宅连同邻居普郎中家原来是一座前面带院子的二层楼房，前后上下共有八间，两侧墙边还各有一间平房作为厨房。原房主是个茶叶商人，民国前期离开昆明不知去哪里了，临走前把这座宅院以比较便宜的价钱出让。一时找不到买主，后来经纪人帮着凑了两户人家合买下来，一分为二，院子中间砌了一道墙。双方出的价钱是一样的，东侧西侧则是在经纪人见证下抽签决定的，严蔚雯的老爸占了东侧，严家一住至今。梁兴道、罗贵福登门时，院门开着，祝修玉迎出门问二位找谁，听罗贵福一报身份，他那张脸顿时变得煞白，稍一定神，见来人没有掏手铐，这才松了一口气。

罗贵福、梁兴道查看了现场，门上的锁具和窗框上的铁栅栏均完好无损，又看了楼上两间卧室的天花板，上面的纸筋石灰并无破损（这便排除了窃贼从房顶进入现场的可能），再听男女主人陈述发现箱子被窃前后的一应情况，即使是于刑侦工作十足外行的梁兴道心里也觉得，院门、屋门都上锁，窗户外装有指头粗的铁栅栏，这种情况下楼上主卧室内的一口箱子竟然不翼而飞，那只能是主人自己做的手脚了。罗贵福也是这样想的，不过他还是问了主人夫妇回家时是否发现有什么异样迹象，祝修玉和严蔚雯都摇头。

按照惯例，往下就要把祝修玉带往分局去讯问了。不过，因为之前分局领导叮嘱过，罗贵福没有贸然带人，反正一样是了解情况，那就在他家谈吧。

祝修玉今年四十四岁，土生土长的昆明本地人，出生于一个贫困家庭，父亲以做挑水夫、搬运工为生。祝修玉九岁就被送到当地一家桐油店去做学徒，说好是学三年帮三年，须做满六年方才满师。吃尽了苦头好不容易熬到第六年，眼看还有两个月就可以满师了，不料桐油店失火烧了个精光，老板一家八口只有三个逃出来。桐油店破产，老板感到对不起祝修玉，就把他介绍给一位赶马帮跑运输的朋友老熊，那年祝修玉十五岁。

祝修玉跟马帮跑了三年，熟悉了一应情况，决定离开马帮自立门户。这是马帮头目老熊出的主意。老熊是个老江湖，不但熟悉云贵川藏、缅甸泰国等马帮路线上的地形、气候，还在江湖上有着极广的人脉，他跟上述国家、省份的三教九流混得都很熟，据说百里范围必有他的生死之交。具有这等能耐的角色眼力肯定不凡，老熊认为祝修玉是一块能做点儿事的好料，长期跑马帮是埋没人才，就鼓动祝修玉自己跑单帮，境内境外进进出出，倒腾土特产和洋货，一是能多挣大洋，二是历练。祝修玉被说动了。离开马帮的时候，老熊送了他两匹好马，以及一份江湖朋友的联络名单，说你在江湖上行走，没有朋友帮忙是不行的，在外面碰到困难了，去找名单上的任何一位朋友，只要说是老熊让你去的，他们肯定会帮忙。

祝修玉跑单帮跑了七年，其间遭遇的危险不计其数，靠着自身的机灵、老熊的影响以及运气，竟然都让他一一化解。七年下来，积蓄了一些钱钞。那年回昆明老家过年，小年夜救了一个回家路上遭遇地痞调戏的姑娘，就是现在的妻子严蔚雯。两人自此相识，严蔚雯看上了小伙子，她老爸也很欣赏祝修玉身上的那股义气和豪气，就对祝修玉说，你如若肯做我家的上门女婿，那就请人来说媒。祝修玉就请因年老已闲居在家的老熊出面玉成此事。

婚后，岳丈和老熊都主张祝修玉不必再跑单帮，可以在昆明找份活儿谋生。可是，祝修玉已经习惯了冒险，一时难以割舍和那班境内外江湖朋友的友情，就又干了五年，直到女儿四岁时方才歇手，在老熊占着部分股份的一家货栈干活儿。其时，祝修玉不过三十岁，但十五年的江湖历练已经使他具有远远超过同龄人的智商、情商和应变能力，还有江湖上方方面面的社会关系，以及虽已年近八十但威望犹在的老熊的那份影响力，因此没干多久就被股东推举为货栈襄理。经理马观达上了岁数，精力体力都大不如前，有了祝修玉这个助手，他干脆把一摊子事务全都交给小伙子去打理，每周一次到货栈看看，坐上片刻就走。

抗战胜利前夕，老熊一病不起，撒手西行。临终前留下遗嘱，把自己在货栈的股权一分为三，两份留其遗属，一份赠予祝修玉。祝修玉坚辞不受，将那份遗产转赠老熊的遗属。此举受到江湖中人的一致好评。正好这时原经理马观达因病辞职，老熊遗属及其他两个股东遂推举祝修玉为货栈经理。

这家货栈相当于后来的物资储运站，比如今的物流公司多了一个功能——接受客户的委托，代为储存保管货物。抗战胜利后，云贵川藏的马帮运输因战事结束和修建公路，以及内地恢复了战前的海路和长江水道，货物运输大为减少，货栈经营日趋萧条，到1949年时已是勉强支撑惨淡经营了。昆明解放前夕，祝修玉和股东们碰了头，介绍了经营情况，认为货栈应该结束营业，大家散伙。几位股东从未具体管过货栈，也没有这方面的经验，一切都是听祝修玉的，既然他这么说，那就关门歇业吧。于是就责成祝修玉站好最后一班岗，着手处理善后。

不料，昆明解放次日，竟然出现了意想不到的转机，一个以前跑单帮时结识的绰号"钻天鼎"的江湖朋友来找他，说解放军方面委托他物色可靠的货栈，准备租下后作为物资仓库，问祝修玉是否有兴趣。祝修玉闻讯甚喜，认为这是一个绝处逢生的机会。不过，他不是老板，拍不了板，就找股东们通报此事。股东们哪有不肯的道理？随即就跟军方签署了租赁合约，言明暂租两年，祝修玉和货栈全体员工悉数留用，在军代表领导下各司原职，薪金待遇不变，概由军方支付。

"钻天鼎"本名宋庚耀，云南保山人氏，猎户出身，赶过马帮，跑过单帮，还干过类似盗马贩毒、杀人越货之类的歹事儿，江湖上使唤得动上百号恶汉，是个不亮字号不打牌子的匪首。"鼎"是沉重物件，能升到天空的鼎世上罕见，宋庚耀竟然得此绰号，可见此人的厉害。这主儿工于心计，善于钻营，据说早在解放军尚在黔滇交界处集结还没向云南境内进军时，就已经主动派人前往跟部队联系，要求"报效大军"。估计军方正需要利用这等地方资源，反正之后他便开始替解放军刺探敌情，提供各地匪盗机密，联络地方绅士，以及做一些类似为军方介绍货栈作为仓库之类的琐事。那天他出现在祝修玉面前时，竟然穿着一套解放军下级军官的制服，并出示了一份盖着部队公章的介绍信。这使祝修玉不得不相信。

那个装着六支手枪和六百发子弹的小皮箱，就是"钻天鼎"在货栈跟军方签约的一个多月后拿来的。那天傍晚，"钻天鼎"穿着便衣，骑着一匹马前往货栈拜访，扯着正要下班回家的祝修玉去附近一家饭馆喝酒。席间，他告诉祝修玉说奉大军的命令，将前往外地执行机密使命，有件东西烦请老祝代为保管。祝修玉讲义气，再说对方的身份特殊，没有信不过的道理，当下问也没问就一口答应了。这件东西，就是装着武器的小皮箱。"钻天鼎"交给祝修玉时，是打开箱子让他过目后重新锁上的，把钥匙也给了他。

祝修玉当时并未当作一回事，很随便地就把箱子拎回家了，随即告知了妻子。严蔚雯也没觉得有什么不妥，尽管公安局张贴的布告中有禁止私藏武器的规定，可他们毕竟是在"帮助"军方啊。直到一个多月后，严蔚雯看到大街小巷张贴的昆明市军管会的通缉令中有宋庚耀的名字，并注明绰号"钻天鼎"，方意识到此事不妙，急急回家告诉丈夫，提出应该把藏匿的武器交给政府。

可是，祝修玉却不这么认为。他的想法是，"钻天鼎"早在解放军进军云南前就已为军方效力，以其以前的经历，显然特别适宜从事刺探敌情、策反匪特之类的活儿，那就必须披上一件使工作对象放心的外衣，现在军管会将其列入通缉名单，应该是出于这种考虑。祝修玉相信自己在江湖中摸爬滚打多年积累的丰富经验，对这个判断深信不疑。因此，他觉得不能不讲义气，贸然交出藏匿的武器。否则，待"钻天鼎"完成了军方的特别使命，穿着军官制服出现在自己面前时，怎么向人家交代？他向妻子吐露过这种想法，严蔚雯说，即使老宋真如你所想的那样，他让你私藏武器也是违犯政府法令的，共产党讲究法律面前人人平等，他也应该受到政府的处罚呀。祝修玉说那是他的事儿，回头见到他时我跟他说，让他把东西拿去自己处理就是了。

就这样，祝修玉坚持替宋庚耀隐瞒此事，心安理得地把那个箱子藏于家中。直到这次女儿严淑娟听了梁兴道的规劝，郑重其事做他的思想工作，隐隐透露这可能是来自公安局内部的意思时，这才引起他的重视，遂决定交出武器。不料，就因为正逢星期天，不得已推迟了上交的日期，导致了现在这种结果。

罗贵福、梁兴道听了祝修玉以上的这番交代，对此进行了分析，认为根据祝修玉的经历、个性等综合情况来看，他似乎没有必要为"钻天鼎"再把这口黑锅背下去，因此，两人倾向于相信祝修玉这番交代的真实性。

那么，窃枪案又该如何追查下去呢？罗贵福说，我们试着走走另一条路吧。

三、发现嫌疑人

另一条路就是向写检举信的人调查。这人是实名举报，不但署名，还有地址，跟被检举人祝修玉同一条街，门牌号是连在一起的，严家是双莲巷56号，他是58号，大名叫普心照。在云南，这个姓氏很容易使人以为他是少数民族，其实他是地地道道的汉族。

普心照是祖传中医。中医这一行，很容易跟"祖传"、"秘方"、"宫廷"什么的联系起来，但这位普郎中却是例外，双莲巷58号门侧墙上钉着的那块"祖传国医"的牌子吸引不了多少患者。他的医术虽是祖传的，可是他的祖上医术平平，系江湖走方郎中出身，加上普郎中的老爸是老来得子，四十岁出头方才有了小普，待到儿子十几岁上开始学医时，老爸自己身体有恙，精力不济，所以小普学得就不咋样。不过，每天从早到晚到诊所的人还是络绎不绝，都是熟人朋友、街坊邻居，看病求医的有限，大多是来侃大山或是有其他疑难来讨教的。普郎中为人耿直，性格固执得近乎偏激，却少有私心，邻居朋友有难，不但肯解囊相助，甚至有几次还助拳拔刀子，因此众人都很佩服他。

为保护检举人，罗贵福是通过管段派出所悄悄给普心照捎口信到分局谈话的。普心照果然耿直，跟罗贵福、梁兴道甫一照面，马上不客气地嚷嚷说："你们民警办案子，哪有先跟被检举人接触然后再找检举人的道理啊？我那检举信里写得很模糊，不过点了点情况，凭此你们就有把握去跟被检举人接触了？既然有把握了，那又何必再把我找来了解情况呢？"

罗贵福只得好言相劝，梁兴道则沏茶递烟，总算使普心照的火气消了大半，然后言归正传。据普心照说，祝修玉私藏枪支弹药的情况还是自己的妻子邱菊花告诉他的。普心照跟邱氏结婚将近二十年，对妻子的大部分作为都满意，就是有一点非常看不惯，妻子特别喜欢打听别人的隐私，打听不到的就设法刺探。普心照屡劝无效，常发感叹：你若是个男丁，肯定被警察局聘去做包打听了。

邱菊花的这个特殊嗜好当然会影响到她跟邻里的关系，幸亏有丈夫的面子在，人家也就一笑了之，不跟她计较。普心照屡次劝说，近年来，邱菊花的这个毛病大有收敛。不过，对于窥私成癖的邱菊花来说，这个多年来的嗜好已经相当于毒瘾，可不是那么容易戒掉的。在别人不注意的时候，还是要时不时犯一下。

前面说过，普、严两家的住宅原是一座宅子，原业主因急于出售而一分为二。院子一分为二，房屋也是一分为二，原业主为省钱省事，不管院墙还是房屋内部楼上楼下的墙壁，一律都是用横放的一块砖头砌成的单壁，隔音效果可想而知。邱菊花有窥私的嗜好，如果分隔墙是用木板制作的，没准儿她会用纳鞋底的钻子在上面扎个小孔窥探邻居的隐私，可是砖墙没法儿对付，她就退而求其次，耳朵贴着墙壁偷听邻居在卧室内的动静。

邱菊花对邻居的偷听已经持续了两年多，普心照却始终不知晓。每天晚上普郎中在楼下客堂跟人高谈阔论或者听收音机，他的妻子则在楼上的卧室里，把耳朵贴在墙上，一边偷听祝修玉夫妇的动静一边结着毛线或者纳鞋底，一脸的满足。邱菊花知道丈夫若是知晓此事肯定不依，一旦听见普郎中上楼就马上中止，竟从来没有被普心照发现过。

祝修玉替"钻天鼎"私藏枪支弹药的秘密，就是邱菊花通过听壁脚得知的。当时昆明刚刚解放，政府正在动员老百姓上缴私藏枪支，邱菊花对祝修玉藏枪并不特别在意，她感兴趣的是人家夫妻的隐私。邱菊花是那种活得稀里糊涂的市侩女人，于政治既不懂也缺乏兴趣，所以渐渐就把这件事抛到脑后了。

这当口儿的形势跟六个月前昆明初解放时又不同了，邱菊花已经参加了多次群众大会，属于被发动起来的大部分群众中的一个，再说这时民间私藏的武器都上交得差不多了，极少数刻意隐藏的已经被公安局拘捕了若干，还有人因此被判刑。所以，邱菊花对此也重视起来，就在半个多月前向丈夫透露了此事。不过，她没有说自己晚饭后躲在楼上卧室就是为了偷听邻居的隐私，只说她偶然间听见隔壁夫妇似在争论什么，不禁生出好奇心，就仔细听了听，结果听到了这么一件事。

新中国成立后，普心照比较要求进步，不过他的进步只是停留在接受新思想方面，在一些具体行动上比如靠拢组织、申请入党等等他是不干的，相当于"口头革命派"。他听说祝修玉竟然违反政府规定藏匿武器，便说这是大事，我们不知道也就罢了，若是知晓了，那就必须向公安局报告，否则就是知情不举，我们也犯法了。于是，他就寄出了那封实名检举信。

罗贵福、梁兴道对普心照所说的情况与祝修玉的交代作了对比，发现邱菊花偷听到的相关情况可以印证祝修玉交代的内容，这样，基本可以排除祝修玉在作出自首决定后又生悔意，把藏匿的武器转移他处的可能性。

当天下班前，罗贵福向周克庸汇报了调查情况，请领导指示下一步该如何进行。周克庸是从解放区来的老公安，在破案方面有较多的实践，当下对罗贵福说："你们的分析有道理，现在看来要查明被窃枪弹的下落，只有盯着一个方向：案犯是怎样进入现场的？是如何正好在严家四口全部不在家的情况下下手的？是偶然撞到机会呢，还是待在附近偷窥严家人的动静伺机下手？"

罗贵福说："多谢领导指点，您知道，我虽然在旧政权干过刑警，不过时间太短，没直接主持过破案，基本没有实践经验。现在组织上让我负责刑侦……"

他的话立马被周克庸打断："你的意思我明白了，是想增添人手？那没问题，分局刑侦队是你分管的，你可以调人嘛。"

罗贵福把留用老刑警朱古石调来参加侦查，三人组建了一个专案组。五十挂零的朱古石具有三十年刑侦经验，在昆明警界有点儿名气，他一来，罗贵福就把案情介绍一番，让他说说下一步该如何进行。朱古石说周局长说得对，还是盯着案犯如何进入现场这一点来追查为好。既然严家门窗完好，锁具无损，那就说明案犯是用钥匙开的锁，作案后又照样把门锁上了。这种案子我过去碰见过几件，都是从钥匙入手调查的。除了钥匙，还要调查案犯进入现场以及离开现场时是否有人看见其行踪，因为作案时间是下午至傍晚，双莲巷应该有人看见过这个人。即便那厮去双莲巷时没人留意，但他离开时应该是带着那口小皮箱的，那就比较引人注目，多半会有人留意到。当然，这还要看我们的运气。

罗贵福立刻作出安排，梁兴道负责去调查钥匙情况，他和老朱调查双莲巷是否有人看到过案犯。这时已是晚上六点，罗贵福性急，说晚上居民正好在家，叫上派出所户籍警一起去走访正合适。几个人随便吃了点儿东西，即刻出发。

梁兴道对这个任务很感兴趣，因为他正好可以去跟严淑娟见面，请她提供她家门锁钥匙的情况。罗贵福说老弟你去五祥路关帝庙门口待着，我和老朱去严家跟严淑娟说一声，让她去那里找你就是。

有老朱加入，似乎马上就转运了。罗、朱二人叫上户籍警老陈去双莲巷向居民调查，走访到第三家就了解到了情况。这户人家有两个上小学的男孩儿，一个三年级，一个五年级，哥儿俩考完试这两天正闲着。昨天下午哥儿俩在巷口空地上玩耍，看见有个三十多岁的男子提着一个小皮箱从巷子里出来，去了马路对面的烟纸店，买了烟当场拆开递给店主一支，自己也点了一支，两人抽着烟聊了片刻那人才走。

罗贵福三人就去找烟纸店主人。这个时候烟纸店已经关门打烊，不过这种小店铺都是前店后家的格局，叩门就可见到主人。店主姓丁，平生从未跟警察打过交道，忽有警察登门，自是暗暗吃惊。待到刑警说明了来意，他长长地松了口气，说原来你们是问龙拐子啊，他昨天是来买过烟，还跟我聊了几句闲话。

侦查员问龙拐子是何许人。店主说他住第二区醒仙路蝴蝶坝，好像没有固定职业，听说以介绍生意挣钱，不过店主曾经看到过他在庙会上摆摊头卖古董——可能是假古董。

醒仙路蝴蝶坝离双莲巷颇有一段距离，这人跑到双莲巷来干什么？这个问题店主没法儿回答，因为聊天时对方没有说。侦查员关心的是那个皮箱，便问店主是否见过。店主连连点头："对，他是提着一个小皮箱。"说着还用手比画了一下尺寸，"这么大，咖啡色的。"

罗、朱二人迅速交换了一个眼色，皮箱尺寸、颜色都对上号了。六支手枪加上六百发子弹，应该有些分量，便问店主龙拐子拎着的那箱子看上去是重还是轻。店主想了想说："这个倒没有留心，他没把箱子拎上柜台，聊天时那箱子是放在他脚边的。"

次日上午，罗贵福、朱古石便去醒仙路蝴蝶坝向管段派出所了解龙拐子其人。派出所方面告诉他们，龙拐子名叫龙超，彝族，三十九岁。此人年轻时曾参加过拐卖儿童团伙，国民党警察局对刑事犯罪打击不力，连坊间都知晓他是个人贩子，还给起了个绰号叫"龙拐子"，可警察局竟似充耳不闻，从来没有找过他。后来，龙超不知为何收手不干了，做起了掮客生意。此人的人际关系较广，利用这一资源获取各类供求信息，房屋、汽车、古董、牲口、药材、汽油甚至家具、自行车、钟表、小百货无所不包，虽无门面，却也混得不错，挣得了一些钱钞，买房娶妻，还生了两个女儿。新中国成立后，龙超仍旧干此营生，因为他并无政治历史问题和现行犯罪，所以民警没有将其作为重点对象予以监控。

罗贵福决定由派出所出面立刻传讯龙拐子。

四、难道案犯是检举人？

龙拐子身材高大，肤黑皮粗，说话声音沙哑。刑警见到他后，直截了当就问他前天下午去了哪里。这主儿面不改色，回答说去了双莲巷。刑警问他去干什么了。他回答说："有人托我收购一套乾隆年间的宫内茶具，我是去找藏主询问是否有意出让的，那人名叫陈三福，住双莲巷115号。"

老朱问："除了找陈三福谈生意，另外还干什么了？"

龙拐子一脸迷惘地望着刑警："没干什么啊。陈三福说那套茶具是他祖上传下来的，他又不缺钱用，不想出手。我以前跟他打过交道，也曾从他手里拿到过古董，算是熟人，他就留我坐了一会儿，喝着沱茶聊了半个小时，然后我就告辞了。"

"你从双莲巷出来的时候，手里拿着什么东西？"

龙拐子想了想，恍然大悟："哦！您二位说的是……那个皮箱？对对对，我是提着一个小皮箱呢！"

刑警就问这个箱子的来龙去脉，里面装了啥物件。龙拐子说那是一个空箱子，是他从陈三福家出来时，在陈家门前右侧的那个垃圾箱里捡到的。箱子上的两个搭扣都扣着，不过上面没挂着锁。打开一看，里面是空的。他觉得有点儿奇怪，这么一个七八成新的皮箱怎么丢到垃圾箱里了？又想既然是扔到垃圾箱里，那就是主人不要了，何不捡回家去？就把箱子拿上了。

不过，龙拐子并没把这个皮箱拿回家。他在回家途中经过老柏树（地名）附近的一家旧货铺时，寻思这口箱子不明不白地被扔进垃圾箱，莫不是装过什么不祥之物？把它拿回家去别招霉运，干脆卖给旧货铺子算了。于是就走进店铺，卖了八万元（旧版人民币，相当于新版人民币八元，下同）。

当下，罗贵福、朱古石把龙拐子留在派出所，他们二人直奔双莲巷。陈三福证实龙拐子所言不谬，还出示了那套被龙拐子惦记着的乾隆年间的大内茶具，说那是他祖上传下来的。抗战胜利那年，有个朋友急于筹款上门求助，为凑够那笔钱款，他曾请龙拐子相帮找了个下家出让过一件古董。当时他曾说过家里藏有一套大内茶具，还拿给龙拐子看过。

离开陈宅，刑警又查看了那个垃圾箱，在陈宅和邻居家相连处的一个凹进去的位置，居民或者路人经过时扔废物、垃圾很是方便。如果龙拐子所言属实，那应该是潜入严家盗窃的案犯得手后，为防引人注目或者为了便于携带，取出箱子里的东西，随手把箱子扔掉了。

罗贵福、朱古石又去老柏树找那家旧货铺查问。旧货铺老板说前天下午确实有人来卖掉了一个咖啡色的旧皮箱，他开价八万元，对方没有讲价，直接成交拿着钞票走了。那个箱子现在还在，老板说着把刑警领到货架前，取下了这个已被加价百分之五十的小皮箱。

皮箱被带到分局后，刑警打电话给派出所，让他们悄然通知祝修玉前来辨认。祝修玉过来一看，马上确认就是"钻天鼎"交给他的那个箱子。他揭开箱盖，指着箱内黑色细绒布衬里上隐约能够辨别的油渍告诉刑警，那些手枪、子弹都是涂了牛油后用油布包裹上放在箱内的，他自"钻天鼎"交其藏匿时看过一眼，直到上星期六晚上决定自首了才再次打开，当时发现武器上面涂抹的牛油已微微渗透到油布表面，皮箱衬里绒布上的油渍应该就是这样造成的。

当天晚上，罗、朱、梁三人在分局刑侦队办公室碰头讨论案情。

梁兴道先说了昨天他从严淑娟那里打听来的关于她家门钥匙的情况。严家院门（大门）和屋门（二门）的钥匙有三套，父母和她各持一套，弟弟才十二岁，家里没让他持有钥匙，生怕他丢失，反正母亲无业整天在家，影响不到他放学后进家门。这三套钥匙一直由三人保管着，从未交给过其他人，即便有亲戚朋友来严家住宿，家里也是一直有人的，没有必要把钥匙暂时交给他们。

梁兴道于侦查工作虽然外行，但以前上学时，也读过一些中外侦探小说和报刊上报道破案情况的文章，尽管罗贵福和朱古石没有教过他，他还是想到了一种可能：到严家拜访的亲朋好友或者邻居甚至严淑娟弟弟的同学和家长中，是否有人动过严家钥匙的脑筋，瞅个空子偷偷用橡皮泥拓过印模（包括唆使弟弟拓模）。于是，他便让严淑娟把家里的亲朋好友以及与弟弟关系密切的同学列一份名单。

往下该怎么做，梁兴道心里没有底，因此今天一上班，趁朱古石还没跟罗贵福外出调查，连忙向老刑警请教。老朱告诉他，比较简单的法子是先去找严家夫妇，听他们对自己亲朋好友的陈述跟你昨晚向小严了解的那份名单是否一样，如果有遗漏，那么要甄别是故意还是无意，若是故意，被遗漏的那人就应该列为重点调查对象；没有遗漏的话，那就可以跟他们聊聊这些对象中是否有人对钥匙产生过兴趣，以及之前是否有过什么可疑迹象之类。不管有没有人对钥匙产生过兴趣，都有必要找那份名单上的人了解情况。

梁兴道今天一整天就在干这桩活儿，骑着一辆破自行车全城乱跑，累得人仰马翻却一无所获，此刻说起来一脸的沮丧。

罗贵福前天向分局领导要求增加人手加强侦查力量时所说的话并非虚言。他虽然当着分局治安股副股长而且分管刑侦，但即使算上奉命打入国民党警察局的时间，警龄也不到一年，中间还有一段时间因暴露而撤离昆明，所以于刑侦也只能算是一个新手。此刻，他面对着眼前自己独立主持侦查的第一起案子，有一种"老虎吃天，无从下口"的感觉，要他发表对案情的见解，还真没法儿说。于是，他就让朱古石分析案情。以老朱的经验，他对该案已经作过反复考虑，心里形成了比较清晰的观点——

祝修玉藏匿的武器被盗，应该不是案犯临时起意，而是蓄谋行为。因为案犯进入现场后的作案目的非常明确，没碰严家的箱笼橱柜和抽斗。严家虽然不敢说是富豪，但至少是中等偏上水平的家庭，况且像严蔚雯这样的出身，肯定有些金银首饰；而祝修玉长期跑单帮以及在后来的经商生涯中，肯定也有若干收藏。案犯既然选准该户居民下手行窃（配制钥匙），那么对于这个情况应该是非常清楚的，可是他却没有翻找其他东西，单单窃走了那个装武器的小皮箱。因此可以得出结论，他潜入严家就是为了盗窃祝修玉藏匿的武器。为此，他事先做了充分的准备：想方设法配制严家的钥匙，然后在暗中窥伺，及时掌握严家成员的动态，趁全家均外出的时候悄然潜入作案。

案犯为什么非要采用配钥匙的方式进入现场？老朱估计，这是因为他必须在白天严家无人时下手（晚上严家肯定有人，不论破锁而入还是用配制的钥匙进屋，危险性都比较高），如果使用损坏门锁的手段进入的话，双莲巷里人多眼杂，很容易被路人或者邻居发现。于是就引出了第二个话题：他怎么知道严家何时无人？而且主人必须外出一小时以上他才能有足够的时间作案。

严家的男主人祝修玉和女儿严淑娟白天基本都不在家，可女主人严蔚雯却是全职太太，平时除了买菜之外一般不大出门，而菜场就在附近，她又没有跟人唠东家长西家短的嗜好，很少在外面逗留一小时以上。所以，对于案犯来说，白天进入严家作案无疑有些勉为其难。可是，案犯恰恰准确掌握了严家全家都不在家数个小时的信息，得以潜入现场，从容作案。再者，案犯选择了一个没人注意的空当进入严家，这还说得过去。可是，他从严家出来离开双莲巷的时候，不管他走哪一头（双莲巷是一条两头都与其他马路相连的石板街），都要经过数十户人家或者店铺——即便不是贼头贼脑鬼鬼祟祟一见就令人生疑的模样，但因为这条巷子一向少有陌生人经过，一个手里提着沉甸甸物件的陌生人肯定会被人注意到。可是，刑警访查下来，竟然没有一个人看见过这样一个目标，这不是有些奇怪吗？

根据以上分析，刑警老朱归纳了案犯作案得以成功所需要的条件：第一，能够获得准确信息，这信息有两方面——祝修玉藏匿武器和6月25日那天下午家中无人，甚至掌握祝修玉藏匿了多少数量的枪支弹药。因为他既然选择了把小皮箱丢掉，只拿里面的东西，那就得带上足够容纳六支手枪和六百发子弹的容器，多半是麻袋之类；第二，有直接或者间接获取严家钥匙印模的机会。

梁兴道发表意见说，这个案犯看来是个精于此道的老手，但有一点却又与"老手"身份不相符。他把盛放武器的小皮箱扔进了双莲巷的垃圾箱，此举无非是为了不引人注目，可是，既然如此，他又何必把小皮箱带出严家呢，留在现场岂不更省事？

罗贵福说，看来案犯的本意是不想让祝修玉立刻发现武器失窃，可是他把小皮箱丢弃于垃圾箱内显然是有违此意，因为一个七八成新的皮箱被丢进双莲巷的垃圾箱，很容易被居民注意到，毕竟龙拐子这样的非双莲巷住户途经巷子又正好发现垃圾箱里有这么一个皮箱的概率是微乎其微的。这似乎表明了一种可能：案犯应该就是双莲巷的某个居民！

朱古石也想到了这一点，听罗贵福这样一说，笑道："呵呵，罗股长说到了点子上，其实，这个嫌疑对象就在我们眼皮底下。"

梁兴道惊问："是谁？"

罗贵福马上猜到了老朱说的是谁，点点头说："根据作案的必备条件对照一下，大体上就可以估测个八九不离十了。"他看看梁兴道，"你再想想。"

梁兴道恍然："难道是那个……那个写检举信的普心照？！"

五、又一个嫌疑人

6月28日，专案组正准备对普心照启动外围调查时，普心照却找到分局来了。

之前，罗贵福带着朱古石、梁兴道一次次出没于双莲巷访查时，没向周围邻居提及该案，甚至连"严家"、"56号"这样的敏感字眼也没透露过。其他邻居也许不知道公安局便衣来查问这些内容意欲何为，但普心照夫妇心里应该是清楚的。普郎中一眼就看出主持这项调查的是罗贵福，所以在他们登门时询问过罗贵福的身份，得知其是分局治安股领导后,今天突然登门求见了。干什么呢?他是来查问那封检举信的下文的。

罗贵福听对方一说来意,心里随即有了对策,正好利用这个机会了解一下严家窃枪案发生那天普心照的活动情况。他一面跟普心照不显山不显水地敷衍着,一面小心翼翼地把话题往 6 月 25 日下午对方的活动情况上引。出乎意料的是,据普心照回忆,他那天下午没在诊所。去了哪里呢?去市中医业公会开会了。

旧时各地都有慈善会,其职责是冬舍粥夏施药,其经费一部分来自富裕市民自愿捐赠,一部分由政府拨款,慈善会的工作人员都是义务性质,不取任何报酬。从 7 月中旬到 9 月中旬这两个月,是疾病高发时期,慈善会便要提前准备施药工作。这药不是随便施舍的,得针对贫穷患者的具体病症对症下药。所以,慈善会便要在每年的 6 月下旬通知中医、西医和中药、西药行业公会做好例行活动的准备。这四个公会接到通知后,便需开一个理事会,研究如何配合慈善会搞好这项活动。这两个月里,城隍庙开设义务诊疗点,由全市中西医生轮流坐堂问诊、把脉开方,患者拿着药方前往中西药店取药,不付分文——自然,那都是廉价药物。活动结束后,药店凭方子跟慈善会按进货价结算,医生、郎中则是尽义务。

新中国成立初期,各地慈善会解散,这一例行活动也就停止了。而昆明因为是 1949 年 12 月 9 日才解放的,新政权的工作重心还没顾及到这一块儿,所以次年夏天慈善会还未解散,贫穷市民也还大量存在,这项活动照常举行。普心照医术平平,原本是选不上中医业公会理事的,可是他的名气却摆在那里,因而成为了中医业公会唯一不是本地名医的理事。6 月 25 日下午,他就是去参加这个会议了。

罗贵福把普心照打发走,自己去参加分局的局务会议,派朱古石、梁兴道两人前往市中医业公会调查普心照所言是否属实。梁、朱的调查结果证实，普心照那天下午确实去中医业公会开会了。会议从下午两点开始到五点半结束，普心照提前半小时到达，他担任记录，中间没有离开过会场。会后，普心照又发起自助聚餐，每人出钱凑份子去公会对面的"富升馆"晚餐，到八时许方才散去。

面对着这个结果，三名刑警都傻眼了。昨晚分析得头头是道，运用逻辑推理已经把普心照钉死在嫌疑人的位置上了，可是这人没有作案时间啊！三刑警于是重新审议昨晚的思路，议来议去觉得没有差错，就引申开去考虑：会不会普心照本人并未入室作案，而是指使另外某个人下了手？

另外那位是谁呢？那就要对普心照的社会关系进行调查了。一想到这一点，三刑警都觉得头痛。这个普郎中的交际面据说极广，如果要一一调查到，别说旷日持久时间上耗不起，就是经费也拿不出——他的很多朋友是在外地的。而且，即使耗得起时间拿得出经费进行这种调查，也有可能查到中间卡壳。以当时的政治气候和云南特定的地理位置，这人结交的某些对象可能已经失踪，甚至越境去了国外。

梁兴道看着罗贵福和老朱，一脸愁云地问："这事咋办？"

罗贵福想了想说："办法总比困难多，这个案子反正总得查下去的，我看要么这样，先易后难，把眼下可以进行的调查先进行起来再说。"

朱古石提出了一个另辟蹊径的建议：绕开调查普心照的社会关系这个难题，改从其他方面着手。比如之前分析的案犯作案必须具备的一个条件是得有机会拓取严家钥匙的印模，这个分析应该没错，而普心照要拓取钥匙印模，就只有他自己或者指使其妻邱菊花出面，不可能是其他人——毕竟要跟严家成员熟悉且有交往才能获取机会。所以，可以考虑有针对性地调查普心照夫妇是否有接触钥匙的机会。尽管之前向祝修玉、严蔚雯夫妇及女儿严淑娟调查此节时，三人一致否定普郎中夫妇有这种机会的可能，但那时并未把普心照放在嫌疑人的位置上考虑，这种调查也就是一带而过而已。现在重新调查，启发一下，没准儿他们能突然回忆起什么呢？

老朱的这个建议获得了另外二位的赞同，接着，三个刑警分别找了祝修玉、严蔚雯和严淑娟。可是，这三位想来想去也没有想出普心照、邱菊花夫妇有什么机会能接触到他家钥匙。钥匙都是放在身边的，他们一家三口自2月初"钻天鼎"藏匿武器到家中失窃这段时间里，没人生过病，所以并未去隔壁的"普氏诊所"；严蔚雯也没有走东家串西家的"脚头碎"的习惯，从来不去包括普家在内的任何邻居家串门。普心照、邱菊花虽喜好交际，但普心照的交际场所固定于其诊所，每天都在诊疗之余跟人高谈阔论，不必上邻居家去聊天；邱菊花倒是喜欢串门，不过这段时间她没去过严家——双莲巷新搬来三户居民，她正热衷于去新对象家打听底细刺探隐私呢。

梁兴道想想不死心，下午再次去母校找正在指导学生排练节目的严淑娟调查。两人在教室一侧正说话时，严淑娟的弟弟严钧鑫来了。这个五年级小学生原本是在西郊冷水湾义父那里度假的，因姐姐排练的节目里需要一个小演员，物色了几个都不满意，想到了自己的弟弟似乎可以胜任，就托人捎口信儿让他回来了。严钧鑫跟姐姐一样，也是文艺爱好者，接到消息就兴冲冲地返回城里，这会儿是来向姐姐报到的。

严钧鑫不知跟姐姐谈话的这个大哥哥是何许人，便静静地站在一旁听着。片刻，他插嘴说："普师母上个月来过咱们家的，那天我生病没去学校上课，还是姐姐你帮我向老师请的假。中午普师母还端来一碗面条，说是普先生的生日面。妈妈当时和普师母说了一会儿话。"

这么一提醒，严淑娟也想起来了："对呀，那天是5月4日星期四。"

刑警再去找严蔚雯谈话，提起这事，严蔚雯也想起来了，说确实有这件事。那么，邱菊花是否有可能利用这个机会拓取钥匙印模呢？严蔚雯摇头说不可能。她的那两把钥匙是用和钥匙圈连在一起的铜链条系在外套口袋自己缝制的暗扣圈上的。说着，严蔚雯当场把外衣口袋翻出来给刑警看。这样，就排除了邱菊花利用这唯一的接触机会偷偷拓下钥匙印模的可能性。

排除了普心照、邱菊花夫妇涉案的可能，专案组三刑警这下真是困惑了，寻思如果还坚持原先的观点，那么只有两种可能：一种是普心照指使他人作了该案；另一种是普心照本人确实未曾涉案，而是其妻邱菊花单独作了该案。不论是上述哪种可能，其钥匙来源应排除从严家人那里拓取印模，也许是使用了万能钥匙或者开锁工具。

那么，往下应该怎么调查呢？三人讨论下来，决定还是采用先易后难的方式，先对难度相对比较小的邱菊花进行调查。这项调查说难度小，其实还是很费劲的，主要是无从着手，因为派出所对这个没有工作的家庭妇女也是几无了解，除了户籍登记资料上的简单情况外，没有其他内容。而这所谓的简单情况那实在是太简单了，由于户籍资料是从旧政权的警察署接管下来的，而民国时的警察署对普心照、邱菊花这类不需要作为"重点对象"来控制的居民的户籍资料都不怎么重视，登记册上连邱菊花是从哪里嫁到普郎中家的也没显示。因为不能排除邱菊花受普心照的指使作案的可能，所以也不宜向普心照了解情况。

三人议来议去，最后想到了一个法子，通过居委会出面向双莲巷的群众收集邱菊花的情况。她已经在双莲巷待了二十余年，又是出了名的"碎碎嘴"，被称为全巷"第一嚼舌头"——即饶舌，言多必失，跟人交流了那么长时间，总会有一些关于自己以往情况的说法。双莲巷总共有百十户居民，只要有人还记得她所说的内容，相信就能调查到。

从 6 月 29 日开始，专案组启动了这项调查。不过，罗贵福没有参加，因为四分局管辖区内发生了一起纵火凶杀案，分局领导让他暂时去负责该案的侦查。这样，对邱菊花的外围调查就只有梁兴道、朱古石两人了。朱古石是老刑警，梁兴道虽是新手，但对调查工作颇有悟性，也有积极性，在派出所户籍警老陈和居委会干部的协助下，两人的调查工作进行得还算顺畅，两天调查下来颇有些收获。诚如之前专案组所判断的，邱菊花在双莲巷生活多年，其习性导致她肯定要透露自己的经历，因为无论在她自己还是别人看来，那都并非不可告人的内容。

别看眼下的邱菊花是一个四十来岁、举止浅薄庸俗的家庭妇女，早年却是一个上过美术专科学校的女才子。邱菊花出身于资本家家庭，其父是做竹木材生意的，所开竹木行的资金、规模在昆明可以列入同行中的前五位，其家境即便算不上富豪也笃定是富翁级别。因此，邱菊花一生下来就被称为"大小姐"。邱菊花自幼喜欢画画，父亲曾替她专门聘请过丹青高手教其绘画。十七岁初中毕业后，邱菊花竟然考入了著名画家刘海粟创办的私立上海美术专门学校（1930 年改为专科学校）造型美术院中国画系，不过是旁听生。但那也足以轰动春城，因为在当时人看来，能进入这所学校的，日后都有可能成为著名画家。

邱菊花就是在这种憧憬中赴沪上学的。可是，她的画家梦没有实现，因为在上海滩只待了三个月，就患上了肺结核。那时，英国细菌学家弗莱明还没发现后来被认为是对付肺结核的唯一有效的药物盘尼西林（即青霉素），肺结核被认为是一种带传染性且几无治愈可能的绝症，人们对此谈虎色变。上海美术专门学校的师生也不例外，校方要求邱菊花立刻退学离校，宁愿奉还全部学费。兴冲冲赴沪的邱菊花怀着近乎绝望的心情无比沮丧地回到了昆明。

邱家对于大小姐的疾病自然重视，邱老板遍请中西名医，但都是束手无策。最后，有人介绍了不是名医的普老栓——就是普心照的老爸，说他曾经调治好几个同类患者。邱老板携女登门求医。普老栓搭了脉搏，问了病状，又聊了些其他话题，说邱小姐的病能否治愈要看她自己，如有毅力按照他所要求的做，那可能有一半以上治愈的希望。邱菊花看到了一线曙光，自是连连点头。普老栓说那就治治看吧，我也不收你诊疗费，你需要掏的不过是药钱，那是付给中药店的；另有一个条件，一旦认定由我来治疗，那就不能再去找其他中西医生了，这点你们须考虑清楚。当然，我也有私心，如果治好你的病，那就替"普氏诊所"这块招牌增光添色了。于是，邱氏父女就决定请普郎中医治。

这一治，整整三年。三年后，邱菊花果然康复，人前一站，精气神比以前未病时还好。这既借助于中药的药力，也靠普老栓传授的气功和养生术。普家祖上有人当过道士，习练道家气功颇有心得，传到普老栓手里，他就把气功和中医结合起来，通过增强患者的体质抵抗病菌来治疗肺结核病人。之前几年曾收治过一些患者，大多数都无法忍受站桩的那份枯燥寂寞或者缺乏悟性归于无效，只治愈过四人，邱菊花是治愈的第五个。当时，与邱菊花同龄的普心照已经是父亲的助手，很多时候都是由他根据老爸传授的方法指导邱菊花。如此，这对青年男女在治病练功的过程中频频接触，逐渐产生了感情，等到邱菊花康复，就对邱老板说要嫁给普心照。这当然跟当时择偶普遍的门当户对准则是不相称的，不过邱老板倒也开明，尊重女儿的选择，邱菊花就嫁到了双莲巷。

结婚后，邱菊花自然不可能再去上海学画了，人家美术学校也不会接纳她，原先的画家梦就成了一个肥皂泡。据说邱菊花曾想跟已经成为自己公公的普老栓学医，专攻肺结核诊治这个难题。可是，婚后三个月，年过六十的普老栓突发心脏病猝然去世，别说尚未拜师入门的邱菊花了，就是老郎中唯一的儿子普心照也没把老爸的本事学全。邱菊花知道丈夫医术平平，也就死了学医的心，安心做起了家庭妇女，一直到现在。要说邱菊花的社会交往，被访查到的数十位邻居都说也就不过跟双莲巷的居民来往，没见她接待过什么外人。当然，这不包括她有时打扮一番外出后可能跟其他人的接触，这方面大家就无法提供什么情况了。

专案组——这时其实就梁兴道、朱古石二位，根据上述情况进行了讨论，两人对走访时不止一个居民提到过的邱菊花"打扮一番外出"这个细节产生了兴趣，朱古石说莫非这个女人在外面有姘头？如果她真的涉案，是不是跟那个姘头有关系？

接着，他们向正在忙活那起纵火凶杀案的罗贵福汇报了上述情况，提出了下一步工作的设想：循着邱菊花外出时去了哪里、跟什么人见面等进行调查。罗贵福表示赞同，说你们只管大胆去做，有什么困难跟我说，万一出了娄子也由我来承担责任。

可是，梁兴道、朱古石还没开始进行新的调查，突然发生了意外！

六、疑犯失踪

7月1日，专案组接到户籍警陈黎明的电话，告知了一个使梁兴道、朱古石吃惊的消息：普心照去派出所报告，称其妻邱菊花失踪！

梁兴道、朱古石当即赶到派出所，普心照在那里等着他们。此刻普心照满脸愁云，声音也有点儿沙哑，他告诉刑警，前天下午两点左右，邱菊花外出就再也没有回来。以往妻子外出总要关照普心照一声的，可这次她没有吭声，从里间出来后穿过外间诊室，只管往外走。当时普郎中正凝神给一老年患者诊脉，直到邱菊花走出门，方才站起来追到门外冲着邱菊花的背影问她去哪里。邱菊花头也不回地说："我去看看妈妈！"——当年昆明颇有名气的邱氏竹木行的老板早已去世，竹木行也已易手转到了别人名下,其妻这年七十四岁,和邱菊花的哥哥一家住在一起,邱菊花每月都要去看老妈一两次。现在她照例去娘家,普郎中也就没再说什么,回屋继续给病人开方子。

当晚,邱菊花没有回家。普心照倒也并不觉得奇怪,因为以前也时不时有过这种情况,比如正好碰上老岳母有个头疼脑热的,女儿放心不下,就留下过夜了。次日,普心照上午仍在诊所坐堂问诊,下午应中医业公会约请,前往城隍庙义诊,怕妻子回家见不到他担心,就留了张条子压在外间诊室的桌上。傍晚义诊结束后,他应一位同是中医业公会理事的老郎中金先生之邀,参加了其为即将移居香港的儿子而设的告别筵席,回家已是晚上八点。发现邱菊花还没回家,普郎中有点儿担心了。

以普心照的性格,本应立刻去岳母家看看到底发生了什么事儿,可他喝多了酒,从饭馆出来脚步踉跄,还是金先生叫了三轮车把他送回来的。此刻他头晕脑胀,实在力不从心。于是他上楼进了卧室,连衣服也没脱,倒在床上便睡。一觉醒来已是天色大亮,邱菊花还没回家。普心照洗了把脸,连早饭也没吃就心急火燎地奔岳母家去看究竟。到得那里,岳母、大舅子夫妇告诉他邱菊花前天下午来过,坐了片刻,说还有事儿就告辞了。这下,一向颇有主意的普郎中慌神了,急让大舅子夫妇张罗叫人去其他亲戚家询问,自己奔派出所来报告。

当下,梁兴道、朱古石便随普心照返回双莲巷,进门方才坐定,先前那七八个分头去打听邱菊花下落的亲戚陆陆续续来报回音了,都说没有人知道邱菊花的去向!

这样,这件事就值得重视了。刑警问普心照,前天邱菊花出门时穿了什么衣服,是空手还是拿了坤包,装束上是否跟平时有什么两样。普心照还真是大意,或者说当时他的心思都放在问诊上,根本没有留意,一时说不上来。幸好那个患者就是双莲巷的居民,户籍警陈黎明把陪同患者来看病的两个家属以及当时在诊所闲坐着跟普郎中侃大山的另两位邻居请来，一番询问，得知邱菊花前天下午出去时穿着一件浅绿色带淡黄小花的长袖衬衫和黑色中裙，脚穿咖啡色牛皮凉鞋，都是九成新的，手里没拿任何东西。罗贵福问普心照，这套装束跟平时她在家时的穿着有没有不同。普心照说这是她出门做客时穿的衣服，平时在家穿的都是些旧衣衫。

刑警又去了邱菊花的娘家，向忧心忡忡的邱母和邱菊花的兄嫂等了解相关情况，得知邱菊花确实是穿了那么一套衣裙去的娘家，还给老妈带去了两盒藕粉。邱菊花的嫂子告诉刑警，邱菊花每月都要去看母亲一两次，都是专门探望，有时带礼物，有时给母亲一些零钱，没有定规。要说有什么特别的，那就是以前她来探望母亲时穿着不大讲究，除非逢年过节，一般都是穿家常衣服过来的，但最近一年多好像讲究打扮了，昆明尚未解放那段时间，她还时常抹法国香水。前天她过来时，神情似乎也跟平时不同，看上去有点儿委靡不振，说话声音也没平时那么响。嫂子还以为她不适，关心地问了问。她说没什么，可能是晚上没睡好。

梁兴道、朱古石返回分局后，马上把邱菊花失踪这一情况向罗贵福报告。罗贵福正为那起纵火凶杀案忙得不可开交，听了梁、朱的汇报，抽空和梁、朱一起对这一新情况进行了分析。邱菊花的失踪究竟是察觉到公安局正在调查她因而畏罪潜逃呢，还是某种偶然情况导致她因故不归？众人讨论下来，认为前一种情况的可能性比较大。因为之前刑警在双莲巷对普心照、邱菊花夫妇进行外围调查时曾接触过多名群众，尽管向每个人都关照过要保密，但是毕竟人多嘴杂，各人有各人的理解和想法，没准儿有人不以为然，随口就泄露出去了。邱菊花听说后，马上意识到不妙，就选择了畏罪潜逃。

正说到这当口儿的时候，派出所打来的电话证实了这个估测。邱菊花在双莲巷是个很引人注目的角色，这样一个角色的失踪当然是双莲巷的一桩特大新闻，居民们自然议论纷纷。户籍警陈黎明是个留用警察，性格稳重，一向小心翼翼。他以前在旧警察局曾干过一阵刑警，因为跟头头儿关系不睦被打发到下面的警署跑腿，昆明解放后警署改组为派出所，他被留用，还是跑腿。他之前参加了对普心照、邱菊花夫妇的外围调查，因此是知道窃枪案的侦查思路的。邱菊花失踪后，他寻思八成是接受过调查的群众中有人泄露了情况，就去居委会找主任和治保委员谈了这事，说最好由居委会出面悄悄调查一下。居委会干部分头找了那些接受过外围调查的群众，终于找到了泄露消息的人。

那是两个大婶，前天午前忙完了午饭，闲着没事在巷子里溜达。平时两人关系不错，无话不说，溜达时正好碰到，于是一个便压低了嗓音对另一个说公安局正在调查邱菊花，另一个顿时来了劲儿，悄声说人家也找我啦……正说到这里的时候，冷不防拐弯处邱菊花拎着个瓶子去打酱油，两人连忙刹车，跟邱菊花打了个招呼就各自回家了。

陈黎明办事认真，特地去问了那两个大婶，还让她们带自己去闲聊的现场实地测试了一下，在拐弯处是能够听见她们两人说话的，于是认定邱菊花已经知晓公安局正在调查她。

这时，纵火凶杀案专案组打来电话，请罗贵福去参加案情分析会。罗贵福临走前说："老朱、小梁，你俩还得继续辛苦，接着往下调查，具体怎么查，老朱有经验。还是那句话，大胆去做，有困难跟我说，有事儿我担待。"

朱古石、梁兴道又议了议，决定去找普心照了解邱菊花平时的情况。两人再赴双莲巷，却扑了个空，普心照不在家，他叫了几个朋友继续寻找妻子去了。

考虑到普郎中肯定心急如焚，刑警生怕次日又碰不上，第二天一大早，在双莲巷的居民还没吃早饭的时候梁、朱二人就到了。一看普心照一脸倦色两眼血丝，刑警便知其寻找老婆毫无收获。果然，普心照主动说起，昨天他发动七八个朋友找遍了所有妻子可能会去的地方，都没有发现其踪迹，今天准备继续寻找。刑警说明来意，普心照便说了说自己与邱菊花婚后的情况——

这些年夫妻俩的小日子过得还不错。丈夫有一份固定职业，他的医术虽然平平，但为人够朋友讲义气，有些小名气，上门求医的患者还是不少，收入属于中等水平，而且两人未生子女，所以这份收入就足够他们过一份滋润日子了。由于经济上没有困难，两口子也没啥事儿值得争吵的。邱菊花没啥朋友，除了两家的亲戚互相走动走动，她也不跟除邻里以外的对象来往。普心照实在想不出妻子失踪的理由，他甚至怀疑会不会是因为他向公安局写了检举信，隔壁老祝为了报复，找他的江湖兄弟把邱菊花绑架了。

说到这儿，普心照突然问刑警，他检举祝老板私藏枪支弹药之事怎么查到现在还不见动静。老朱说那件事我们还在调查，一旦查明真相，肯定会给检举人一个答复的，如果检举情况属实，普先生还会受到奖励呢！接着，老朱小心翼翼地把话题引到邱菊花最近情绪是否有异样上，普心照立刻予以否定。这一点显然跟邱菊花娘家人反映的情况截然不同。

应刑警的要求，普心照带他们查看了家里的各个屋子。据普心照介绍，邱菊花大前天出门时不但没带日常洗漱用品、替换衣服，甚至连抽斗里放着的夫妻俩应付日常支出的备用款也没动。由此可见，那天邱菊花是准备去娘家看看老母亲后就回家的。

梁兴道、朱古石回到分局，内勤正找他们。原来分局决定调整办公室，专案组使用的楼梯间改为刑侦队的仓库，他们要搬到另一间屋子去。那时讲究艰苦朴素，社会上也没有什么搬家公司可供使唤，别说办公室了，就是整个机关搬迁也是干部自己动手，最多叫辆人力车来回运东西，好似蚂蚁搬家。因此，专案组的写字台、文件柜什么的都得梁、朱二位自己辛苦。没想到，这一折腾，竟然让梁兴道发现了邱菊花确实与窃枪案有涉的物证——那个放枪支弹药的小皮箱。

这个箱子从旧货店拿来后，因为没有结案，就存放在专案组的文件柜里。现在，梁兴道把柜子里的东西一样样拿出来，拿到箱子时，无意间发现箱子正面左侧下方的白铜包角上有一处划痕。他把这处划痕指给朱古石看，老刑警说这可能是箱子从高处落到地面时留下的痕迹。

梁兴道眼前突然一亮，说是不是邱菊花窃得这个箱子后，担心提着这么显眼的物件出门会引起邻居的注意，就隔着墙把箱子扔到了自家院子里，正好磕到了石头上？朱古石听着连连点头，说小伙子你还真是一块干刑警的好料啊，有这个可能！要不我们现在就去普家看看，我记得他家院子的地面是用石板铺的，也只有石板地才能把箱子的铜角撞出这样的痕迹来，估计石板上也会留有痕迹。

两人再次去了双莲巷，一路上还担心普心照出门去寻邱菊花，家里没人。到得那里一看，普氏诊所的门开着，普郎中正坐在外间诊室替人看病呢。原来普郎中是打算吃过早饭就去寻找邱菊花的，不料出门下台阶时右脚给崴了一下，脚踝骨剧痛，不能着地。邻居见了，赶紧去把70号的骨科医生白天寿请来。白大夫是西医骨科，供职于一家私人医院，有二十多年临床经验，给普心照作了一番检查后，说应该没有骨折，估计是伤了筋。普心照松了口气，但他的原计划却没法儿实施了，只好留在诊所里。

普心照人缘好，诊所开着，便有人登门求医，普郎中也就和平时一样诊脉开方了。当下，刑警便说要去院里看看，普心照不疑有他，说你们自己去吧，恕敝人不能奉陪了。

梁兴道、朱古石检查了靠近严家院墙一侧的地面，石板地上果然有一处新鲜的磕痕，一眼就可以分辨出那是被重物砸出来的。至此，刑警终于弄清楚了邱菊花的作案过程——先用事先准备好的钥匙打开严家的门进入现场，偷走那个装着枪支弹药的小皮箱，怕提着从严家出去会被人看见，就隔墙扔进了自家院子。然后，她回到自家院里，把箱子拎进屋子，用螺丝刀之类的金属工具拗断箱子上的锁扣，取出里面的手枪和子弹，再趁人不注意把空箱子扔进了巷子里的垃圾箱。

那么，从皮箱里取出的枪支、子弹又会藏在哪里呢？邱菊花是一个比较讲究清洁卫生的全职太太，不像有些家庭妇女那样喜欢收藏一些可能永远都不会用得上的杂七杂八的东西，她家里每间屋子包括厨房的摆设都很简单。梁、朱二人一番检查下来，认为邱菊花不可能把赃物藏在橱柜、抽斗、床下等处——容易被普郎中发现（这时刑警已经基本排除了普郎中参与窃枪案的可能）。还剩下什么地方呢？灶膛和地下。灶膛的可能性可以排除——那是一天三次在使用的，柴火一烧，子弹受热后会爆炸，那就是自讨没趣了。那就只有地下了，可是刑警里里外外查看下来，屋里地面上并无被挖掘过的痕迹，院子地面上石板之间的缝隙里都有小草和青苔，也没有撬开过的迹象。

如果赃物不在屋里，那就只有一种可能：邱菊花盗窃得手后，随即把赃物转移了。据刑警之前调查到的情况，案发时段双莲巷除了115号陈三福家之外没发现来过外人，也没人反映邱菊花提着包裹或提兜之类的物件（六支手枪和六百发子弹，体积不会太小）在巷子里出现过，因此可以推断，有人在附近接应，拿走了赃物。

顺着这一判断继续往下分析，结合邱菊花察觉到公安已经注意到自己后突然失踪，梁兴道顿时一个激灵，说老朱你看邱菊花会不会已经让人灭口了？朱古石的观点是不一定，也许她不过是逃到哪里避避风头，当然，也不能完全排除被灭口的可能。

刑警回到外间诊室，病人已经离开了，普郎中正和两个照料他的邻居聊天。老朱请邻居暂时回避，跟普心照聊了一会儿，内容自然是围绕着失踪的邱菊花。老刑警毕竟经验丰富，十几分钟后两人告辞出门，一出双莲巷，朱古石就低声对梁兴道说："我们可能已经发现了线索……"

七、真相大白

普郎中应刑警的要求聊了妻子以往的一些琐事，梁兴道听着，除了感到琐碎外一无所获，可朱古石却从中捕捉到了一个被普心照一带而过的情况：大约一年半前，邱菊花曾参加了同学聚会。

朱古石头脑中那根敏感的神经被触动，他忽然想到，以前一直没发现邱菊花有什么特别值得注意的社会关系，但从其涉案情况来判断，她的背后应该是有人指使的。那个指使她的人会不会就是她二十多年前的某个老同学呢？也许，邱菊花跟那人的沟通，就是从那次同学会开始的？

回到分局，梁兴道、朱古石发现罗贵福竟然一脸轻松地坐在刚刚整理好的办公室里。原来，那起纵火凶杀案已经破获，周克庸让罗贵福回来继续主持窃枪案的侦查。罗贵福听朱古石一说同学会的事儿，立马表示赞同："老朱的判断可能对头！"

为什么呢？因为罗贵福想起一天前梁、朱汇报调查情况时提到过，邱菊花的娘家人反映了一个细节：邱菊花以前回娘家不怎么讲究穿着，有时甚至就穿着在双莲巷家中的日常衣服，可一年多前她开始讲究了。而同学聚会是一年半前，这两个时间节点是否过于巧合了？邱菊花是不是在那次同学聚会中和某个以前有过感觉的男生久别重逢,从而开始交往?人一旦陷入感情漩涡,智商往往会大打折扣。邱菊花很有可能向那个老同学透露了邻居祝修玉私藏枪支弹药的事情。而那个老同学正迫切需要获得武器,于是就说服邱菊花冒险作案。

当晚七时许,专案组三刑警前往邱菊花娘家打听那次同学聚会的情况。可是,娘家人却说不上来,因为邱菊花事前事后都没跟他们中的任何人说起过。那么,娘家人是怎么知道的呢?这个,娘家人倒说得上来:一个姓沈的小学同学曾上门向邱菊花之母打听邱菊花现在的住址,说是要举行一次同学聚会。

这样,总算打听到了一个知情人。不过,娘家人并不知道那个沈姓同学目前的住址,只知此人原先住在附近的土地庙对面,后来搬走了。

次日,刑警前往土地庙一带打听,费时半日,总算打听到沈某现在是大钟寺"升富酱园"的老板。

大钟寺位于第四区,属于昆明市公安局第四分局的管辖范围,刑警在自己的地盘上,办事自然顺畅。他们很快就查到了这位沈老板的基本情况。沈老板叫沈继忠,家里自清同治年间就开酱园,传到沈继忠手里已是第五代了。沈继忠接班时年方十八,正读初中二年级,因父亲突发急病猝死,酱园这副担子就压到了他这个家中唯一的男丁肩上,只好辍学经商,至今已有二十余年。"升富酱园"是老字号,自有一批老主顾认其牌子,只要按照祖上传下来的规矩经营,就能正常维持下去。沈继忠生性老实本分,把酱园经营得还不错。抗战时,别的行业大多萧条,他的生意倒越来越好,因为军队从他这里定购了大量酱菜、辣酱、咸鸭蛋、豆腐乳等以备野战行军的需要。沈继忠没有参加过任何党派、组织,也没听说与黑道有什么交往。

刑警马上去酱园拜访沈老板,了解到了那次同学聚会的来龙去脉。

沈继忠和邱菊花是小学同班同学，又一起考入了初中，不过进了初中后就不在一个班级了，他读到初二辍学做老板后，就跟邱菊花等同学中断了联系。一晃二十余年过去，忽一日，沈继忠意外收到了一封海外来信。这封信似乎有点儿来头，竟不是邮局送来，而是国民党昆明市警察局指派一名警察特地登门送来的，信封的落款处印着一排英文字母，沈继忠不识洋文，那个送信的警察说是"美国海军部"。沈继忠疑疑惑惑抽出信笺一看，原来是小学时的一个同班女生鲁锦兰写来的。

鲁锦兰出身于牧师家庭，其父亲是四川人，早年留学美国攻读神学，后受派来昆明从事基督教传教工作，其职业是牧师。牧师是可以娶妻生子的，鲁牧师就在昆明娶了一个基督教家庭的女儿为妻，不久就生下了鲁锦兰。鲁锦兰是在普通小学上的学，跟沈继忠、邱菊花同班。小学毕业后，鲁牧师奉调离滇，家眷随同前往，从此就与沈继忠等同学失去了联系。

这封信里，鲁锦兰写了她离开昆明后的情况，先是去了南京，两年后转赴上海，很快又随父去了美国。她考上了纽约的一所医科大学，毕业后做了一名内科医生。二十六岁那年，她嫁给了美国男子罗伯斯。罗伯斯当时是海军中尉，现已是美国海军部的上校。鲁锦兰说自己如今年过四十，思念故乡，故拟回出生地昆明一游，和小学同学欢聚。但她不知时隔多年是否还能联系上当年的那些同学，就想先写信过来询问。

她没有任何一位同学的联系方式，偶然想起二战结束时丈夫曾给她带回过几样昆明酱园生产的腐乳、酱菜，那是军需品，按照战时规定，每件产品上都贴着生产该产品的商家字号，其中有一件注明"昆明升富酱园制造"。这时她才想起，当初上小学时有一男生被同学们称为"酱小开"——意即"酱园小开"，依稀记得那位同学名叫沈继忠，他家开的酱园名号叫"升富"。现在要跟老同学取得联系，看来只有找这个沈继忠了。鲁锦兰不敢肯定沈继忠家现在是否还开着"升富酱园",就把写给沈继忠的这封信封于另一封写给昆明市警察局的函件中,向警察局说明情况,如果"升富酱园"还是沈家在经营的话,就请帮忙转交。

考虑到中国当时的政局不稳,社会治安也一团糟,鲁锦兰有点儿担心把信寄丢了。丈夫给她出了个主意,由他通过海军部把这封函件寄往南京的美国驻华使馆,请使馆设法转往昆明市警察局。于是,这封信函经过一番长途旅行,终于寄到了沈继忠的手中。沈继忠立刻给鲁锦兰回信,说他将会尽最大的努力召集老同学。然后,沈继忠就开始联络了。他们班当初有四十多人,时隔二十几年,互相之间大多断了联系。他经过多方打听,还出钱在报上刊登了启事,最后总算联系到十七人。

1949年元旦后,鲁锦兰风尘仆仆抵达昆明。由于其身份特殊,而且罗伯斯上校已经跟他上军校时的同学、时任美国使馆武官的格鲁克上校打过招呼,格鲁克以美国使馆的名义给国民党昆明市政府发了电报,要求保护鲁锦兰的人身安全,所以警察局派员提供其在滇期间的全程保护,市政府负责安排食宿。但鲁锦兰谢绝了这些安排。她在昆明已经没有亲戚,就下榻于"升富酱园",沈继忠请联系上的那些老同学中的七名女生轮流陪伴她。

鲁锦兰在昆明逗留了八天,其间同学聚会了三次,一次是沈继忠出面在"松风楼"设宴为她接风洗尘,一次是鲁锦兰出面在滇池包了条大游船全日荡舟,第三次是在滇的同学凑份子在省府招待所食堂为鲁锦兰饯行。1949年1月11日,十七位老同学在机场与鲁锦兰洒泪而别。其后,沈继忠因为忙于生意,再也没跟包括邱菊花在内的那些老同学有过来往。半年多前,也就是昆明解放不久的一天下午,他外出办事时在大街上偶遇一位当年的女同学,对方告诉他有个男同学被人民政府逮捕了,听说是"军统"的秘密情报员什么的。

应刑警的要求，沈继忠开列了除他自己以及邱菊花之外那十五名同学的名单和住址，有工作的还写明了供职单位。专案组往下的工作，就是对这十五人逐个进行调查。这项工作进行了整整五天，总算把包括那个被逮捕的嫌疑特务分子（后查明是搞错了对象，无罪释放了）在内的六女九男都一一查了一遍。奇怪的是，十五人中竟然没有一个人最近曾跟邱菊花有过来往，而且也没有一个人在6月25日双莲巷发生窃枪案时有与邱菊花串通作案的时间；另外，除了那个被作为特务嫌疑分子逮捕的男同学，其余人都和沈继忠一样，没有任何历史问题，都是良民。

案子查到这里，侦查员们有点儿无从下手了。罗贵福跟梁兴道嘀咕，这事儿分析时说得头头是道，怎么查了几天却是这样一个结果呢？梁兴道说分析应该没错，也许是我们的工作做得不到位。朱古石也附和，说小梁说得有道理，要不我们再查查看？

正说到这里，周副局长把罗贵福唤去，要听他汇报窃枪案的侦查进展情况。一会儿，罗贵福回来了，他告诉梁、朱说，周副局长赞同我们刚才的观点，从明天起，我们重新进行调查。不过，不再采取个别走访分头交谈的方式了，干脆把他们聚在一起开个座谈会，既节省时间，又能使他们互相启发，也许能回忆出一些跟邱菊花相关的情节。

7月10日，窃枪案发生的第十六天，沈继忠等十六名当年的小学同学被专案组召集到分局附近的一所小学，一起开了个座谈会。不过，会上发言的人并不多，说的也无非是对邱菊花的印象，而不是刑警所期望的关于她涉案的蛛丝马迹。这个会开了两个小时，散会后，三刑警正把与会者喝空的汽水瓶收拢起来准备拿到店家去退，一个姓丁的女性与会者忽然去而复归，向刑警反映了一个因心存顾虑没敢在会上吐露的情况：她曾看见邱菊花和另一当年的男同学金晶煌像热恋中的男女那样手挽手步入一家电影院。

刑警闻言窃喜，这正是他们所期待的线索。向丁女士详细询问过一应情况后，刑警们认为这个金晶煌还真有些可疑。之前对金晶煌的调查中，他对刑警说自己自从去年初参加老同学聚会后，再也没见过邱菊花。可是，人家明明看见你小子跟邱菊花亲亲热热地一起进了电影院！你如果心里没有鬼，又何必向刑警隐瞒这个情节呢？刑警同每个对象谈话时，曾反复阐明了公安机关对几个容易引起顾虑的情况的态度，其中之一就是男女私情，刑警保证不干预与本案无关的非犯罪行为，比如跟邱菊花有私情之类。试想，政府目前尚允许妓院存在，怎么会禁止男女私下交往？

专案组遂对金晶煌进行重点调查。金晶煌出身资本家家庭，从小就过着优裕生活，不过，步入中年后的情况却并不如意——不但父母双双病故，连妻儿都不在人世了。那是五年前发生于昆明郊外的一起严重交通事故，一辆军用卡车跟迎面驶来的从昆明开往陆良的公交客车相撞，客车被撞翻，十四名乘客当场死亡，其中就有金晶煌的妻子和一对子女，两个孩子是跟着母亲去陆良外婆家过暑假的。

金晶煌当时供职于国民党昆明市政府，是庶务科的一名科员。之前他的工作表现就不尽如人意，每年考评总是"中等偏下"，出了这等大事更是精神恍惚，哪里还做得好庶务科的那些繁琐杂事？于是，这年年终，他被上头以"抗战胜利，奉令裁减"为由辞退了。金晶煌大怒之下，去报馆要求刊登声明退出国民党遭到拒绝，借着酒劲对报馆搞了一下规模较小的打砸，被警察局拘留。一个月后释放，去亲戚开的一家贸易公司帮忙，一直干到现在。

梁兴道悄悄跟罗贵福嘀咕，这主儿会不会是国民党潜伏特务啊，那一套玩意儿都是事先策划好的？罗贵福断然否定，说1945年底的时候国民党的势力如日中天，哪里料得到之后会一败涂地被赶到台湾去，用得着安排人潜伏吗？

特务嫌疑可以排除，但枪案的嫌疑却似乎有点儿沾边：调查中刑警获悉，金晶煌确实跟邱菊花有染，是从1949年元月那次同学聚会后开始的，邱菊花每月大约两三次去其供职的公司或者单独居住的宅子。

7月13日傍晚，金晶煌在下班回家途中被刑警拦下带往分局。讯问之下，金晶煌承认跟邱菊花有染，因为他俩有"染上"的基础。早在初中时，他俩就偷偷飞过传情条子，邱菊花去上海读美专后，两人开始通信，不过没多久邱菊花就因病退学了。金晶煌听说邱菊花患了痨病，立刻潇洒转身，卿卿我我、情情爱爱之类，统统烟消云散。从此，金晶煌的脑子里就抹去了邱菊花这个名字——那年代，生痨病十有八九活不过十年，她应该早已远行了。所以，同学聚会上邱菊花冷不防出现在他面前时，他还以为自己在做梦，而邱菊花呢，就是一个鬼影了。有了这层基础，两个四十余岁的男女重新续旧情自然比较容易。

刑警还没问到枪案时，金晶煌所说的一个情节就使他们隐隐觉得眼前这主儿身上可能没戏。金晶煌说，三个月前他和邱菊花中断了来往。为什么呢？因为发生了口角，他不愿跟邱菊花再接触下去了。当然，还有另一个原因：正好有人给他介绍了一个比他小十岁的寡妇，两人的关系迅速升温，目前已经进入了筹划举办婚礼的阶段。

到这当口儿，刑警真的没辙了。金晶煌不会涉案，因为像他这样一个角色，缺乏作案动机。别说费老大劲儿拐弯抹角指使邱菊花去窃枪弹了，只怕就是现成的枪弹白送给他，他也不会收。他要这干吗？自己不会用，况且公安还查得紧，这不是自找麻烦吗？拿出去换点儿钱钞，可他又不缺钱花。不过，刑警还是让他详细回忆了窃枪案发生的6月25日和邱菊花失踪的29日那两天的活动情况。金晶煌说那几天的事很好记，6月25日他和连襟——就是公司老板去永定镇（富民县府所在地，当时属武定专署，1958年划归昆明市）跟客户结账去了，住了一夜回来的。6月29日是他妻子儿女的祭日，每年他都会提前半月茹素，从6月28日晚上直到6月30日上午都在圆通寺烧香诵经，一连四年，圆通寺的僧人都认识他了。

这就是说，金晶煌没有作案时间。当然，这还需要予以核实。不过，专案组并未来得及核实，因为看多了中外侦探小说的梁兴道脑子里突然灵光闪现，也顾不上跟罗贵福、朱古石交换意见，唤住了已获准离开正准备走出屋子的金晶煌："三个月前你跟邱菊花为啥事发生口角？"

就是这一问，终于打开了迷宫之门！

金晶煌说那天他请一位朋友下饭馆吃饭，行前正好邱菊花去他供职的公司，自然一并前往。菜是金晶煌点的，一共要了四个，还有一瓶酒。邱菊花初时情绪正常，和他们谈笑风生。可是，等跑堂把菜肴上齐后，她却沉下脸一声不吭了。试想，接待客人时出现了这一幕，金晶煌是何等尴尬。那么，邱菊花为何突然变脸呢？

原来，她曾跟金晶煌在这家馆子用过餐，对招牌菜"芙蓉肉片"赞不绝口，在情人面前还撒娇似的说以后来这家饭馆时，别忘了还要点这道菜。金晶煌当时随口答应，可是过后就忘在脑后了。邱菊花却是念念不忘，今天来这家餐馆就是她提议的。金晶煌点菜时她正和恰巧也来饭馆用餐的一个娘家老邻居相遇，说了一会儿话，料想情人肯定会把她的话奉为圣旨，所以并未提醒。哪知待到菜上齐，并无"芙蓉肉片"，于是就发作了。

邱菊花摔脸后，还抱着金晶煌能"及时醒悟"的念头，指望他赶紧弥补失误，唤过跑堂加点"芙蓉肉片"就是，哪知金晶煌只顾跟朋友喝酒聊天，根本没搭理她。这个女人的修养功夫是在及格线以下的，当下就对金晶煌厉声指责。两人口角数轮，邱菊花起身拂袖而去，被客人扯回好言相劝，让跑堂的加上"芙蓉肉片"。不过，这顿饭吃得如何，可想而知。饭局结束，邱菊花一声不吭拔腿就走，金晶煌那朋友见邱菊花是这等性子，担心发生意外，说我们送她一程吧。金晶煌正在火头上，坚决拒绝，那朋友便追上去代他把邱菊花送回了双莲巷。从此，金晶煌、邱菊花就再也没通过信息。

三刑警听金晶煌这么一说，不约而同想到了一种可能：邱菊花会不会跟金晶煌那位朋友勾搭上了？于是便向金晶煌了解那位朋友的情况。

那位朋友名叫龙迹生，系贵州兴义人氏，与金晶煌的母亲是同乡，还沾着点儿亲。他虽然跟金晶煌同龄，但按辈分说应是金晶煌的表舅。金晶煌从两岁到八岁是在兴义外婆家过的，与龙迹生是一对玩耍伙伴。后来，金晶煌回到昆明的父母身边，两人分别在昆明、兴义上学。龙迹生犹自念着跟金晶煌的友情，头年夏天放暑假时，这个九岁孩童竟然瞒着家人，用平时积蓄下的压岁钱作为旅费，独自完成了兴义到昆明的跨省之旅。须知那还是1919年，兴义与昆明之间的长途汽车尚未开通哩。之后，家里只好每年派人或者委托顺路亲友送他来昆明度假，继续与金晶煌搭伴游戏。这种状况，一直持续到他初中毕业。

龙迹生读完初中后，又作出了一个令人匪夷所思的决定：不考包括军校在内的任何学校，也不想谋一份对于一个初中毕业生来说很容易获得的体面职业，而是投奔第九路军当了一名普通士兵。龙迹生会武术，对近身格斗颇为擅长，被总指挥周西成看中，调往司令部卫队。次年，周西成率部与滇军作战时中流弹身亡，护卫人员恐被追究保护不力之责，开小差者甚多，其中就包括龙迹生。龙迹生从此断绝了从军的念头，后来兵源紧张时，为躲避抽壮丁逃往他乡多年。之后的情况，金晶煌就不清楚了，他再没见过这个伙伴，直到这次（1950年4月初）龙迹生忽然登门。

龙迹生告诉金晶煌说他想在昆明谋发展。金晶煌还记着两人以前的那份情义，主动提出为其介绍工作。龙迹生婉言谢绝，说他对昆明很熟悉，自己四处转转肯定能找到一份合适的工作。果然，龙迹生只在外面转了三四天，就在"致顺油坊"谋得了一个账房职位，穿上长衫像模像样地做起了会计。

刑警随即通过管段派出所对"致顺油坊"新来的账房先生进行调查，出乎意料的是，油坊老板说账房先生名叫徐企成，也不是贵州兴义人氏，而是本省楚雄人，他拿出的证明就是楚雄方面的派出所出具的；至于其他情况，老板说不清楚，不过，有一个貌似邱菊花的女子倒是来过油坊不少次。

罗贵福说："行了！这家伙肯定有问题，先抓了再说！"

鉴于龙迹生精通擒拿格斗，专案组不敢大意，报请分局借调了一个班的解放军前往协助逮捕。不过，龙迹生并未反抗，进了分局后犹自一副蒙受冤屈的良民样子。直到从油坊后院挖出了埋藏的被窃枪弹，他还是摇头称"不知道"，甚至还"恳切"地建议提取他的指纹进行比对。至于邱菊花，他说有过来往，但最近没有看到过。

专案组一连审了三天，龙迹生依旧什么也不肯吐露。周克庸副局长指派另一路人对油坊里里外外进行了大搜查，没有发现邱菊花被害的迹象。

第四天，昆明市公安局收到楚雄专区公安处的一封电报，称有群众报告曾在当地横行多年的惯匪"七把刀"钟开天以账房先生的身份隐藏于昆明的某个字号，要求昆明方面协助调查。市局领导已经接到了窃枪案疑犯龙迹生落网的报告，当下断定"徐企成"——龙迹生应该就是"七把刀"。

专案组再次提审龙迹生，开出监房后二话不说先给他砸上脚镣。进了讯问室，又给他读了楚雄公安处的电报。龙迹生这才承认他就是惯匪"七把刀"，而枪弹上的指纹检验也有了结果——他擦拭得过于草率，有一处留下了痕迹，由此证实其确实涉案。

龙迹生供述，其在抗战前夕流窜到楚雄，加入了当地一股土匪，由于他会飞刀，所以报了个名号叫"七把刀"。自此十余年间，"七把刀"多次作案，绑票、杀人、抢劫、强奸，恶贯满盈。1948年，龙迹生"金盆洗手"，改名徐企成，买通警察局落户楚雄市，深居简出。不过楚雄解放后，还是被公安机关识破，抓捕时拒捕逃脱。

逃到昆明后，他准备停留一段时间，再设法逃亡境外。金晶煌请他在"芙蓉馆"吃饭时认识了邱菊花，由于他相貌堂堂，举止得体，再加上甜言蜜语，很快就把邱菊花勾搭到手。5月上旬的一天，龙迹生在与邱菊花聊天时得知其邻居祝修玉藏有枪弹，便授意邱菊花设法窃取。邱菊花于偷窃完全不在行，龙迹生便反复问明地形和严家人的活动规律，策划了作案计划。本来早就可以行动了，只是邱菊花一直没有获取严家钥匙的机会，只好等待。终于有一天，区里通知居民注射卡介苗。那是需要脱下外套的，邱菊花便借给严蔚雯拿衣服的机会拓取了钥匙印模。龙迹生据印模自制了钥匙，交邱菊花寻找机会下手。6月25日，邱菊花终于得手。诚如专案组所分析的，她得手后立刻把枪弹交给姘夫了。

可是，龙迹生说邱菊花自此再也没跟他见过面，更否认杀害了她。邱菊花的失踪就此永远成了一个谜。

龙迹生被押解回楚雄，于1950年11月上旬判处死刑，执行枪决。

鹭岛碎尸案

一、公寓碎尸

1950年10月31日。别名"鹭岛"的福建省厦门市。

当时的厦门市,下辖五区:开元、思明、鼓浪屿、厦港、禾山。本案发生于思明区境内一条名叫"笠斗巷"的一座公寓楼内。

该公寓楼有些袖珍,只有三层,每层有十家住户。但在当时的厦门市,算是一个有名的处所,甚至被作为思明区的一个有名气的地标——虽然该建筑建造时间不长,但是在抗战时期曾被侵厦日军用作日军招待所。当时一说笠斗巷"军招",老百姓都知道。

抗战胜利后,国民政府将"军招"作为敌产接收,成为"国有资产",先是作为来自南京和福州的几家接收机构的办公点之一,后来被交通部作为安置前来踏勘准备修筑厦漳铁路的技术人员及其家眷的住宿处所。厦门解放后,上述人员离开厦门,由另外有公职岗位的留用人员迁入成为新住户。

这天上午七时许,看门人秦老头儿正在公寓楼门前台阶上擦拭那两扇玻璃大门时,来了一辆三轮车。车夫跟秦老头儿曾打过几次照面算是相识,姓宋,是个五十来岁的大高个儿,秦老头儿唤其"老宋"。老宋把三轮车在门外台阶下停下后,跟秦老头儿打招呼,取出香烟递过来,两人便抽着烟闲聊了几句。秦老头儿看看车上所装的一个枣红色的木箱和一个军绿色的大号帆布旅行袋,便知是送东西来的,就问老宋这是几号的东西?老宋说是有人让送202室的。

秦老头儿略表惊讶:"202室还没粉刷,就把东西搬过来啦?"

"军招"202室自9月底原先的住户搬离后,空了半个多月,前几天才有房管所的人领着新房客前来看房交房。那个年代人们乔迁,远不像如今这样讲究,没有装修之说,但像这种不打扫不粉刷就把东西搬过来的住户,在秦老头儿记忆中好像还不曾有过。老宋见秦老头儿疑惑,便说了他拉这趟活儿的经过——

半小时前,老宋拉了一趟活儿,客人在银鹭戏院门口下车后,他刚点了支烟想歇歇脚顺带等客时,对面巷口就有人朝他招手,嘴里呼唤"三轮车"。他便立刻把烟掐灭,踩着车穿过马路在巷口停下。那是一个三十三四岁的瘦高个儿男子,头戴鸭舌帽,穿一件七八成新的藏青色卡其布夹克衫,敞开着,露出腰间那根宽宽皮带上的白铜皮带头,老宋识得这是抗战胜利后,曾在厦门短期停驻的美国军舰上的那些水兵在港口前的马路上设摊儿叫卖的舶来品中的一件。对方客气地唤了声"师傅",老宋便微笑着打了个手势,示意对方上车。那人还以一笑,没有吭声,而是回身从巷口旁边那家尚未开门的渔具行门前的廊柱后面拎出了两件行李。老宋连忙迎上前去相帮,接过那个箱子和旅行袋,发现都沉甸甸的颇有分量,心里盘算:这两件行李再加上这个客人,这趟活儿不轻松啊!得跟对方好好开个价。

对方没等老宋开口就已经先开腔了:"'军招'你知道吧?麻烦师傅把这两件东西送那边去,记住是送到202室的。"他边说边掏出一张一万元纸币(此系旧版人民币,与新版人民币的兑换比率是10000∶1,下同)递给老宋。从银鹭戏院到"军招"不算很远,平时老宋拉客时也就收两三千元,现在对方一掷万元,这趟活儿太值了!老宋接过钞票,问道:"先生您不去啊?要是202室的住户正好出去了,家里没人,这东西交给谁呢?"

对方微笑道:"没关系,你送过去就是,到了那里,把东西卸在门房,对看门师傅说是202室的就行了。"

这种情况,老宋以前也曾碰到过,既然人家信得过自己,那就最好了。老宋便把这两件东西载送过来了。

秦老头儿让老宋把这两件东西卸下,放在门房外面的门厅角落里。老宋放下东西后,说声"打扰"就踩着三轮车离开了。当时,秦老头儿、老宋都没有想到这两个箱包内装的竟然是人体尸块!

本来,这两个内装碎尸的箱子、旅行袋可能还要放两三天才会被人发现,以厦门10月底的气温,尸块会发生腐烂,从而流出液体并散发臭味。如果真是这样,这就苦了秦老头儿,还不知要把门厅清洗多少遍呢!好在这天碰巧,上午九点,202室的新住户正好来送石灰。秦老头儿跟他说三轮车给他送来了两件东西,他听后一脸惊异,说啥东西啊,他根本没请三轮车搬来过什么东西呀!

这么一说,秦老头儿就觉得奇怪了,寻思这究竟是怎么回事啊?别是老宋那家伙把货送错了?想想又不可能,平时跟老宋聊天曾听他说过,他早在十六岁时就已经干这一行了,至今已经踩了三十多年三轮车了。厦门的每条路他都熟悉得好似自己手掌上的纹路,哪有把货送错的道理?

这么想着,秦老头儿就觉得这件事应该值得重视了。厦门解放后,"军招"被人民政府接管,属于国有资产,产权人是房管局,秦老头儿系房管局的临时工。厦门地处福建前线,对反特工作一向重视,领导要求像秦老头儿这样的公寓看门人,平时须密切注意反特斗争的新动向,公安机关也曾组织过相关讲座让他们去听。因此,秦老头儿脑子里的那根反特弦一直是绷着的。现在,老宋送来的那两件东西已被证实并非是住户的,那就奇怪了,是什么人让老宋送过来的呢?木箱和旅行袋里装的是什么呢?

秦老头儿立刻作出了决定:这两件东西不能动,须赶快报告派出所。

派出所对此情况很重视,立刻派了两名民警过来。到了现场后,其中一位年轻的警察怀疑这两件"货"里面可能藏着炸弹、地雷之类的危险物品。另一位年长的警察说,从目前获得的情况来判断,应该没有这种可能。如果有人想把炸弹、地雷等爆炸物放在公共场所进行爆炸,使社会引起混乱的话,他完全可以把这两件东西让三轮车师傅送到更能达到其罪恶目的的场所,比如戏院、电影院、公交汽车站、百货公司等;而眼下这两件东西被送到"军招"来了,应该跟上述怀疑没有关系。年轻的警察听后,认为不无道理,便说那咱们把木箱和旅行袋打开,看看里面装的是啥玩意儿。

木箱和旅行袋的搭襻上都用铁丝缠得紧紧的,徒手无法打开。两人借来工具，扭坏了木箱和旅行袋的金属襻，甫一打开，一股血腥味扑面而来。年长的警察反应快，叫了一声"不好"，立刻合上箱盖。如此，这两位警察就不再去碰那两件"货"了，年长的警察让年轻的警察留守现场，他去附近找电话向所里报告。

厦门市公安局思明分局刑侦队随即出警，他们刚赶到现场还没动那两件"货"只是拍了些照片时，市局法医、刑技和刑警也赶到了，这才开始检查木箱和旅行袋。木箱长八十厘米、宽五十厘米、高三十厘米，外面涂着枣红色油漆，显然已有些年头儿，系寻常家用箱子；旅行袋是市场上销售的特大号加厚加固型产品，军绿色帆布，拎襻上缝着牛皮。木箱里装着人体躯干，旅行袋内则塞着被肢解下来的四肢，皆以油布包裹，箱子和旅行袋都被塞得满满当当。死者的头颅却未见，估计是装不下而另作处理了。

从肌肤判断，死者是一名年轻女性，年龄不超过二十五岁。法医推断死者身高大约一米五四左右，体重约五十公斤；生前营养状况良好，皮肤细腻，未见从事体力劳动的痕迹。死者大约于十五至十八小时前死亡，生前未受过性侵，是被人用手掐住脖颈活活勒死的。从留在死者脖颈上的手指痕印推断，凶手是个从事体力劳动颇有力气的男子。死者尸体被分解成六个部分：躯干、头颅和四肢，凶手是用刀切开肌肉、筋腱等软组织，再用锯子锯断骨头。从切锯茬口痕迹推断，其使用的刀比较锋利，可能是医用手术刀或者刚磨过的砍肉刀；锯子则是寻常金工师傅干活儿时所用的手工钢锯。

厦门解放一年以来，由于地理、形势、民风等原因，对敌斗争形势比较严峻，社会治安也比较混乱。但由于新政权领导有方，措施得力，加上广大人民群众的支持，总的情况是在向好的方向转化。这一年里，厦门市由政治、刑事导致发生的命案发案率在福建全省名列前茅，但像这样的碎尸案件还是第一次发生。众所周知，在命案中，碎尸案的影响最为恶劣，对社会的负面影响也很大。因此，市公安局决定从市局、思明分局抽调刑警组建专案组对该案进行侦查，要求尽快查明案情真相，抓获案犯，绳之以法。

二、杀狗嫌疑

市局、分局联合专案组由刑警王升有、曹滨、许嘉超、吴景芝、储德福五人组成，王升有担任组长。专案组于当日中午成立后，组长王升有立刻下令寻找三轮车师傅老宋，向其了解相关情况。

下午一时多，老宋出现在刑警面前。他向刑警陈述了上午向秦老头儿所说过的那些情况，又根据刑警的要求回忆了几个细节问题。

送走老宋后，专案组随即开会分析案情。刑警认为，杀人已经是一桩相当麻烦的活儿了（指的并非是单一的下手作案，还包含之前的策划和准备），杀人之后还要肢解碎尸，再偷偷摸摸地把尸体碎块运送到某个地方去抛弃，这种麻烦与在此过程中可能被发现的风险跟偷盗犯罪者获得赃物后的销赃有一比。所以，凶手不到万不得已肯定不会碎尸。凶手为什么要碎尸？按照刑警听说过（专案组五名刑警均未办过碎尸案件，所以只能说"听说"——包含阅读到的相关案例材料）的情况来看，如果作了案就地碎尸之后便逃离现场，可以说明凶手（或者幕后指使人）与被害人有着深仇大恨；如果碎尸后还转移尸块，则是因作案现场无法隐藏、销毁尸体，碎尸是为了便于转移、销毁尸体，以逃避法律的惩处。

本案的凶手杀人后碎尸并转移，这是属于哪种原因呢？刑警认为两种原因都有可能，所以，需要同时进行调查。稍后组长王升有提出，哪种原因居多？大家议下来，认为从情况分析来判断，后一种原因的可能性居多。那个疑似凶手"鸭舌帽"是在银鹭戏院对面等候三轮车用以转移碎尸的，这可以推断作案现场就在戏院附近的某个包括普通民居在内的建筑物内，若是凶手杀人之后将碎尸运至戏院附近再叫三轮车转运"军招"的话，于其转移碎尸的本意来说有违逻辑。试想，凶手既然能从其他地方把碎尸运送至银鹭戏院对面，那应该是借助汽车或者非机动车，既然有了运输条件，为什么不直接往"军招"运，还要在戏院对面停车卸"货"后再叫车转运呢？

这样分析下来，专案组众刑警都暗自松了一口气，根据以往调查案件的经验，要在一个不算大的区域内排查犯罪嫌疑人，比起在毫无线索、不知什么区域的情况下追查案犯，显然便捷得多。王升有决定，先着手在以银鹭戏院为中心方圆一公里范围内进行调查，具体内容是：第一，排查符合"鸭舌帽"年龄、体态特征以及居住条件适宜于作案但无法隐藏、销毁尸体的嫌疑对象；第二，了解当天上午嫌疑人把那两件"货"运送至戏院的过程中，是否曾有群众看见；第三，向全市各区发出启事，动员群众提供符合死者年龄、体态特征的失踪女性的情况，以确定死者身份，便于侦查。

二十四小时后，获得了一条线索：思明区勤俭小学三年级学生林小道向派出所民警反映，说他在 10 月 31 日清晨五点半左右，曾在距银鹭戏院二百米处的"至诚印刷社"附近，看见过一个可疑男子，当时，该男子挑着一副箩筐。

专案组组长王升有接到派出所电话后，大为兴奋，随即叫上刑警许嘉超前往派出所。刑警跟林小道见面后，除了了解他所看到的所有情况，还问了他为何一大早就在马路上溜达的原因。林小道出生贫穷之家，父亲系码头装卸工人，母亲无业，兄弟姐妹却有六人。所以，在他家六岁以上的子女都要为家庭搞一些在外人看来完全属于微不足道的"创收",林小道从三年前就已经开始捡煤渣、拾破烂、挖野菜。这天早晨,他这么早就起床外出,是去附近的菜场捡菜皮,捡完菜皮后再去菜场旁边的垃圾堆翻找是否有人丢掉碎木条。于是,他看见了那个男子。林小道人小腿短走不快,那人个儿高腿长,自然走得快,他是在马路对面超越林小道往前走的。当时,路灯刚刚熄灭,林小道未能看清对方的相貌,只留意到对方的侧影,比较清晰的印象是他戴着一顶鸭舌帽,前檐压得很低。

那人穿的是什么衣服呢?林小道说路灯关了,光线暗,他没法儿分辨,记忆中是深颜色的,不过,那人脚上穿的鞋应该是比较新的。这个,刑警需要核实一下了——隔着一条马路,又是路灯刚熄灭眼睛还不适应光线的那种弱光状态中,既然看不清那人所穿衣服的颜色,怎么能看得清他那双鞋的新旧呢?林小道说他记得那人的步子迈得很大,每走一步都会使鞋底朝后面翻露出来。对方超越他后,他从后面看去,那双鞋底就"露白"了,那是一双比较新的跑鞋或者球鞋。他们班上的同学李晓曦就有一双。刑警听后点了点头,寻思这孩子应该说得没错,以其身高与对方相比,从后面看去(即使是侧面)其视角应该是看得清鞋底的。

刑警翻阅之前的调查记录,发现三轮车师傅老宋对那个嫌疑人的衣着陈述中并无鞋子。而调查笔录中对此是有记载的,刑警当时问老宋那人穿什么鞋,老宋说他没留心这个。即便如此,刑警也认为那双白底跑鞋或球鞋是个亮点,可以据此进行调查。因为在1950年的厦门,某人如果有一双新的跑鞋或球鞋,他的邻居、同事、朋友肯定不会说"没留意"、"不知道"——那年头儿人民群众的生活水平就仅限于此。

刑警对这条线索进行了分析:假设这个穿白底跑鞋或球鞋的男人就

是三轮车师傅老宋遇到的那个"鸭舌帽",那么林小道所看到的那一幕跟案情是相符的。那个男人在戏院附近的某个场所杀人分尸后,为转移侦查视线将碎尸运至银鹭戏院附近,招呼三轮车运送到"军招",就用箩筐把尸块运送过去。于是,专案组找到了调查重点:把在银鹭戏院附近查找"鸭舌帽"男人的线索延伸到"白底跑鞋或球鞋"上。

次日,一个目标进入了刑警的眼帘。

距银鹭戏院四百余米处的殓衣巷有一个单身居民,名叫隋添福,汉族,三十挂零,系"大升杂货贸易行"的账房先生。隋添福的祖上曾是郑成功属下的将领,武功了得,代代相传,到隋添福这一代,他照样习武练功。1945年10月,福建省为庆祝抗战胜利曾举办全省国术大赛,隋添福作为厦门的代表前往福州参加南拳散打,进入前八名。本来他还要打下去,进入半决赛、决赛甚至弄个冠军不一定没有希望,可是就在这时传来了他母亲病逝的消息,于是立刻退出比赛,星夜回厦门奔丧。以隋添福的拳术水平,登门拜师的自然不少,可是都被他拒之门外,因为隋家有传子不传女的规矩,只传亲生儿子,外人自然不可能被收为弟子学习武艺。而隋添福二十岁结婚,次年妻子分娩时因大出血母子同殁,至今已经做了十年"王老五"。

刑警盯上隋添福当然不是由于他习武,而是另有原因——他最近确实购买了一双蓝面白底跑鞋,那是他做账房先生的"大升行"从香港进的货,这批跑鞋产自英国,物美价廉,所以"大升行"的老板就允许员工每人购买一双。隋添福当然不会放过这个机会,半月前买下后天天穿在脚上,看得一干邻居羡慕不已,此刻也为刑警获取线索提供了方便。循着这双跑鞋查到主人后,接着再查其他特征:年龄、体态,相符;鸭舌帽,相符;军绿色旅行袋,相符(邻居曾看见他使用过同一款式的旅行袋);箩筐,相符(一年前为购买大米、煤球,他曾从供职的

"大升行"购买了一副箩筐，邻居曾向其借用过）；是否有作案时间，相符（隋上常日班，每天晚上都在家）。一连串的相符使刑警有点儿兴奋，便决定对其住所先进行秘密查看，隋添福若是真在住所杀人碎尸的话，肯定会遗留下蛛丝马迹。

11月2日下午三时许，专案组五名刑警由户籍警和居委会干部陪同来到殓衣巷，隋添福此时还在"大升行"上班，住所铁将军把门。不过这难不倒刑警，他们从邻居家的院子里翻墙进入隋家院子。储德福双脚刚刚落地，只听见"呼"的一声，一条黑色土狗不知从哪里窜出来，竟然一声不吭地咬住他的右小腿！即便储德福躲闪得快，可裤脚还是被这畜生一口咬住，撕下了一块布条。随后落地的几个刑警或飞腿或随手操起抓得到的木棍、碎砖之类的东西对付这条黑狗。这畜生竟然毫不示弱，狂吠着与众人周旋，时不时还主动攻击。直到刑警拔出了手枪，推弹上膛准备动真格时，它才蹿越一人多高的院墙跳到邻家院子，吓得没有翻墙过来的户籍警和居委会干部急避不迭，它却无意攻击，趁机一溜烟儿地窜出门去逃跑了。

刑警不去管溜之大吉的黑狗，立刻查看隋添福的住所。这是一所独门独户的小宅院，进门有一个大约二十多平方米的院子，院内一角有一口水井；三间平房，分别是客堂、卧室和厨房；厨房门外有一个五六平方米的小小天井。刑警逐间查看，最后走进厨房，闻到一股淡淡的血腥味，顿时一阵兴奋，有戏！于是立刻四下散开查看。刑警曹滨、许嘉超走到天井里，只见墙壁上竟有溅上血迹后未能冲刷干净的斑痕。接着，刑警又从厨房碗橱下的抽斗里找到了磨得寒光闪闪的匕首和菜刀，另一个抽斗里则有几根麻绳，厨房角落墙边，一副箩筐赫然在目！

众刑警大为高兴，议论说这主儿疑点很重，看来得采取措施将其控制起来。正在这时，外面传来狗叫声，大门从外往里开启了——隋添福回家了!

咦!双方都大吃一惊。这时,先前逃掉的那条黑狗狂吠着直窜进院子,冲刑警扑来,被隋添福吹了一声口哨唤住。王升有看着隋添福,尽量用平和的口气问道:"你是隋添福?"

隋添福打量着眼前穿便衣的五个男子,点点头,抱拳作揖:"不错,敝人隋某!不知列位是何方高人?不请而至,擅入民宅,不知有何见教?"

隋添福这一开口,刑警便明白他竟然把他们当成登门前来"求教"、"切磋武功"的江湖武人了。可他又是怎么知道家里来人的呢?须知此刻离他下班尚有半个多小时呢!这时,那条黑狗又一步步地逼上前来,像是知晓王升有是头儿似的,朝他仰头吠叫。王升有顿时明白了,隋是被这条狗从"大升行"叫回来的。当下心里不禁感叹,这条狗真厉害,不但勇敢,而且机灵!

王升有正要亮明身份的时候,户籍警和居委会干部出现在隋添福背后门外的台阶上。隋是习武之人,立刻知道身后有人,立马像水里的鱼儿那样灵巧地往旁边挪移,转眼一看来人竟是穿着制服的户籍警,不禁愣了一下,问道:"顾同志,这几位是……"

户籍警不知道刑警查看情况如何,面对着隋添福的询问,不知该如何回答才好。这时,王升有开口道:"隋添福,我们是公安局的,有事找你,请你跟我们走一趟。"

隋添福稍一愣怔,点头道:"可以。"忽见刑警掏出了手铐,他顿时神情倏变,问,"这是干什么?你们是来抓我的?我犯了什么律条啊?"

王升有一声咳嗽,众刑警索性亮出了手枪,成扇面形对准了隋添福。户籍警这时明白了,便冷不防地从侧面抱住了隋的后腰。其他刑警趁机上前,将隋扑倒在地。隋并不挣扎,也不吭声,任凭刑警上铐。刑警将其从地上扯起来时,黑狗愤怒地狂吠着扑上前来企图攻击,被隋喝止。

刑警随即对其住所进行搜查，并未发现其他涉案物品。

王升有看着镇定自如的隋添福，心里一动：莫非疑错了人？这时，老刑警吴景芝从背后扯了他一下，示意有话要说。两人到院子一角水井旁说话，吴景芝的观点竟跟他一样，也认为可能疑错了对象。吴景芝的理由是：隋家有比较适合藏匿尸体的地方，比如前后院子（天井）以及后面那条小河，只要挖个坑就能把尸体埋藏在地下了，或者往尸体上拴上石头之类的重物往后边小河里一扔，就能处置尸体了，何必要多此一举又是分尸又是运送呢？

王升有觉得有道理，便想先将隋添福带往派出所，讯问一番再说。

果然，隋添福对杀人、碎尸矢口否认。刑警要求他把10月30日白天、晚上的活动情况一一道来，他交代后还主动要求刑警调查：上午，与"大升行"老板一起前往贸易上家"兴记百货批发行"结账，在"兴记"用的午餐；下午，在"大升行"做账，没有离开过店堂；晚上，"大升行"少东家十岁生日，参加了庆贺宴，到十点多才回家。

王升有当即派两名刑警前往"大升行"调查核实隋的上述陈述。在等候回音的时候，王升有又问隋添福10月31日早晨的活动情况。隋添福一说，在场的三个刑警便知道是抓错人了。

原来，隋添福有一嗜好，特别喜欢吃狗肉。但在厦门，人们并不热衷于吃狗肉，虽然养狗的人家比较多，流浪狗也不少，但市场上却没有狗肉出售。这样，隋添福就只好自己动手解决问题。最初，他自制了捕杀野狗的工具，每月在晚上出门一两次，每次都不会落空，总有一两条野狗会着他的道道丧了性命。他把死狗拿回家后，或烹或烤，或蒸或煮，吃不完时还腌制成腊狗肉赠送朋友。后来，隋添福改进了方法。他自己养了一条母狗，进行训练，使其学会引诱野狗的本领。之后，这条受过训练的母狗，竟然能根据主人的指令在夜晚出门，把遇到的野狗（或公或母）引诱回家让主人捕杀。这样的活儿，一个月一般有两三次。渐渐地，隋添福制作的腊狗肉在朋友圈内小有名气，不少人都想品尝，便掏钱向他购买，特别是冬天，那是销售旺季。今年不知为何，冬天还没到，订购的人却已络绎不绝。于是，隋添福就提前行动，10月30日晚上，他回家后给黑狗喂了点儿食，就下达了出击指令。这天也巧，黑狗出去转了一圈，竟然带了两条大狗回来。隋添福杀狗、剥皮什么的忙了半宿，只睡了一会儿就起来了，他得趁早赶到"大升行"去。自从他把腌制、出售腊狗肉作为第二职业后，因为怕引起邻居的注意，就把腌肉活儿拿到"大升行"去做了，行里的后院很大，很适宜晾肉。10月31日早晨，他把处理好的总共百来斤狗肉装在那副箩筐里，一大早就运到行里去了。

稍后，两名前往"大升行"调查的刑警回来了，他们的调查结果证实了隋添福的陈述。由于隋添福另有陈述内容，王升有随即让他们二位再辛苦一趟，前往"大升行"了解关于腊狗肉的情况，也得到了证实。

王升有是个严谨之人，他还给市局打电话要求指派技术员前往隋家提取墙上的残留血迹，予以技术鉴定，结论确是狗血。

于是，隋添福的杀人嫌疑就被排除了。

三、两条线索

11月3日，专案组同时获得了两条线索——

其一，据银鹭戏院杂役何山根称，他曾在案发当天清晨，看见有人用一副竹箩筐挑来了一个木箱和旅行袋，放在戏院对面巷子口侧边游廊下的一堆旧渔网底下。

这里用"称",而不是"说",是因为何山根是个哑巴。

何山根是福建平潭人氏,出身不详,幼年出家,后来做了游方和尚。二十岁那年的某一天,他误食了野果导致失声,从此成了哑巴。如今,又一个二十年过去了,何山根早已还俗,十多年前在厦门定居。最初他是打短工,没活儿时就乞讨。有一天晚上,两个纨绔子弟劫持了银鹭戏院老板的女儿,企图带至一家旅社欲行不轨。途中,正好遇见在马路上游荡的何山根,姑娘呼救。于是,何山根见义勇为,上前援救。何山根以前云游时曾在少林寺挂单一年,学过一些拳术,对付那两个恶少绰绰有余,当下就救下了姑娘。事后,戏院老板为表感谢,请何山根长住戏院,做了一名杂役。

上面说到的第一条线索,就是何山根发现的。

何山根住在戏院大门内门厅楼上的楼梯间里,他的床头有一扇窗户,正对着前面的马路。站在窗前,可以将马路对面巷口的情况一览无遗。10月31日清晨五点多,何山根和往常一样起床,收拾完后关了电灯开门准备下楼去打扫卫生。刚出门准备返手把房门关上时,忽然想起没拿那串戏院各道门户的钥匙,就重新回到房里,走到床前从靠窗放着的那张桌子的抽斗里取钥匙时,忽然看见马路上自东向西走来一个汉子,用一根扁担挑着一副箩筐,沉甸甸的显得有些分量,但是那汉子步履比较轻松,可以判断那人的年纪不会超过自己。由于那时路灯刚刚熄灭,他无法细辨那人的穿着打扮,当时留下的印象是那人头上戴着帽子,至于是不是鸭舌帽那就不甚真切,但他能肯定不是草帽,也不是宽檐礼帽。

这时,何山根已经拿到了钥匙,正要离开时,忽见那汉子在对面巷口左侧的渔具行门前停了下来,放下担子。何山根是个老江湖,见多识广，当下便觉得这人的行为有些反常——若说觉得累了歇口气吧，就该把担子停在马路边上，可是怎么停到了渔具行的游廊下呢？又没下雨。他索性驻步窗前居高临下看个究竟。这一看，更加觉得不可思议了。只见那人从两个箩筐里各拎出一个木箱和旅行袋，放在一堆旧渔网旁边，俯身扯起渔网，把木箱和旅行袋盖了起来。然后，把那副箩筐拿到马路边上，叠在一起，把上面的绳索挽在一起打了个活结，再把扁担的一头穿在绳结里横搁于箩筐上，自己往扁担上一坐，朝马路两旁东张西望。

这一幕，把何山根看得莫名其妙，不知对方这是什么路数。看那副架势，活像马路上揽活儿的挑夫，可是，藏在渔网堆里的箱子和旅行袋又是怎么回事呢？如果何山根有空余时间，他肯定还会待在楼上悄悄看下去，但此刻他必须下楼干活儿了。

何山根一干活儿，就把先前那一幕给忘了，直到七点过后他出门去买早点时，方才想起。这时，对面巷口的渔具行还没开门，那堆旧渔网还在，那汉子则已经不见了。何山根抑不住好奇，特地穿过马路去渔具行门前查看，发现箱子和旅行袋都已经不在了，被扯乱的渔网也已经重新放好了。

那两天，由于有高甲戏（福建地方戏）名角儿在银鹭戏院演出《扈三娘替嫁》，天天满座，何山根要干的杂活儿特别多，一天到晚忙得连喘气儿的工夫都快没有了，因此他根本没听说刑警来戏院调查过碎尸案的线索。直到11月3日上午，他去给戏院账房送开水时，正好听见账房孙先生跟人说起此事。何山根是哑巴，可他不聋，当下听后心里一动，又是木箱又是旅行袋，那不就是三天前大清早他看见的藏在旧渔网下面的玩意儿吗？于是，他便立即去见戏院老板顾青史。

何山根失声后，没有正式学过哑语，不过，他打的那些手势，跟哑巴足以沟通交流，顾老板也基本上可以懂个八九不离十。可是，何山根是第一次遇上这种事儿，生怕表述不清误了警察的事儿，就去戏院堆放杂物的库房找了一个旧箱子和一块包袱布，弄了一个包包，提着去见老板。顾青史见之大奇，问这是干什么？你碰上什么事儿了？待到何山根借助这两件道具连带打手势比画了一番后，顾老板立刻明白，于是立刻给思明分局打了电话。

第二条线索，是市局法医提供的。法医对从碎尸胃脏内获取的食物残渣进行分析后，有了一个重要发现：死者生前所进的最后一顿晚餐（大致时间应该是在10月30日晚上六点至八点之间）中，曾吃过比较多的哈密瓜。

哈密瓜产自新疆，当时还没修筑兰新铁路（兰州—新疆），新疆和各地的交通只能靠汽车，公路都是坑坑洼洼的，能够保持通行已经算是大吉了。新疆到厦门的距离之遥远，用汽车来运送哈密瓜这种途中不耐日晒和颠簸的商品非常不易。所以，不管国家商业部门还是民间私营老板，都不可能动做这种生意的念头。如此，厦门市面上没有哈密瓜出售是可以理解的。

可是，法医怎么断定死者生前的最后一顿晚餐曾进食了哈密瓜呢？这里面另有说法：当时的厦门市东门路上有一家名唤"黑蔷薇咖啡馆"的私营咖啡馆，由一个名叫瓦洛加的白俄老板经营。这个老板很有经营头脑，每年秋天都有哈密瓜作为"精美时鲜水果"推出。"黑蔷薇"是怎么弄到新鲜哈密瓜的呢？原来，当时香港市场通过空运有哈密瓜销售，瓦洛加就是请香港朋友代为采购后通过香港至厦门的轮船（两地距离三百海里）托运过来的。当然，这种进货方式决定了"黑蔷薇"的哈密瓜肯定价格不菲，而且不能外卖，只能堂吃，还规定只有在达到预设的消费线后才能购买，购买后吃不完也不能带回家，但可以请"黑蔷薇"免费保存在冰箱内留待次日或隔天来食用，保存期超过四十八小时的哈密瓜就会被老板下令就地销毁。如果说有谁能在厦门吃到哈密瓜，那就只有去"黑蔷薇"了。法医发现死者胃脏内残留的瓜子儿是哈密瓜瓜子儿，初步可以断定死者生前的最后一顿晚餐是在"黑蔷薇"吃的。这对于查明死者身份无疑是一条有价值的线索。

专案组一下子获得这样两条线索，一干刑警自是兴奋。组长王升有下令：曹滨、许嘉超、吴景芝三人前往"黑蔷薇"了解死者生前最后一顿晚餐的情况，然后根据咖啡馆提供的信息追查死者身份；他自己和储德福去银鹭戏院向何山根当面核实运送碎尸的线索。

王、储二人借助戏院顾老板的"翻译"，从何山根处了解到了一个之前顾老板在电话中没有说过的细节：根据何山根对那根扁担的观察，他认为扁担应该是从菜场里流出来的。刑警对此说法起初存疑，便向何山根提出了疑问，何山根比画了几下，连顾老板也不知道是什么意思。何山根情急之下，向顾老板要了一张白纸、一支铅笔，在上面画了两根扁担，显示出不同的细节特征，然后选择其中一根在旁边打了一个大大的勾。刑警终于明白了：当时厦门流行的扁担通常都是用毛竹削制的，制作时在两头用火烘烤后把竹子向上弯曲，形成两个伞柄形状的弯钩。何山根发现那个汉子使用的扁担的两头并无弯钩而是平的，那是菜场专门提供给租用的顾客的扁担，是用木头制作的。何山根以前当过临时挑夫，熟知这方面的情况。一般说来，扁担和箩筐是配套的，既然扁担是菜场的，那么箩筐也应该是从菜场流出来的。

王、储二人便去附近的那家菜场。厦门解放后，这家菜场由人民政府接管，划归商业局，还配备了经理。经理姓陈，是个三十来岁的男子。陈经理说，菜场确实丢失了一副箩筐和一根扁担，其编号是08，丢失时间是10月30日夜间。半年前，菜场向"盛泉竹行"定制了二十副箩筐和二十根扁担，考虑到扁担要牢固和经久耐用，特地要求配制木质扁担。竹行交货后，陈经理让菜场会计用毛笔在箩筐和扁担上都写上了编号，两个箩筐、一根扁担算一副，写的是同样数字的编号。这些箩筐投入使用后，由菜场杂务工老周负责管理。老周比较负责，他把箩筐、扁担按照上面所写的编号按顺序收齐后，放置在菜场后面的露天场地上的一个芦席棚子里，用一根铁链穿过一副副箩筐缠绕扁担后锁住，有人借用须经其手，每次付款一百元；用毕归还，如有污渍他还会洗净晾干后再放好。这样使用了将近半年，没有出过问题。可是，10月31日清晨老周上班后，却发现有人潜入芦席棚，弄断了08号箩筐的一根竹条，把穿在其中的铁链取出，又把缠绕在内的扁担拿出来，连箩筐带扁担窃走了。当时，老周立刻报告了陈经理。因一副箩筐带扁担值不了几个钱，菜场这边就没有报警。

　　本来，这件事过去了，陈经理并不指望箩筐失而复得，只要以后不再被窃他就蛮开心了。可是，今天上午菜场有位清洁工，在上班途中看见有人在渔行桥设摊儿叫卖鱼虾，用的箩筐上写着数字08，她一到菜场就向陈经理报告了。陈经理派老周前往查看，没见箩筐，也没见女工所说的那个小贩。陈经理告诉刑警，他准备明天早上和老周早点儿去渔行桥那边查看，如果发现就连人带筐一并送交派出所处理。

　　与此同时，另一路调查正由曹滨、许嘉超、吴景芝三刑警在进行。三人去了"黑蔷薇咖啡馆"，这是当时厦门市唯一一家既供应咖啡茶水，又供应菜肴主食的茶餐厅式的咖啡馆。"黑蔷薇"的白俄老板是1917年十月革命后随其父辈逃亡来华的，先在上海待了二十年，跟着其父在虹口公平路经营餐饮。全面抗战爆发后举家迁至厦门，运用在上海经营的经验，结合厦门当地的具体情况，创办了"黑蔷薇"。六年前其父病殁，咖啡馆的衣钵就传给了四十岁出头的瓦洛加，"黑蔷薇"引进新鲜哈密瓜作为招徕中高档顾客的手段就是他接班后开始实施的。

瓦洛加在华历练多年，已经成了一位老江湖，当下热情接待了三刑警。三刑警询问时，原以为三天前的事儿店方肯定能说得清道得明，瓦洛加一听，脸上所显现出的神情也表明"没有问题"，当下便唤来也是白俄的领班，用汉语吩咐他去问一下几位跑堂，10月30日晚上是否有一位二十多岁的女士光顾本店，所点的餐后水果中有哈密瓜。片刻，领班返回来向老板禀报：那天客人甚多，甚至一度出现等座，谁也没有留心这个情形。瓦洛加两手一摊，双肩向上一耸，表示遗憾。

老刑警吴景芝是土生土长的厦门人，对当地餐饮业的经营情况比较熟悉，当下说道："那个女顾客是点了哈密瓜的，而且不是一块两块，你们把那些点了哈密瓜的账单拿出来查一下，可以帮你们回忆起那个女顾客。"

瓦洛加朝领班点头，示意他去取账单。领班脸有难色，瓦洛加便问他为什么不去取，他说今天账房张先生有事请假没来，委托跑堂小李代为收款记账，这是经过您同意的。张先生的规矩大家都是知道的，他如果请假不来，钥匙是从来不肯交出来的，所以没法儿拿到往日的账单。瓦洛加便向刑警表示遗憾。但刑警却说既然如此，他们就坐等吧，请老板派人去账房张先生府上把人给请过来！这下，瓦洛加没有办法了，只好照办。

半个多小时后，骨瘦如柴的张先生来了。看来这是一个很负责的账房先生，10月份才过去几天，他就已经把全月的账单都整理得整整齐齐，按日期和顾客结账顺序每天一沓装订起来，放在一个用硬纸板自制的夹子中，封面上用毛笔写着"黑蔷薇咖啡馆 1950年10月份营业明细账"。刑警心里都在想：这样一个账房先生记出的账目肯定不会有差错。

吴景芝粗略翻了一下账单，递给瓦洛加。老板又递给张先生，让他把 10 月 30 日晚上点了哈密瓜的账单报出来。当晚点哈密瓜的一共有十一单,每张账单上都有用餐的桌号,老板唤来领班,用俄语嘀咕了几句。领班点头离开,估计是去问跑堂了。片刻返回,说据跑堂老柏回忆,那天七号桌上用餐的那位小姐吃了整整一盘哈密瓜,不知警察要查的是不是她?

刑警随即唤来老柏当面询问,让他回忆细节——

那是一个年约二十、穿着时髦的年轻小姐,体态娇小,肤色白皙,烫了头发,穿一件紫红色夹旗袍,足蹬高跟皮鞋,左手小臂上挂着一个小巧精致的蓝色坤包。和她一起进咖啡馆的是一个年约五十的男子,瘦高个儿,穿白色衬衫,外罩黑色灯芯绒夹克衫,浅蓝色劳动布长裤,脚穿黑色皮鞋,手里提着一个浅红色女式小皮箱,一看便知是那个小姐的。这对男女进店后,被跑堂老柏引领至七号桌。点菜时,老柏介绍本店有独家供应的新鲜哈密瓜,问客人是否需要品尝。那小姐一听,马上说有哈密瓜?新鲜吗?那太好了,她长这么大,还从来没吃过哈密瓜呢,只是在书上看到过照片,还是黑白的,点一份!老柏说有三种规格的,小盘、中盘、大盘……小姐打断说来份大盘的吧!

"黑蔷薇"把哈密瓜的价格定得很高,一份大盘的哈密瓜重约两斤,售价三万六千元,相当于两人一顿四菜一汤加主食和一瓶果酒的价钱。一般顾客即使舍得点哈密瓜尝鲜,也只是要中小盘的,像这样就两个主顾却要了大盘的,那是"黑蔷薇"推出哈密瓜以来的第一次。因此,老柏当时暗自吃惊。但是,哈密瓜送上去之后,那个男子竟然一口也没尝,全部让给那小姐吃了。

刑警听后一阵兴奋,不过他们想要了解的重点还在后头——这个小姐后来去了哪里?她究竟来自哪里?是什么人?

四、缜密调查

调查继续进行下去，刑警又从咖啡馆门口专事迎宾的那个白俄少年（瓦洛加的外甥）那儿打听到了那对年龄悬殊的男女结完账后离开的情况。当时是老柏把两人非常客气地送出门的，还对迎宾少年说给这二位叫辆三轮车。少年见他们没有拒绝的意思，便拦下了一辆路过的空三轮车，目睹两人上车后离去。

去了哪里呢？这个，迎宾少年就回答不上了。当时正好有一拨客人登门，他得赶紧上前迎接，所以没听见那对男女向三轮车师傅吩咐去哪里。

刑警对此还是比较乐观的，当时已经成立了非机动车运营行业的工会组织，可以通过工会寻找那位三轮车师傅。

果然，两小时后，三轮车师傅老薛坐在了刑警面前。老薛还记得10月30日晚上七点多钟确实在"黑蔷薇咖啡馆"门前拉过这么一趟活儿，那个男子付钱比较大方，给了整钱不要找零，另外，跟那个小姐的时髦打扮也有关系。

刑警问那对男女去了哪里呢？老薛说男的先把小姐送回家（这是老薛的主观想象）——苏厝街，就在五福巷附近下的车，那小姐谢绝男子为其代劳，下车后自己拎着小皮箱往前走了。然后他按照那男子的指令就地调了个头，去了白鹤路，在一家五金行前下的车，老薛接过车钱后踩着车离开了，也没有留意那男子去了哪里。

老薛离开时，已是暮色初降时分，刑警决定明天前往白鹤路一带去查访那个穿黑色灯芯绒夹克衫的男子。

次日，11月4日，两路刑警继续进行调查。

王升有、储德福两人去了渔行桥，寻找那个使用菜场08编号箩筐和扁担的小贩。渔行桥是一座桥梁，以附近商铺全是经营鲜活鱼虾螃蟹和海产品干货而得名，跟如今各地的农副产品、副食品行业市场一样。刑警过去一看，只见马路两侧以及渔行桥两边两条沿河的狭窄街道上，密密麻麻设满了摊贩。王、储二人一一查看下来，未见那副箩筐。正沮丧时，迎面来了一个戴红袖箍的市场管理员，便上前去将其请到隐蔽处，亮出证件，道明来意，问是否可以提供帮助。

市场管理员听完后笑道："赶得早不如碰得巧，你们的运气还真不错！"

原来，这个管理员上班后在市场里向设摊儿的小贩收了管理费后，觉得累了，就进了路边一家出售鲜活海货的店铺，坐下喝茶。他看见这家店铺的店堂一侧堆放着的卖空了的箩筐中，有一副就写着菜场的简称，以及08的数字编号。

当下，二刑警窃喜，便随管理员去了那家店铺。老板见状连忙热情招呼，张罗着要沏茶奉烟，被管理员阻止，说跟这副箩筐配套的那根扁担呢？木头的，拿出来！

老板急忙让学徒拿出那根木扁担，连同从箩筐堆里找出的那副箩筐一起摆在店堂当中。刑警让他说说来路，老板说这是小混混儿李歪头卖给他的。市场管理员听后起身出门，去寻唤李歪头。

刑警继续问老板，你知道这副箩筐的原主是谁吗？对方说知道，上面写着菜场的简称和编号，估摸就是菜场的。不错，这是菜场的东西，前几天失窃了。菜场是国营单位，所以这就是国家财产；你这种行为呢，属于收赃，可以处罚你的，东西没收是必须的，还可以罚款，甚至关你几天……正说到这当口儿的时候，李歪头被管理员推搡着进了店堂。刑警打量，这是个二十来岁的小伙子，一看就是不务正业的小混混儿，当下便问你是李歪头啊？大名叫什么……李贵？这副箩筐是你卖给老板的？好，把扁担穿在箩筐上挑上，跟我们走一趟！

李歪头被刑警带到了分局。刑警立即讯问那副箩筐的来路。李歪头是个大错不犯小错不断的主儿，曾进过几次派出所，在刑警面前显得很镇定，不慌不忙地说箩筐是他捡的。

李歪头说，10月31日早上六点左右，他出门想到渔行桥这边做点儿小买卖，经过巷口的垃圾箱时，看见一侧放着这副叠在一起上面还竖着一根扁担的箩筐。最初，他以为是有人放在那里的，以当时的经济状况，不管公家还是私人，都不可能把这样一副七八成新的箩筐、扁担扔掉，当时他只看了一眼就从旁边走了。可是很巧，他出了巷子，在马路上没走多久就遇上了叫卖煎饼的刘老头儿，便让刘老头儿给他现煎两个饼，等候的时候一摸口袋发现没带钱，他知道这老头儿很抠，从来不肯赊账，宁可生意做不成，他便只好回家去取钱。进巷子的时候，遇见住在同一条巷子里的单身老太赵婆婆。李歪头在社会上的名声不怎么好，不过对街坊邻居还是蛮客气的，当下就唤了声"婆婆"，让在一旁请老太先走。赵婆婆走过去后，忽然回身问他，垃圾箱那里有副箩筐是谁的？大清早就放那儿有半个多小时了，怎么没人来拿呢？李歪头听着心里一动，马上说那是他的一个朋友放在那儿的，一会儿就会来拿。这时，李歪头心里已经打定主意要把这副箩筐占为己有。如此，当他回家取了零钱再出去时，就把那副箩筐带扁担一起拿走了。然后，李歪头买了煎饼，吃着前往渔行桥，把箩筐、扁担一起卖给了那家店铺。

王、储二人听了李歪头的这番陈述，自然感到失望，想想这小子的说辞似乎也顺理成章。当然，这需要核实。两人便去找赵婆婆和卖煎饼的刘老头儿，问下来，情况果真如李歪头所说的那样。据赵婆婆说，那天她大约清晨五点就起床了，和往常一样先去给住在附近的已经另立门户的儿子家生煤炉，生好煤炉返回来时，垃圾箱旁边就已经有了那副箩筐。

刑警想起了林小道和戏院何山根所说的情况，便问赵婆婆当时巷口渔具行门前的马路边是否有人，赵婆婆说没看到。王、储二人分析：看来，那个"鸭舌帽"把装着碎尸的箱子和旅行袋藏在渔具行门前的旧渔网堆里后，先是坐在横搁于箩筐的扁担上冒充挑夫，想等候有三轮车经过时取出箱子和旅行袋让运往"军招"。可是，随即一想又觉不妥，就把箩筐、扁担就近扔掉。扔掉后他应该就在周围溜达，盯着藏尸处，以防被人察觉，所以赵婆婆经过渔具行时没看见他。

如此，这一路的调查就算是泡汤了。

五、发现尸主

再说另一路刑警曹滨、许嘉超、吴景芝三人对那个穿黑色灯芯绒夹克衫、年约五十的男子踪迹的访查。据三轮车师傅老薛说，10月30日晚上他是把那人拉到白鹤路一家五金行前下的车。刑警心里最希望的是那人没跟他们玩什么反侦查手段，让他们能比较轻松地查摸到其住所，最怕的就是这家伙的住所或者落脚点离下车地点有一两公里地，他是故意提前下车，自个儿步行回去的。

三刑警交换了意见，决定先去找管段派出所求助，先查五金行周边，但愿那主儿没有什么反侦查意识。

谢天谢地！派出所户籍警小钱陪着刑警前往居委会一打听，居委会干部马上说这旁边巷子里有一个男子的情况跟他们打听的那个对象相符，那人叫聂浮翼。

聂浮翼，厦门人，五十二岁，出身富家，高中毕业后考入交通部上海工业专门学校（上海交通大学前身）铁路管理科，毕业后供职于北洋政府交通部，后因患病停职回厦门休养。养病期间，与中共地下党组织接触，不久参加中共。三十年代初，厦门发生震惊海内外的由中共组织和领导实施的"破狱斗争"后，由于国民党反动派的残酷镇压，地下工作进入低潮。聂浮翼当时已经成家，面对敌人实施的白色恐怖，踌躇再三，终于迈出了可耻的一步：向敌人自首。由于其家族中有人在厦门乃至福建全省都兜得转，招呼之下，国民党了解到此人不过是中共地下党的一名普通党员，业余从事地下工作，便没有纠缠他，命其在报纸上刊登了一份"悔过启事"后，就算结案了。之后，聂浮翼再也没有参加过任何党派，远离政治，以经商为业，一直到现在。

聂浮翼的住所在户籍警小钱的管辖范围，小钱就让居委会干部去通知聂浮翼到派出所来一趟。

谁也没有料到，10月30日和聂浮翼一起去"黑蔷薇"用晚餐的那个小姐，竟然是他的私生女！

1929年元月，当时还未被中共地下组织吸收为党员而只是作为外围人员的聂浮翼，奉组织上的命令让其去漳州协助设立地下交通站。交通站设在漳州当地一个华侨富商开设的一家贸易商行，这样，这家商行就必须从上到下都由党组织以及"关系人员"控制。聂浮翼出身资本家，从北方回来养病期间一直在辅佐父亲经商，因此对做生意颇有心得，正好那家商行缺少一个自己人担任经理，组织上就想到了他。临行前，领导找他谈话，把情况跟他说了说，交代的使命是：你到那里，只管商行的正常生意业务，交通站的工作另有同志负责，你不必过问；你把生意做好了——不是赚多少钱，而是在外面人眼里这是一家在正常经营、略有赢利的商行就行了，做到这一点，就是对革命工作最好的支持，组织给你的使命也就圆满完成了。

聂浮翼受命前往漳州上任，为期十个月，等到该交通站完成使命奉命撤销他返回厦门时，他得到了两个终生难忘的结果：一是组织上根据他在这段时间的表现，批准其加入中共，成为一名光荣的党员；二是他与华侨富商归国不久的女儿李米娜私通怀孕，那姑娘腹中胎儿已经四个月了。以当时的情况，别说聂浮翼已经结婚生子，就是单身组织上也不一定会批准他与李米娜结婚。刚刚回到厦门的聂浮翼收到李米娜的一封告知信件后，顿时就傻了。反复考虑后，他给李米娜回了一封信，说明了他不能离婚与其结合的苦衷，请求得到原谅。李米娜也给他回了一封信，说她要把孩子生下来，生下来后怎么办，以后再说。

一年后，聂浮翼经受不住国民党反动派制造的白色恐怖的巨大压力，向国民党自首并登报声明脱离共产党后不久，李米娜带着半岁的女儿来了趟厦门。母女俩在旅馆落脚后，她以"熟人"的名义手书一纸便条，请旅馆茶房送到聂浮翼经营的公司，约曾经的情人前往一见。两人见面后，李米娜让聂浮翼抱了抱女儿，说孩子半岁了，名字已起，叫真君，至于姓氏，则请他决定。这意思很了然：你姓聂的认不认这个女儿？认，就姓聂；不认，就姓李。聂浮翼放弃了选择权，于是，这个女孩子就叫李真君。

聂浮翼尽管没让女儿随父姓，但他心里还是有这个孩子的。之后，只要他有机会去漳州，总要去看母女俩。李米娜行事风格颇有些另类，她不顾家人的反对、外界的白眼毅然生下女儿后，喂养了一年，断奶后作出了一个令人震惊的决定——去漳州南门外的仙姑庵出家，剃尽青丝，做了一名尼姑，法名澄静。她原本在国外念书取得了大学文凭，其文化水平可想而知，出家后钻研佛学，颇有心得，在佛学造诣方面受到了佛教界的好评。常言道，出家无家，已经皈依佛门，那就要以庵为家，可是她却还惦念着女儿，时不时回家去看望。待李真君稍大，也不时让家人把孩子带到庵里去，甚至还会让女儿留下，一住数日。后来女儿上学了，寒暑假往往都是在庵里过的。如此作为，按说是不允许的，但李家有钱，是尼姑庵最大的化缘对象，便对此睁只眼闭只眼了。澄静除了这点外，其他一概严守清规戒律，聂浮翼每次去漳州，她总是欣然相见，但必定会约上两位尼姑作陪，从来不跟他单独相处，所以别人也就无话可说。

李真君在这种特殊的环境中渐渐长大，可能是因父母的遗传，读书非常聪明，小学只读了四年就完成了学业（那时有跳级制度），李真君竟然跳了两次，成为学校有史以来唯一的一位。十四岁初中毕业后，她不知出于什么原因，放弃了保送高中的机会，进了师范学校。那段时间里，聂浮翼每年至少两次会去看望女儿。李真君呢，却对父亲没有以前那样亲了，只是保持着表面上的礼貌和尊敬。

李真君初中毕业前，每年暑假总会来一趟厦门，在聂浮翼安排的旅馆里住上十来天，由父亲或者父亲指定的公司女员工陪同着玩耍。但自从进入师范直到三年后毕业当了小学老师后，据聂浮翼说五六年间总共只来过两次（后来刑警调查发现不止两次），一次是带学生到厦门来参加夏令营时顺便，另一次是聂浮翼生病住院前来探望。为此，聂浮翼内心总是感到非常内疚。10月初，他特地去了趟漳州，跟母女俩见了面，原是想问问女儿究竟对他有什么想法，想与其好好谈一谈。但是得知女儿的情况后想法发生了变化，在漳州待了一天就返回厦门了。

李真君遇到了什么情况呢？

第一件事儿，是她的外公病逝了。老人去世后，与其一起合伙经商的嫡亲兄弟看情势不对，随即抽资去了海外。老人剩下的遗产让几个子女一分了之，而李米娜早已出家，没有资格继承其父的遗产。不仅这样，其私生女李真君之前在李宅的住房也被她的舅舅、姨妈瓜分了，她被扫地出门了。

第二件事儿，李真君的工作没了！她师范毕业后，一直在漳州一家私立小学当老师。厦门解放后，私立学校继续存在，她干得好好的，她很喜欢当老师。可是，没料到校董事会发生了变故。先是董事长在春天偷渡去了澳门，随即转赴美国。他临走时给校董事会留下了一封信，大意是他在这当口儿冒着巨大风险偷渡，是因为当初不想离开大陆，想为新中国效力，但他在新政权管理下待了半年多，发现自己的遭遇跟当初决定留下时竟是天壤之别，而且他预计往后情况将愈加恶劣，所以，他权衡再三决定离开，奉劝各位同仁友人也郑重考虑移居海外。偷渡是犯法的事儿，董事长留下的这封信自然要上交市公安局。警方进行调查后，认为董事会其他成员并未涉案，就把信转给了教育局。教育局对此事很重视，专门组织了工作组进驻学校进行调查。调查从5月初开始一直到7月上旬放暑假才结束，可能是为了安全着想，教育局作出了一个决定：关闭这所私立学校。

这样，9月1日开学时李真君就没地方上班了。当时教育系统师资短缺，教育局给了被关闭小学的教员一条出路——分散去郊区乡村小学任教。除了李真君，其他人都接受了这个安排，她说她不想再留在漳州教书了，要么去外地教书，要么改行。在教育局看来，这件事跟他们没有关系，所以也就随她去了。当聂浮翼见到女儿时，她已经失业一个多月了。在这种情况下，聂浮翼当然不可能再跟她谈如何正视父女关系的问题了，当下作出了两个决定：一是掏出了身上扣除回厦门路费的所有钞票给了女儿；另一个是让女儿去厦门教书，他将尽最大的努力为女儿谋取一个小学老师的职位。

聂浮翼从漳州返回厦门后，立刻着手实施后一个决定。他在社会上毕竟还有些朋友，况且当时全国各地都师资短缺，因此奔波了三周之后，就为女儿找到了一个在厦门市区一所小学教书的职位。10月23日，聂浮翼往李米娜出家的仙姑庵发了封信，请李米娜转告李真君，工作已有着落，收信后速来厦门。

李真君收到信后，立刻回复称她将于10月30日抵达厦门，让父亲不必去接站，她抵达后会直接去公司见父亲的。

10月30日下午二时许，李真君到达聂浮翼的公司。聂浮翼随即带她去那所小学跟校长、教导主任见面。人家一看李真君的毕业文凭，再看她那副模样，非常喜欢，当场决定留用，要求她下周一（11月6日）正式到校上课，担任两个班级的语文教学。然后，父女俩回到公司，聂浮翼处理了一些急事后，于傍晚叫了一辆三轮车前往"黑蔷薇"用晚餐。

聂浮翼一直对妻子和子女保守着有个"漳州女儿"的秘密，以免发生家庭矛盾。所以，李真君以前来厦门，他都让她入住旅馆。这次也这样，他已经为女儿订好了旅馆，可是，李真君说她自己已经联系好了住宿的地方。聂浮翼当然尊重女儿的意愿，当下点头，生怕女儿认为是在"管"她，所以根本没问她住到哪里，接待方是什么人。

晚餐后，聂浮翼叫了一辆三轮车，先把女儿送到她指定的地方——苏厝街，与其告别后，自己就回家了。他原以为李真君在上班之前还会去公司找他，可是一直等到今天也没等到，明天就是她去学校报到的日子了，如果今天她还不来，他就打算上午去学校看看。不是担心她的安全，而是出于对女儿踏上新的工作岗位的一份关心。

聂浮翼一口气说了上述这些内容，这才问刑警："我可以向你们打听真君她发生了什么事情吗？"

刑警事先互相交换过意见，认为在尚未确认10月30日与聂浮翼共进晚餐的那个姑娘确是被害人之前，暂不向聂浮翼透露案件的情况。于是，就搪塞了两句，让他等待消息。

专案组以厦门市公安局思明分局的名义，往漳州市公安局发了一封电报，要求漳州警方派人前往李米娜出家的仙姑庵，请她前来厦门，当然最好指派合适的女同志陪同。

六、同学老友

11月5日下午，李米娜在漳州佛教协会指派的两名女居士的陪同下赶到厦门，当即前往医院辨认尸体。途中，法医询问李米娜其女李真君身上有什么特征。李米娜说她小时候额头右侧曾磕过，留下一个半颗瓜子大小的疤痕，撩起头发能看得见。法医和刑警相视苦笑，被害人的头颅还没找到呢，这个特征再明显也没有用。于是，再问。李米娜又说其左脚第二个脚趾的趾甲，长得长时是朝肉里延伸的，如果不及时修剪就会疼痛难熬甚至发炎。法医点点头，不再提问。刑警知道，这是患有甲沟炎，可以算是一个特征。

到了医院，李米娜一见碎尸，当场昏厥。医生救治的当口儿，法医和刑警查看了碎尸左下肢的第二个脚趾的趾甲，果然有甲沟炎的特征。不过，死者最近刚刚修剪过，并不明显，所以验尸时没有留意到。

一会儿，李米娜苏醒了，坚持要看碎尸。这次她不昏厥了，尽管眼泪滂沱，但还是把碎尸一块块都查看了。她又发现了一处特征：左手食指前侧端的一处刀痕，那是李真君读小学时削铅笔割破的。

至此，已经可以认定被害人就是李真君了。

专案组随即分三路同时进行调查：一、二路由刑警曹滨、许嘉超、吴景芝三人负责向聂浮翼、李米娜了解李真君生前的日常生活，特别是这次来厦门前的情况。第三路是围绕菜场（被害人指定的下车点正好在菜场附近）展开调查。

聂浮翼跟李真君的接触其实不多，二十年来也就见了十来次面，加上女儿跟他不亲，父女间交谈很少，沟通很浅。因此，聂浮翼说不出什么内容。刑警试图启发他，询问最后一顿晚餐时李真君说了些什么内容，尤其是在离开咖啡馆前后李真君是否说到了具体住宿地点在哪里、对方是什么人、事先是否联系过、是通过什么途径跟对方取得联系的，等等。聂浮翼想来想去也没有印象，他在跟女儿的接触中，向来只是听女儿说什么，从来不向她询问什么，包括掏钱给女儿，事先也不会问她是否缺钱、想买什么东西之类的话，而是直接掏钱给她。所以，刑警在聂浮翼这边没有获得任何线索。

再说跟李米娜的接触，出于安全方面的考虑，专案组把她和两个陪同来厦门的女居士安置在市政府招待所。李米娜受此打击后，反应变得迟钝了，坐在那里只是闭目默念往生咒，对刑警说的话置之不理。那两个女居士在一旁反复劝告，良久她才睁开了眼睛。刑警小心翼翼地跟她聊下来，得知以下情况——

学校解散、失业之事对李真君的刺激很大，她事后去尼姑庵见母亲时反复说"怎么会这样"，甚至有了跟随母亲削发为尼之念，被李米娜劝阻。出家的念头是断了，可是她的情绪仍然有波动，李米娜发现她因这件事对其家族甚至漳州由原先的热爱变成了憎恨，她接到聂浮翼发来的信后，曾幽幽地对母亲说："我离开之后，再也不回漳州了。"

李真君临走前还想做一件事，不过没有做成：李米娜当初削发为尼时，把她历年的积蓄以及首饰全都交给奶妈，让其等李真君长大成人后再交给她。李真君踏上工作岗位时，已改做女佣的奶妈年迈告老回乡，临走时奶妈当着李家全家人的面把贴着李米娜亲笔签封的首饰箱当众打开，清点核实后交给李真君。李真君那时才知原来母亲留给了自己这份价值不菲的财产，但她不想接受，就跑到尼姑庵说要交还母亲。李米娜说出家人要钱财何用？坚决不收，仍让女儿收回。李真君离开漳州前往厦门前，她曾想把这笔钱财处理掉，要么请母亲收回，要么捐给尼姑庵，但都被李米娜否决，而且拒绝代为保管。最后，李真君还是把那个首饰箱装进了她的小皮箱，带到厦门去了。

当时李米娜问李真君，到了厦门后是直接去学校报到后由学校安排住宿呢还是自己解决？李真君说父亲的来信中说过住宿由学校解决，所以今后应该是住校的。不过，她倒不愿意报到当天就住校，她还想先处理一些事情。在这方面，李米娜的做法跟聂浮翼是一样的，她当时听后并没有问李真君要处理什么事情，以及住到哪里去。女儿六年前就已经去省城上师范学校独立生活了，此番前往厦门料想没有问题。厦门解放后的社会治安肯定比以前要好些，况且还有聂浮翼在厦门，肯定会照顾女儿的。

以上是刑警向李米娜调查的结果，是否有用，留待后言。现在再说第三路调查，即由王升有、储德福二人负责的围绕菜场排查犯罪嫌疑人的情况。

这活儿工作量很大，别说王、储二人，就是整个专案组全部扑上去都显得捉襟见肘。因此，专案组跟管段派出所联系请求协助，派出所派了一名民警、三名在派出所相帮的青年志愿者协助，这样，六个人就可以分成三拨力量进行调查。由于排查范围大，还得靠居委会的支持。

六十多年前的街坊邻里关系比较简单，每家有什么情况，邻居都比较了解，这便给专案组排查本案犯罪嫌疑人带来了方便。也就大半天的时间，专案组便在众多居民中排查出七个嫌疑对象来。当天傍晚，专案组就在派出所对这七人分别进行讯问。

两小时间下来，七人却均无作案条件，这里的"条件"指的是是否有作案时间和作案的体能。七人中有四人没有作案时间，有三人虽然有作案时间，但他们一看就是作不了这起恶性案件的人。其中两人分别是上下肢骨折，且都是在本案前发生的；还有一位患急性中耳炎，耳朵发炎流脓，案发前后那两天痛得语不成声，说话尚且都痛得流泪，哪能活活扼杀被害人和分尸、转移尸体？

当然，这等恶性大案，侦查触角一旦伸到某人的头上，要想排除并不是一番问话就可以排除的，专案组自然要对其陈述内容进行调查。次日专案组对这七人所作的陈述进行了调查，一一查证下来，竟然全都不谬。

这条原以为只要下工夫必定能走得通的路竟然就这样断头了。

11月8日，专案组举行案情分析会。这次大伙儿把注意力聚焦到一点上：聂浮翼和李米娜都说过，被害人李真君曾分别向他们表示过，她抵达厦门后的头几天（起码是头天）准备下榻于别人处（这里可以理解为"别人家里"或者"别人安排的住宿点"），10月30日晚上李真君和聂浮翼共进晚餐离开"黑蔷薇咖啡馆"后，也是当着父亲的面吩咐三轮车师傅把车先拉到苏厝街，而且她确实是在那里下的车。如此说来，李真君真的是在事先已经跟厦门这边的某人或者某几个人约定在对方那里过夜或者由对方安排过夜。这个某人或者某几个人是谁呢？既然跟李真君有这样的约定，那对方跟李真君绝非泛泛之交。

这样，就产生了一个疑问：绝非泛泛之交的朋友，没有等到前去投宿的李真君，为什么没有作出反应呢？如果对方知晓李真君的父亲聂浮翼在厦门开着公司，就应该去公司询问李真君爽约的原因；如果不知道聂浮翼，也应该往李真君在漳州的新通信地址（尼姑庵）发封信呀，可是，聂浮翼和李米娜都没有接到过这种询问。此外，李真君下车的地点就在菜场附近，碎尸案在本市已经传得沸沸扬扬，专案组在菜场区域的排查也搞得声势颇大，对方为何不作反应呢？

专案组认为李真君要去投宿的朋友表现得似乎反常，有必要找到这个"对方"进行调查。

当天下午，刑警去了邮电局，查询截止到 10 月 30 日是否有来自漳州署名"李真君"的电报，如果有，电报上是有送达地址的，可以查得到。查下来，并无这样的电报。那么，是否有来自漳州署名寄信人为"李真君"的挂号信函呢？那时寄挂号信的人不多，邮电局也方便排查，可是，查下来也是白板。

这样看来，李真君是用平信和"对方"联系的，那就没法儿查下去了，平信量很大，而且是不作信息登记的。

专案组继续分析，以李真君生前极小的社交量来说，她答应前往住宿的那个"对方"很有可能是女性，基本上可以推断是她的同学或同事。所以，应该去漳州对此进行调查。

11 月 9 日，专案组派刑警许嘉超、吴景芝、储德福前往漳州调查。他们先去漳州邮电局查 10 月 30 日前三天漳州发往厦门的电报中，是否有李真君拍发的，指望万一之前厦门邮电局有疏忽未向专案组交代清楚而在漳州得到弥补。这次的调查比在厦门调查时更细，可是，七八十件电报一一查下来却还是一无所获。

刑警便转向预先制订的第二步进行调查。他们先是走访李真君的舅舅、姨妈，除了询问李真君在离开漳州前往厦门时是否提及过去厦门后的住宿问题，更主要的是了解李真君生前跟外界的交往情况，她有哪些同学好友，平时来往如何？

调查进行到次日下午四点，终于有了着落：据一位既是李真君的初中、师范同学又是同在一所小学教书的同事许锦萍反映，李真君接到其父亲的信要去厦门做小学教师后，特地跑到她家中告知此事。许锦萍待人宽厚，很重感情，当听说李真君要去厦门并且再也不回漳州了，不禁有些不舍，两人毕竟同窗同事数年，于是提议去外面饭馆吃饭，由她做东，算是为李真君饯行。

两人点了四个菜，还破例要了一瓶果酒，在酒精的作用下两人的距离忽然更近了，话也就多了。许锦萍记不得是她还是李真君偶然说到的去厦门后的住宿问题，李真君说最好是住在由学校提供的位于校内的宿舍里，这样既安静又安全，还不需要花钱；如果学校不提供住宿的话，她就打算在学校附近租房住。许锦萍记得当时听后问过李真君最初几天住哪里，要不要就住她父亲那里。李真君当时摇头，说她向来不去他家，他也不希望她去。她准备先去夏仙露家住两三天，顺便跟朱冰美、祝嘉耀见见面，吃个饭，逛逛鼓浪屿。

夏仙露、朱冰美、祝嘉耀三位都是李真君、许锦萍初中时的同学。民国时允许异地上学，这三人的家都在厦门，或因在漳州有亲戚，或因父亲在漳州工作，所以小学毕业后就去漳州读初中。其中祝嘉耀是男生，还曾追求过许锦萍，初二下学期给她写过情书，当时是班级里的一桩小小新闻。初中毕业后，李真君和许锦萍考进了师范学校，夏仙露、朱冰美、祝嘉耀都考回了厦门，分别上了高中和卫生学校。李真君由于每年都要去厦门（独自旅游，没去见父亲），所以跟这三人有联系。许锦萍在厦门没有亲戚，多年没去过厦门，跟这三人也就没有过联系，甚至连住在哪儿都不清楚。

三刑警获得了这一信息，都长吁了一口气：看来苍天不负苦心人，此趟差没白出，总算找到了李真君在厦门投宿的那个"对方"。

刑警立刻返回厦门，着手寻访夏仙露、朱冰美、祝嘉耀三人。可是，不知道这三人的住址，如何寻找呢？三刑警一番研究后找到了一条捷径：许锦萍说这三人初中毕业那年是从漳州考回厦门的，去市教育局从接管的旧政权的档案里查找即可。有时间、地点、姓名，还是比较好查的。

果然，很快便查到了三人的住址，夏仙露就住在距离菜场只有两个街口的五福巷。刑警一看这个巷名，顿时一个激灵：这不就是三轮车师傅老薛和聂浮翼所说的李真君下车的地方吗？这就奇怪了，专案组、派出所、居委会对五福巷的居民询问了五六遍，都说最近没人接待过从漳州来的客人，这是怎么回事呢？

组长王升有听了三刑警的调查结果后，想了想，说暂时不要跟夏仙露接触，先对夏家开展外围调查，看是不是有什么异常情况。

派出所对夏家的情况很熟悉，夏家是革命烈士家属。夏仙露的父亲夏昶苏系中医，历史清白，为人正直，一辈子坐堂问诊。厦门解放后因医术声望和革命烈属的原因，他被市政府卫生局聘为专职顾问，上了半年班后就退休了。他退休后仍是顾问，隔三差五去卫生局开会。夏仙露的母亲刘沈芳系无业家庭妇女，生有四个孩子。大儿子是革命烈士，二儿子子承父业是中医，第三个就是夏仙露，高考失利后进了银行工作，第四个也是女儿，正在读高中。

之前进行排查时，夏仙露的父母亲每次都积极配合，从容回答刑警等人的询问，明确表示家中没有任何外人来访过，更别说投宿了。夏家的四邻也都表示夏家并无任何可疑情况。

可是，李真君明明是来找夏仙露投宿的，怎么就没进门呢？王升有决定当面向夏仙露了解情况。

当天晚上，刑警在派出所跟夏仙露见了面，一问碎尸案，她点头说听说过。当刑警告诉她该案的被害人是李真君时，她极为震惊，一迭声的"真的"后，掩面痛哭。被劝停后，夏仙露回答了刑警的问题。刑警便得知她根本不知道李真君在厦门谋得了小学教师的职位，也没有接到过李真君要来她家暂住的消息。前年暑假，李真君来厦门时倒是去过她家的，当时李真君住在旅馆，去她家是给她送一些漳州的土特产，事先也没有打招呼，幸亏夏家整天有人在，她才没有扑空。

如此看来，李真君那天尽管已经坐三轮车到了夏家所在的巷子口附近，但她却并未去夏家。这是什么原因呢？难道李真君突然改变主意不想去夏仙露家借宿，而另找他处投宿了？从夏仙露对李真君的性格和行事风格介绍来看，还真不能排除这种可能，尽管从其被害后暴露出的其他线索（如菜场失窃箩筐、戏院对面抛尸等）来看，发生这种情况的概率很低，但专案组还是决定立刻向李真君的另外两个同学朱冰美、祝嘉耀进行调查。

朱、祝二人已经结为夫妇，他们是在一个多月前的国庆节成的亲。刑警由夏仙露带着登门，夫妇二人闻知噩耗，也是大惊，说他们并不知道李真君要来厦门工作，事先也没有收到过她的任何信息。

当天深夜，专案组对案情进行分析，认为李真君的被害应该是以下两种情况中的一种：第一种可能是她下了三轮车跟父亲告别后，突然遭到不知从哪里窜出来的凶手的劫持，将其带至附近的住所或者适宜作案的地方实施了作案，然后分尸并转移。第二种可能是李真君在目送聂浮翼乘坐的三轮车离开后，突然改变主意，不想去夏家投宿而想找旅馆住宿，在去旅馆途中被劫持而遇害。刑警认为第一种情况的概率较高。所以，接下来的侦查工作还是应围绕菜场进行排查。

这一排查，发现了一条线索！

七、错疑对象

这次排查的大部分工作是在室内开会讨论中进行的，对之前已经获取的情况重新进行分析,看是否有差错、疏忽而形成的遗漏。

大伙儿议来议去,认为如果要说有问题的话,可能就出在对那七个被怀疑有涉案可能的嫌疑人的调查上。于是,专案组决定重新进行调查。

这次调查进行得极为细致,要求每个刑警对分工调查的对象的每一个当初被作为"没有作案条件"的理由都须一查到底,不允许有任何"想当然"的情形存在。

这一查,就查出了一个嫌疑对象——钱斗量。

钱斗量就是前面说到过的那七个嫌疑对象中手臂骨折的那位。这人出生在一个开五金行的资本家家庭,从小摆弄五金工具、零件——他是当玩具来玩耍的,便对金工活儿有了一种特殊的感觉。小学毕业后他再也不肯读书,一心要拜师学手艺,立志做一名大工匠,家里挨不过他,只好依从。好在他父亲是做五金生意的,认识的各类工匠甚多,就拜了当时厦门颇有名气的钳工大匠高溥澍为师。可是,钱斗量的运气似乎很差。他拜高为师之前,高大工匠身体颇健,收他为徒后,一年时间,竟然肝病缠身、脸黄肌瘦、腹部凸出,没多久就一命呜呼了。

高溥澍走后,钱斗量又拜了一个姓罗的师傅,也是当地的钳工名匠,其手工产品闻名闽南黑白两道。可是,说也奇怪,钱斗量拜罗名匠为师后,人家好端端的一个人也渐渐感觉身体不适,就像一棵被截断了根须的大树那样日趋枯萎,医生诊断是胃癌,最后也一命呜呼了。

巧合再次出现了——也就一年时间,钱斗量的父亲钱老板这个在厦门有名的五金行老板也患病不治而殁了。高、罗二位去世后,钱斗量再拜的第三位师傅金运祥的本领已经没有前两位那样大了。待到钱老板一死,金运祥猛然醒悟,说这小子竟是克星啊,他还要活下去呢,于是赶紧解除师徒关系。

如此几番折腾,钱斗量就只能成为一名普通工匠了。五金行已经倒闭，他只能在修船厂当了一名工人。

大匠名匠没有做成，钱斗量难免灰心丧气，工作不求上进。厦门解放后，修船厂的活儿变多了，工人们常常加班，收入却有限。别人想得通，钱斗量却不行，就隔三差五找借口休班。不上班干啥呢？鼓捣五金买卖，他在这方面有灵性，据说鼓捣一回所挣的钱抵得上半年的薪水。手头有了钱，钱斗量就赌博、嫖娼，曾被公安局抓过两次，都被修船厂以缺少技术工人为由保了出来。

之前排查出的七个嫌疑对象中，钱斗量是最具作案条件的一位——他半年前已离婚，一个人住着一套带院子、天井的独门独户平房；他是钳工，家里既有工具，又擅长操作钢锯；他嗜赌，有作案动机。可是，专案组将其传唤到派出所谈话时，却发现这家伙的左臂竟上着石膏，问下来说是骨折了，还是10月28日骨折的，是在修船厂上班时走路踩到了甲板上的油污，滑了一跤，倒下时左手下意识地一撑，手腕就出问题了，钱斗量说当时自己就听见了骨头折断的声音。

当时，专案组除了看钱斗量的病历卡，还去医院找主治医生了解了情况，查看了医院拍摄的X光片子，都可证明这是案发前两天发生的事情。对于一个腕部骨折病人来说，当然是不可能作下杀人碎尸的恶性大案的，所以当时专案组就将其排除了。

可是，这次复查就不同了，专案组要求把每一个已经排除疑点的对象重新进行更为严密的排查。这活儿落在刑警许嘉超的身上，他寻思：之前已经做得非常细致了，现在要说严密复查，那就只好把钱斗量拉到医院再拍一张片子，看看骨头到底断了没有。这样做不是不可以，可是许嘉超却觉得有些不妥，万一当事人抵触，而强迫检查后真的是骨折时那就不大好了。于是，许嘉超就去钱斗量供职的修船厂，向和他一起干活儿的工人和厂医了解情况。结果，疑点出现了。工人说，那天谁也没听说钱斗量在甲板上跌跤，他去医务室倒是有人看见，当时他还递给厂医一支烟，顺便点了火儿，记忆中他一双手是活动自如的。后来听说他骨折了，大家都感到意外，不过这家伙为混病假，经常伪装生病，甚至有过自残的前科，所以大家也就没当一回事。

这下，许嘉超有了强制钱斗量去医院重新拍摄 X 光片子的底气。他向组长汇报后，王升有便决定由他们俩一起去传唤钱斗量。

X 光片子并没有拍摄，因为在去修船厂的路上，王升有突然想起何不直接去医院通过院方向放射科医生了解是否有作弊现象？于是，他们立刻去医院，放射科医生对此感到莫名其妙，翻查了记录，说外科的郭医生曾在 10 月 28 日开过一张摄片单，不过是一位三十多岁的女患者的片子。刑警明白了，郭医生当时是用该女患者的片子冒充钱斗量的欺骗了他们。这下，刑警有了底气，就把钱斗量带往医院拍片。

不得不佩服钱斗量的心理素质，到这当口儿了，他竟然还镇定如初，从容地对刑警说，让他拍片可以，不过先把话说在前头，这钱可是公安局掏，修船厂是不会付这种冤枉钱的。稍停，他又嘟哝了一句"狗咬耗子"。这句话的含义在片子拍出来后刑警终于明白了——他的手腕果然没有骨折。钱斗量的意思是这是他混病假的事，是厂里的内部事务，你们警察管不着。

当下，刑警就把他带往公安局，直接讯问，同时派人前往他家搜查。一番折腾下来，专案组诸君竟然傻眼了：这小子并未涉案，怪不得那么从容镇定！

原来，钱斗量对修船厂最近搞"百日竞赛活动"，让工人加班加点很是反感。再说他这一阵手气不佳，已经输得债台高筑，正好筹措一笔钱，急于想去翻本。于是他想了个办法，去医院找那个姓郭的医生。郭某跟钱斗量是老邻居兼发小，最近又正想把自己的寡妇妹妹介绍给钱斗量当老婆。以前，钱斗量没少麻烦郭某给他开假病假证明，这次因为以上情况，他干脆让郭某往其手臂上上了石膏，冒充骨折。

那么，钱斗量是否有"没有作案时间"来排除涉案嫌疑呢？有的——10月30日晚上从七八点钟到31日上午六七点钟，他跟廖某、龚某、李某在廖家赌博。

刑警立刻调查了那三位以及廖某的家人，得到了证实。如此，钱斗量的作案嫌疑排除了。不过，刑警随即通知治安警察把这四个家伙给拘了。几天后，这四人被送往收容大队劳动了一个月。

八、凶手受惩

11月14日晚，专案组再次开会分析案情。众刑警都觉得这个案子非常怪异，该考虑的疑点都考虑过了，该调查死者生前方方面面的关系也一一调查到了，可就是找不到有价值的线索。组长王升有提出再回顾一下案情，这一回顾，竟然找出了一个令人无法想通的情节：案犯杀人、碎尸之后，为什么要把无头碎尸送往"军招"202室呢？

已经掌握的情况显示，案犯作案后，为转移尸体，盗窃了菜场的箩筐和扁担，又辛辛苦苦把碎尸挑到渔具行门前去藏匿，再丢掉箩筐和扁担，然后叫了一辆三轮车，让把装碎尸的木箱、旅行袋送往"军招"202室。他这样做，显然是自找麻烦，还承担着暴露的危险。他究竟是出于什么目的呢？细细分析，案犯跟"军招"202室住户可能有一段非常重要的瓜葛。他把一具无头碎尸运送到一家刚刚分得住所的住户家，应该不单单是恶作剧式的诅咒，还可能是一种严重警告以及给该住户制造麻烦。

专案组发现，如果循着这个情节追查下去，有可能会获得有价值的线索。于是，新的调查方向由此确定：着手调查"军招"202室住户！

202室住户之前已经接受过警方的调查，其主人是市财政局的一个留用会计，姓曹，他当时就觉得莫名其妙。现在，刑警再次找老曹，了解得更详细了：房管局给你分配这套房子时，其他人是否提出过异议？是否有人跟你争夺过这套房子？你平时在单位和社会上的人际关系怎样？是否跟人结过仇？厦门解放前是否参加过什么党派或者组织？厦门解放后是否检举过别人的政治历史或者现行违法问题？等等。

老曹的回答中没有任何可以引起"一个激灵"的内容。刑警便去老曹供职的市财政局，调阅了他的档案。老曹的经历比较简单，1931年高中毕业后考入国民党政府的财政局，到抗战时厦门沦陷离开财政局去漳州一个亲戚开的石灰行当账房先生，直至抗战胜利重新回到被国民党政府接收的厦门财政局；然后干到厦门解放后被新政权留用。他确实没有参加过任何党派或组织，一直老老实实地过着一个旧职员的本分日子。

老曹没有问题，凶手为何要往"军招"202室送碎尸呢？专案组诸刑警交换了意见，又是一番讨论后，有人提出了一个设想：案犯会不会针对的是202室的前任房客？

于是，刑警又去区房管所调查202室的前任房客是何人。房管所的租赁档案显示，这套住房分配给老曹之前的住户是一个名叫马昕的人，他是1950年2月搬入"军招"202室的，住了半年，于9月底搬走了。刑警问这个房客为什么只住了半年就搬走了？房管所的人说这个他们就不清楚了，你们得去向他的单位打听。

马昕在哪个单位工作呢？这个在房管所的档案里是有记载的——市商业局。

刑警便去商业局了解，得知以下情况："军招"202室确是商业局分配给马昕的住房。当时，市房管局分配给商业局七套公有住房，其中一套就是"军招"202室。马昕是从军队后勤部门转业到地方上的干部，按政策规定有资格分配住房，于是就把"军招"那套房子分给他一家四口居住。马昕入住后感到比较满意，可是他只住了半年就离开厦门了，因为福建省商业厅把他调到省城福州去工作了，家眷同往，他就把房子退掉了。

专案组认为马昕这样一个北方籍军人，在部队干的是后勤工作，厦门解放后才转业来厦门，他应该跟厦门这边的人不会产生什么瓜葛，凶手把碎尸转移到"军招"202室应该不是针对他的。但出于慎重起见，专案组还是向福建省商业厅发了一份电报，通过组织对马昕做了调查。

福建省商业厅隔了一天就发来了电报，称经向马昕同志了解，他在厦门工作期间从未跟当地人有过任何瓜葛，由于工作性质的关系，他也不可能得罪什么人与别人结下仇怨。

11月17日，专案组对马昕的前一位房客韩子灵进行了调查。韩子灵是厦门解放前就已住在"军招"202室的老房客了，这人是旧警察，厦门解放前在旧政权的厦门警察局当便衣，专事收集刑事情报。韩子灵早在1930年就干这一行了，这方面的资格比较老，厦门乃至闽南地区的黑道人士大多都知道他，中共地下党也知道他。抗战胜利后，中共地下党为收集情报派人跟韩子灵建立了来往，得到了韩不定期提供的一些情报，除了刑事方面的外，也有政治、军事方面的。因此，厦门解放后韩子灵的那段为旧政权效力二十年的历史没有受到人民政府的追究。军管会原本是让韩子灵作为留用人员继续从事收集刑事情报的工作，可是，他还没开始工作，一场突如其来的车祸就使其身受重伤。住院治疗两月痊愈后，由于留下比较严重的后遗症，他不能上班，于是长期病休，无须上班，薪水照发。韩子灵和其家眷原是住在"军招"202室的，出院后由于行走不便，上下楼困难，市公安局就安排他搬出"军招"，去鼓浪屿居住。

组长王升有和刑警曹滨、储德福前往鼓浪屿拜访韩子灵。作为同事，王升有经领导批准，还用公款买了奶粉、水果等作为礼品带去。在轮渡上，王升有心里忽然产生了一种预感：此去必有收获！

果然，韩子灵听刑警说明来意后，便说那碎尸是想拿给他老韩的。为什么这样说呢？原来，厦门解放后韩子灵虽然没有上班就车祸致伤了，可是他不管在医院里，还是后来回家休养，一直都在为市公安局的刑事侦查和清理旧案出力。多年从事刑事情报工作的经历，使他积累了丰富的材料，他就像一个活资料库，随时可以为前去了解情况的侦查员提供有效的情况，使他们及时侦破案件。据老韩估计，厦门解放一年来，由于他提供的情报而被抓获的以刑事案犯为主、反革命案犯为次的人犯至少有四十余名，其中约一半案犯已被判处死刑。因此，黑道上不少人对他恨之入骨，还放出风声说要干掉他。这次有人将碎尸送往"军招"202室，应该是一种报复手段。黑道分子恨归恨，但如若他们真的派人来干掉他的话，只怕他这身老骨头也没有那么好啃，因为老韩的枪法像他收集情报的本领一样有名。因此，黑道分子如果真的要找老韩出出气的话，那弄两件内装碎尸的行李请人送到府上乃是最佳方式了。

刑警对老韩的这个说法既认同又有异议，异议在于难道就为出出气而特地去杀一个人砍碎后运送上门，那这种出气方式的风险未免太高了，大家对此想不通。但老韩的说法又很合理，所以专案组还是决定进行调查。

接下来几天，众刑警把全部精力扑在查阅刑事档案上。把凡是因韩子灵提供的线索而破获的案件档案全部记录下来，然后从中找出这些案件中有案犯被判死刑立即执行的，作为重点目标进行调查。一共有十八起案件中的二十六名案犯被判处死刑，刑警分别对这些案犯的综合情况进行分析，一个名字进入了他们的视线：甄志龙！

甄志龙何许人？厦门市一个三十三岁的居民，是设摊儿修理自行车的修理工。此人是在名叫甄大舟的死刑犯被捕后的讯问笔录里提及过的一个家庭成员，甄志龙是甄大舟的儿子。刑警为什么会对他引起注意呢？其实，刑警注意的是他的住址——苏厝街77号。这是刑警调阅的二十六名死刑犯的材料中，唯一一个在之前反复排查过的地址。

11月20日，专案组传唤了甄志龙。之前，已经对其进行过外围调查，发现这个自行车修理工的年龄、体态符合案犯特征。但派出所、居委会曾两次对其排查，均因"无作案条件"将其从名单中删除了。他的"无作案条件"的理由是：其一，其住所房屋狭小，居住着其母、弟、妹共六人，户籍警和居委会干部曾登门实地查看过，发现根本没有杀人分尸的地方；其二，包括其家人、邻居在内的多名证人都说他10月30日晚上是在家过的夜，晚饭时喝了些酒，微醉后早早上床歇息了。现在，专案组仅凭其住所在排查区域范围内就疑上他，是否有道理呢？

最初讯问，甄志龙一脸无辜，根本不承认自己涉案，还嚷嚷着让刑警到他家里去实地查看，看是否有杀过人分过尸的痕迹，还建议向四邻调查，问问他们晚上是否听见过什么动静。别说杀人分尸了，就是逢年过节杀鸡鸭、斩鱼肉的声响都要传遍半条巷子呢！

其实，专案组这时已经另派三名刑警去甄志龙那个离家半里余地，距菜场很近的自行车修理摊儿勘查了。那个摊儿，是设在马路边的一个大约八九平方米的简陋小屋，门口搭着雨篷。一应工具和旧轮胎什么的都在雨篷下放着，夜间用一根长长的铁链——穿连后上一把大锁防盗。屋里只放了些零部件，都挂在墙壁上，所以有足够的空间可供杀人分尸。诚如甄志龙所说，杀人分尸肯定会留下痕迹的，刑警在那间简陋棚屋里发现了血迹和女性的头发！

铁证如山，甄志龙只好招供——

甄志龙的父亲甄大舟是海盗出身，他在厦门市定居娶妻生下子女后，每年还会出去"旅行"两三次，其实是与他那些同伙会合后杀人越货。平时，他则以修理自行车和贩卖自行车、人力车零部件为生。在甄师傅的主顾中，不乏旧警察局的警察，他跟他们处得还很好，称兄道弟，谁也没有怀疑过他竟会是海盗。厦门解放后，留用刑警韩子灵在车祸后养伤期间整理以前收集到的情报时，发现有一条信息跟甄大舟有关。市公安局根据这条信息破获了甄大舟海盗系列案，一共抓获了三名海盗。其中一名姓丁的被捕后越狱逃脱了，曾去甄志龙的修车摊儿坐过一会儿，向甄志龙要了一些钱，还告诉甄志龙说他们是被旧警察局的韩子灵揭露出来的。后来，甄大舟等三人均被判处死刑。

父亲被处决后，甄志龙认定韩子灵为仇人，极想手刃老韩为父报仇。他向黑道朋友打听过老韩的住址，听说老韩住在"军招"202室。可是，朋友们都劝他别动老韩的脑筋，说这个人很了得，像他这样的主儿别说单枪匹马前往了，就是去三五个只怕也得全部躺地下！甄志龙只好死了心。然后，他就恨上了人民政府，乃至拥护新社会的人民群众，用现在的话说，就是"对社会不满"。这种不满情绪隐藏在内心，因得不到发泄，渐渐发酵。甄志龙感到无比苦闷，决定偷渡海外，另过一种新的生活。

10月30日晚，甄志龙跟邻居喝酒后，确实早早就睡了。但只睡了一会儿就醒了，想到杀父之仇和偷渡计划，他再也睡不着，于是起来后出门去溜达。他住的那间小屋外面有一个五六平方米的小天井，天井尽头有扇后门，他是从后门出去的，所以家人没有察觉。他在外面溜达到五福巷时，看见李真君从三轮车上下来，手里提着一个沉甸甸的小皮箱。用甄志龙的说法，从来没有前科的他当时也不知是怎么想的，当即判断这个姑娘的箱子里肯定有"货"，而他正准备偷渡海外，缺钱财，便决定抢劫。当下，甄志龙就掏出随身带着的大号水果刀，看看四下无人，就上前用刀逼住李真君，将其劫持到离巷口数十米的修理摊儿。他把李真君推入简陋棚屋后，还没下手就如梦初醒地一惊："我把她弄这里来，回头她肯定会向警察提供这条线索，我就不能马上偷渡，那岂不是要蹲大牢啦！"这么一想，寻思就只好杀人灭口了。

杀人后，甄志龙打开了那个小皮箱，里面果然有二十来件黄金首饰，还有人民币、美元、港币各一沓。甄志龙窃喜，接着考虑如何处理尸体。因为不可能把整具尸体搬运出去抛弃，就只好分尸了。好在修车摊儿上不缺工具，他把水果刀在油石上磨快后，借助钢锯把尸体分割成六个部分。棚屋里有以前有人修车后付不出钱而用来折抵的木箱、旅行袋各一个，正好用来装尸；为防止血水渗漏，他还扯下了雨篷上的油布用以包裹碎尸。还有一个头颅装不下，他便用钢锯锯作两半后放在死者的那个小皮箱里，又随手放了些废铁废零件在里面，以便抛于附近的那条小河后确保沉到河底。可是，在盘算怎样处理四肢、躯干时却碰到了麻烦：他曾听父亲说过尸体在水里腐烂后会产生很大的浮力，要确保木箱、旅行袋不浮起来，那得用多重的捆绑物啊？这些捆绑物又怎么拿到河边去呢？反复考虑时，甄志龙忽然想到了杀父仇人老韩，寻思干脆运到他家里去，倒也不失为一种报复、出气的方式。

甄志龙的体内可能遗传着其海盗父亲胆大妄为的基因，他又并无反侦查意识，根本不知道警方的侦查路数和手段，当下想想这样做似乎不错，便决定实施。为运尸方便，他去菜场盗窃了一副箩筐和扁担，又回家取了以前父亲穿戴过的衣服、鸭舌帽和蓝面白底球鞋，先把那个装着头颅的小皮箱扔到小河里。他重新回到修理摊儿后等到拂晓，便把木箱和旅行袋放在箩筐里,低低地戴上鸭舌帽,把两件"货"运到银鹭戏院对面的渔具行门前,暂藏于旧渔网下,丢掉箩筐和扁担。惶惶不安中等待了十来分钟,候得有辆空的三轮车经过,便花钱让对方把"货"送往"军招"202室。

刑警根据甄志龙的口供,从小河里打捞到了那个装着李真君头颅的小皮箱;又从甄志龙的棚屋角落里挖出了埋于地下的赃物赃款。

1951年3月9日,甄志龙被判处死刑,立即执行。

津门连环命案

一、少女身亡

1958年元月下旬。天津市，别称津门。

市内有一座由清代私家花园"李家花园"改建成的公园，那就是津门名园——人民公园。本案的首位被害人就是位于这座公园南侧琼州道上陶姓居民家的女儿陶祖娟。

陶家的主人名叫陶裕民，祖籍湖北汉口，这年四十挂零，系天津市疏浚公司的一名技术人员；其妻储占美原是家庭妇女，两年前天津增办初中，经区教育局动员，走出家门做了一名中学教师。陶裕民夫妇婚后生了三个子女，头胎是双胞胎女儿，取名陶祖娟、陶祖秀，当年十四岁，初一在读学生；二胎是个儿子，名叫陶祖远，八岁，是一年级小学生。以当时的收入与生活开支标准，陶裕民夫妇双职工养全家五口，属于中等水平。

陶家的生活一向平静如水，直到两个月前接待了一位亲戚之后，出现波澜。那位亲戚名叫陶裕国，是陶裕民的堂兄。陶氏兄弟的父辈都是在汉口做洋行买办的，后来老二即陶裕民的老爸陶丰润所依倚的英国老板把生意转向中国北方，到天津经营了。当时陶丰润尚未成家，应洋老板之邀来天津发展，自此就在天津安了家，娶妻生子。老大陶丰俭供职的洋行仍在汉口，因此他继续留在汉口，十年后他自己开了一家洋货批发行。后来陶老大撒手西归，资产传到儿子陶裕国手里。陶裕国是个经商天才，父亲遗留下来的产业到他手里得以发展壮大，成为武汉有名的兼营百货、五金业的资本家，业界人称"陶大先生"。

让人不可思议的是，这位陶大先生不但商业细胞了得，政治敏锐性也超强。早在中共武装力量进行"千里挺进大别山"的时候，他不知凭什么，竟然预见到当时还貌似强大的国民党政权会倒台，而且还预感到共产党掌握政权后，像他这样的有产阶级，日子将不复从前。所以，当别的商人因内战而趁机大做紧俏物资生意的时候，他则盘算着把自己的企业迁往海外。待到1949年初"徐蚌会战"（国民党方面对淮海战役的称谓）以国民党军队惨败而结束的时候，陶大先生举家去了香港定居。

陶裕国生有两子，长子天生是一块经商的料，1955年二十二岁时就已接管了老爸的产业，陶大先生退居二线当了顾问；小儿子一听"生意"两字头就疼，早早去了美国留学。六十岁的陶裕国与老妻双双居住在香港荃湾的别墅内,虽有司机、佣人侍候,但年纪大了,总不时有落寞之感袭来。于是,老两口就想物色一个合适对象长期生活在他们身边。这个合适对象,就是陶裕民的女儿。

1957年11月初,陶裕国夫妇在阔别内地八年多后,首次回来探亲,名谓"祭扫祖坟,探访亲友",其实真正的目的是来跟陶裕民夫妇商量从双胞胎女儿中"割让"一个给他们当女儿之事。

对于此事,陶裕民表示自己没有意见,女儿呢,估计也会愿意跟伯父伯母去香港的,问题是妻子储占美可能不愿意。于是,陶裕国夫妇在饭店设宴款待陶裕民夫妇,特地跟弟媳妇谈这事。出乎意料的是,储占美一说就通,爽快地答应了。往下,就是陶祖娟、陶祖秀姐妹俩谁去谁留了,陶裕民夫妇把决定权交给了堂兄夫妇。事后想来,其实陶裕民夫妇都是希望有一个女儿移民香港的,毕竟他们也知道,去香港生活肯定会比留在内地滋润些。

陶裕国夫妇那几天一直留意两个侄女的表现,最后一致看中了双胞胎中的姐姐陶祖娟。

至此,算是"万事俱备"了,所欠的"东风"就是办理领养、移民手续。从新中国成立到"文革"前的那段时间里,国家对这种情况是开绿灯的,只要确认是亲戚关系,双方情愿,符合领养条件,移民海外也可以接受,通常都是允许的。于是,陶裕国夫妇就开始办理手续。那时办手续的环节比较简单,只要家庭、街道、区市两级民政局四方许可就行了。陶裕国夫妇办妥领养手续后,于1958年元月16日带着内地的证明返回香港给陶祖娟办理移民手续,预计到春暖花开的时候就可以来天津把侄女带往香港了。

这时,中小学都已进入了期末复习迎考阶段,陶祖娟比较有上进心,她努力复习,想考个年级第一。她还有一个念头,要求其妹其弟都能考出好成绩,在她去香港前,希望三人拿着学校发的奖状一起去照相馆拍一张合影。所以,她对妹妹、弟弟的功课复习也盯得很紧。

1958年元月29日的清晨,陶祖娟在考完语文、数学两科后正加紧复习外语时,突然腹痛难熬,捂肚打滚儿,惨叫不已,然后昏迷,随即被送往医院。

入院后,医生针对陶祖娟的病情,先是化验大小便和血液——那时候化验技术落后,有些重要项目的化验结果并不是立马就可以得到的,而从先得到的结果来看,一般难以断定究竟是什么原因导致的病症。因一时无法断定患者生了什么病,所以不可能对症下药,只能暂时先采取"头痛医头,脚痛医脚"的措施,针对其腹痛头痛恶心呕吐等症状开药和输液。哪知,病情发展得非常迅速,也就四五个小时,化验结果还没全部出来,陶祖娟突然再次昏迷。医院随即进行抢救,原以为会像入院时那样很快就会苏醒,哪知全院医生会诊救治也回天乏力,到中午时分,这个年方十四的小姑娘竟然就这么撒手西行了!

陶祖娟患的是什么病?医生无法确定。在医院出具的死亡证明书上,死因是肾衰竭引起的电解质紊乱。陶裕民夫妇悲痛欲绝,难以自已。陶祖秀、陶祖远姐弟毕竟尚未成年,哭过一阵后守着灵堂只是发呆,茶饭不思,夜不成寐,不知该说什么,该做什么。

陶祖娟的遗体放在医院的太平间里,暂不处理的原因是要等香港的陶裕国夫妇过来奔丧。陶裕国夫妇虽然没有举行过正式认女仪式,但是,从法律上来说,内地这边的领养手续已办完,所以,陶祖娟就是他们的女儿。陶裕国夫妇接到天津这边发过去的电报后,立刻办理赴内地奔丧的手续。那时香港没有直飞天津的民航航班,只能从香港飞北京后再转乘火车赴津门。陶裕国夫妇赶到天津时已是陶祖娟死亡后的第三天——2月1日。事后想来,也幸亏这么拖了一拖,才没有使陶祖娟成为默默无闻消失在人间的一个冤魂。

对陶祖娟的死因产生疑问的，并不是陶裕国夫妇，而是另一个跟这对夫妇差不多同一时刻赶到天津来的亲戚。这人名叫储占忠，是储占美的胞弟，陶氏姐弟的嫡亲舅舅。

储占忠到达陶家后，按照风俗先去外甥女灵前上香致哀，丧家照例要向吊唁人致谢并简单介绍死者去世时的情况。储占美的情绪已经基本恢复，更因是娘家人来吊唁，所以由她出面致谢。储占忠参加工作伊始，曾被派往公安局帮忙，跟着刑警转悠过两个多月，破案本领当然来不及学，但知晓若干侦查路数，听姐姐把一应情况介绍完，点了支香烟抽着，边抽边沉思，临末提出了一个问题："这肾衰竭是由什么引起的？"

这个问题，储占美回答不上来，因为医生并没有跟死者家属说起过。正好她执教的学校有一个跟她关系很好的翁姓老师和其丈夫也来吊唁，其夫姓钱，在卫生局工作，由于是医生出身，比较熟悉这种情况，就把引起肾衰竭的种种原因简述了一遍。

储占忠听后，提出了第二个问题："既然中毒也会引起肾衰竭，那么就不能排除陶祖娟中毒身亡的可能性，是不是？"

这时陶裕民和陶裕国也过来了，听见储占忠提出的这个问题，兄弟俩对视了一眼，认为储占忠说的似有几分道理。陶裕国当下便问老弟："祖娟死亡之事，警察署（香港把派出所称为警察署）是否知道？"

陶裕民说："我们去过派出所，派出所的同志看了医院出具的死亡证明，没说什么就把户口注销了。"

"这是不对的，你们应该把刚才孩子她舅说的话跟警察说一说。不过现在去说也来得及，我去警察署走一趟。"

储占忠说："我陪大哥一起去，代表家属把情况说一下，要求派出所的同志对此进行调查。"

陶裕国、储占忠到了派出所，因其中一位是香港人，值班民警便把马姓所长请了出来。储占忠一看，这马所长就是他参加工作伊始去公安局给刑警打杂时跟过的一位从部队转业下来的干部，便点头招呼。马所长也认出小储，于是双方说话缩短了距离感。他听陶裕国把情况一说，便皱起了眉头："你们二位的意思我明白了，是说死者家属对女孩儿的死亡存疑，怀疑她可能死于食物中毒或者其他方式的中毒，是不是？有怀疑是可以理解的，我们公安机关也有义务对此进行调查。不过，怀疑也得有个起码的依据吧？目前有没有呢？我看只怕没有——既没有人检举她被人下了毒，也没有人看见她自己服过毒，更没有人发现她生前有厌世轻生的倾向。那么怎么办呢？公安机关遇到这种情况，通常采取的措施就是解剖遗体进行检验，这种情形按规定需要家属签字。"

储占忠闻言一愣。那时候还是五十年代，民间认为尸体解剖就是"千刀万剐"，一般情况下家属肯定是不会签字的。他虽然是孩子的嫡亲舅舅，但这种事他是做不了主的。储占忠做不了主，陶裕国却是做得了主而且敢做主的，因为他在香港生活多年，能够接受对亲人的遗体进行解剖的行为，而且从法律意义上来说，他已经是死者的父亲了，于是立刻拍板："行！我签字！"

这一签，马所长就只好走程序了，当下就联系上级单位进行尸检。法医解剖的结果，还真的认定陶祖娟死于食物中毒。进一步的病理检验结论认为：毒药的化学成分比较复杂，难以断定究竟是哪种毒药。

这下，所有闻知这一消息的人无不大惊：谁跟一个十四岁的小姑娘过不去，而且竟然对其下毒，一下子就要了她的性命？

可是，对于公安方面来说，其审视角度就不同了——中毒是已被认定了的事实，但是，是属于何种性质的中毒，即究竟是自杀还是他杀，抑或误食毒药，尚且不能确定。因此，目前还不能刑事立案，只能先进行调查，待查明中毒原因再说。

二、食物中毒

天津市公安局河西分局刑警钟跃渊、呼知义受命调查陶祖娟中毒的原因。当时已经是2月1日晚七点，两人赶到陶家，进入已被派出所马所长下令封闭了的陶氏姐妹的卧室兼书房，对一应物品逐件进行查看。陶祖秀被刑警唤入室内，分辨每件物品的归属。钟、呼二人办事极为认真，陶祖秀辨认后，又分别把陶裕民夫妇以及陶祖远唤入，请三人复看陶祖秀辨认得是否准确。

然后，他们先检查了陶祖秀的那些物品，没有发现藏有食品或者药品，再检查陶祖娟的物品，也没有发现什么。接着，就跟陶祖娟的家庭成员分别谈话，了解她生前的饮食习惯、喜欢吃些什么等。汇总下来，获得的信息是，陶氏姐妹虽然是双胞胎，但对食品的喜好却大不相同。就主食而言，姐姐喜欢吃面食，妹妹却爱吃米饭和粥；荤菜方面，姐姐爱吃牛肉、羊肉、蛋类，妹妹却偏嗜猪肉、海鲜、水产；零食方面，姐姐嗜好甜食，尤其是各类糕点蜜饯，妹妹爱的却是瓜子花生，等等。陶家的经济状况在当时的天津市属于中等，三个孩子不大可能获得很多的零用钱，因为陶裕民每个月只给两个女儿每人一元、儿子六角作为零用钱，让他们购买自己喜欢的东西，文具用品是父母出钱另买的。姐妹俩的性格有异，零用钱的用处也不同——妹妹喜欢有钱就用，而姐姐则比较节俭，每月一元最多只花掉一半，基本用于购买蜜饯、糖果。她生前的最后一个星期日，就买了一包五分钱的话梅，可是只吃了一颗。据妹妹说，那一颗也只咂了片刻就吐出来了，然后就干呕，那包话梅就放在她的抽斗里再也没有被动过。至于陶祖娟吃的其他东西，无非是主食、菜肴，这是全家人都在吃的，其他人吃了没有任何不良反应。

那包话梅自是立刻被封存，次日送往市局进行检验。

随后，刑警决定调查陶祖娟的同学以及其他社会关系。这时全市中小学都已经考完试，即将放寒假了，不过老师还是每天要去学校阅卷和参加政治学习的，这为刑警提供了方便。次日，他们去学校跟陶祖娟生前就读的初一（3）班的各科任教老师逐个见面，了解到这女孩儿在校学习成绩名列前茅，跟同学的关系也处得不错。当时的校园风气，男女生之间基本是没有交往的，跟她处得特别好的那六七个同学全是女生。钟跃渊、呼知义根据学校提供的那些女生的地址，一一登门访查，却没有获得任何与陶祖娟中毒身亡有关的信息。

市局对送检的那包话梅的鉴定结果也出来了，没有发现有毒成分。

这时已是下午三点，二位刑警正挠头的时候，忽然接到派出所的电话，说陶家报告，陶氏姐妹的卧室中发现一只死老鼠，不知跟陶祖娟之死是否有关系，问刑警是否需要去现场勘查一下。发现这个情况，二位刑警自然是要去一趟的，但他们并没有抱多大希望。

这天上午，陶祖娟的遗体已被火化。陶家的亲朋好友商量说趁大伙儿都在的当口儿，帮主人把家给打扫一下，陶祖娟留下的东西该扔的扔掉，免得生者见之总是难抛思念之情。正好次日要返港的陶裕国夫妇要去买些东西带给香港亲友，便由陶裕民夫妇和祖秀、祖远陪同着上街去了，也免得主人在家看到清理亡女物品时睹物思人。那只死老鼠，就是清理陶氏姐妹的房间时在床底下发现的。几个亲友商量下来，说还是什么都别动，先报告派出所吧，不知这跟祖娟中毒是否有关系。

钟、呼二人过去后，先看了那只死老鼠，个头儿不大，是小老鼠，死亡时间应该就在这两三天内，因为还没产生异味。这只老鼠是怎么死的？必须送检才能知道。不过，二位刑警对此有一个假设：那只老鼠会不会是吃了什么有毒食品被毒死的呢？这屋里的东西尽管昨天已经检查过了，也有可能遗漏了什么，被老鼠吃下去了，于是毒性发作，一命呜呼。两人交换了意见，认为不能排除这种可能，就动手检查室内尚未来得及清理的物品。

这一查，有了发现：陶祖娟书包的底部被老鼠咬了一个不规则形状的小洞。这个书包刑警昨天检查过，没有发现藏有食物。刑警记得很清楚，当时书包是完整的，底部并无这个小洞。这样看来，那只死亡的老鼠在书包底部咬出这个小洞是在昨天检查后，多半是夜间，那是老鼠出来觅食的好机会。那么，小老鼠在书包里觅到了什么食物呢？经检查，发现与被咬破的小洞相连的乃是一个内袋，在内袋里发现些许食物残渣，黑色的，闻上去似有一种淡淡的类似芝麻的香味。

死老鼠、书包以及发现的食物残渣立刻被送往市局进行化验鉴定，结果证实食物残渣中含有剧毒化学物质，与陶祖娟体内查得的毒性物质的化学成分相同。而那只老鼠，则是吃了这种食物的残渣才死亡的。

二位刑警接下来的任务，是调查书包里的食物残渣是从哪种食物上掉落下来的，以及陶祖娟是通过什么途径获取这种食品、又是在何种情况下进食的。

根据陶祖娟生前喜吃甜食以及书包里的食物残渣的特征，刑警认为这种食品很有可能是街头或者商店销售的某种糕点类的零食。他们决定循着这个思路进行查摸，先是去了专门生产糕点的一家作坊式的食品厂，跟师傅聊下来，并无收获。据对方说，差不多所有糕点类的食品都会掉渣，可是掉落下的渣渣是黑色的，还似有淡淡的芝麻香味儿的食品，那就难说了。糕点类食品掺入芝麻的倒是有几种，比如麻饼、麻片，可是按行业规定都是使用白芝麻，而且只撒在糕点的表面，不可能掉落黑色残渣。

食品厂师傅建议刑警去糖果店打听，会不会是某种糖果。二位刑警便去糖果店碰运气，店员听他们说明来意后，拿出芝麻糖说："咱们店黑色的就是这种自制的芝麻糖了，是用花生米和黑芝麻加上麦芽糖熬制的，您二位看看会不会是这种？"

刑警一看，这糖是长条状的，长有一尺，宽、厚各寸许，是论重量出售的，顾客可以整条买，也可以切开零碎买，不管整条还是零碎，都是按每斤七角八分计价的。他们掏钱买了小半条，让店员切开，用纸衬着拿到手里，一股香味扑鼻而来，尝了尝，香甜可口，味道不错。但是，其颜色并不是纯黑的，而是黑中有白，因为其中的花生米是黄白色的，黑芝麻的内芯也并非纯黑色的。

这时，一个年约五十的店员捧着一盘松子糖从内堂出来，听说刑警要打听的情况后，给出了一个建议："你们可以去向那些街头小贩打听，我记得有一种小贩自制的芝麻糕，用的是黑芝麻白芝麻不清楚，反正是用芝麻掺上蒸熟的糯米粉、面粉加上糖和糖精做的，由于其中放了一种据说是专门用于食品的黑色颜料，所以里外全是黑的。这种芝麻糕现在应该还有卖的，我不久前还在街头小摊上看到过。"

二位刑警便骑了自行车在河西区的大街小巷转悠，专门寻找那些流动或者固定的出售糕点、糖果、蜜饯的小贩。半个小时后，终于在西横街遇到了一个推着车卖货品的小老头儿，一边行进一边用沙哑的嗓子叫出一串悠长的似曲非曲的声音，留意一听，所叫卖的商品中有"芝麻糕"。于是他们就唤住小老头儿，先没表明身份，而是佯装顾客让其把芝麻糕拿出来看看，边看边询问来路。小老头儿脸上露出一种自豪的神情，说那是他自己制作的，全天津如今只有他还在自制自卖这种芝麻糕。钟跃渊掏钱让称半斤，小老头儿手脚麻利地称好，用纸包上，说两毛二、三两粮票。呼知义说，你一个流动小贩还做收粮票的买卖，政府允许吗？小老头儿说，他这糕点是用粮食制的，现在国家搞统购统销，买粮食得付钱付粮票，他不收粮票，这生意怎么做得下去呢？

刑警亮出证件，说："推上车子跟我们走一趟！"

小老头儿名叫胡清中，原是在河东区开糕饼店的，还练形意拳，据说技艺还可以。天津解放前三年，他不知中了什么邪，加入"一贯道"并成了一名狂热分子。天津解放后被公安局逮了进去，原是要重判的，但他说曾营救过中共地下党，而且还不止一个，当下报出了一串名字。原以为这家伙是随口胡扯，哪知一查还真有其事，而且其中有两位已经当了相当级别的干部，于是根据政策从轻处置，判了他四年有期徒刑。这一蹲监狱，糕饼店没人经营，自然倒闭了。待他刑满出狱，想再开也开不了了——此时已经公私合营，私人不能办厂开店了。好在祖传的制作糕饼的手艺还在，他就干起了个体户。刑警自然要查其出售的产品是否有毒，便问小老头儿这些糕点里都搁了些啥东西，让他把配方一一说清楚。胡清中说，这个他可就不敢从命了，这是祖上传下来的秘方，是靠着它吃饭的，他可不敢违背祖上规矩向外人泄露。如果怀疑其中有啥问题，可以逐样拿去化验，但话说在前头，化验出来没有问题，可得把毁了的样品折钱折粮票算给他，他是小本儿经营，一丁点儿都是赔不起的。

刑警对这个老油子还真没辙，寻思涉案的是芝麻糕，那就买一块芝麻糕去鉴定吧。鉴定结果是，配方弄不清楚，但并无有毒成分，这样一来，小老头儿就算是解脱了。当然，刑警得向他了解陶祖娟是否向他买过芝麻糕，他说这个他就记不得了，每天向他买糕点的人太多了，他是只认钱和粮票不认人的。

钟、呼二人商量下来，认为，从理论上来说，胡清中的芝麻糕化验下来没毒，但并不等于他卖给陶祖娟时没毒（如果是陶祖娟本人向他买的），凭这小老头儿的武术根底，手脚肯定麻利，当面要点儿手段下个毒什么的，料想不成问题。但是，这种可能性基本为零——他并不认识陶家人，他与陶裕民从事的行业并不交叉，所以永远也没有发生矛盾的概率，不可能结下什么冤仇而导致其对陶祖娟下黑手。

于是刑警想到了另一种可能：芝麻糕是置陶祖娟于死地的毒药的载体，陶祖娟本人不可能自己下毒，那么只能是别人了，所以这是一起他杀案件。至于下毒的人，应该是具有接近陶祖娟之便利条件的那部分人，只要把那部分人列一份名单，逐个进行调查，应该是可以查明凶手的。

当然，这是一起命案，所以应该先立案，然后由分局组建专案组，着手开展侦查工作。所以，钟、呼二人就得写一份报告，把调查情况一一写清楚，呈报领导研究批示，组建的专案组成员中如果有他俩的名字，才可根据专案组领导的指令开展工作。

两人便决定开夜车把报告写出来。当晚，他们折腾到午夜时分，总算完成了初稿。次日午后，忽然传来消息——陶家的八岁幼儿出事了！

三、八龄童遇害

这天是 1958 年 2 月 4 日，立春日，农历腊月十六，是天津市中小学寒假的第一天，学生须去学校领取本学期成绩报告单和寒假作业。因为不是正式上学，学生在九点半到校即可。陶祖远去得比较早，九点就已经到校了，跟那些也提早到校的小伙伴玩耍。九点半，上课铃响，学生进教室，先拿出事先关照好让带来的抹布、报纸揩桌凳擦玻璃，打扫好卫生方才回到各自的座位上安顿下来。然后，由老师像平时上晨会课那样，说了一通时事新闻，待这班七八岁的小朋友听得稀里糊涂一头雾水后，方才发放成绩报告单和寒假作业。到十点半，校工摇响了下课铃，便放学回家。

陶祖远在班级里有几个小哥们儿，放学后经常一起走出校门，一路上打打闹闹，总需花费比别的同学长一倍的时间才能到家。他们各自的家长对此也已经习以为常，再说当时的社会治安状况非常安稳，所以家长从来不着急。不过，事后才知道，那天中午陶祖远回家的时间确实要比他那几个小哥们儿晚些，他走进家门时都快十一点半了，储占美已经准备好了午饭，等得有点儿不耐烦了，正准备叫陶祖秀去那些小伙伴家把他叫回来呢。但当时储占美并不知道儿子比同学回来得晚，所以没有询问缘由。

事后回忆，陶祖远这天回家后的情况跟以往中午放学回家的情形也有所不同，往日孩子总是旋风降临般地风风火火奔进家，进门就大叫"肚子饿"，这天他竟然没说肚子饿，而是捂住了腹部。母亲问他怎么啦，他说肚子痛。储占美判断他是在外面疯玩时着了凉，因为大女儿之死造成的恶劣情绪尚未消除，当下就说了儿子两句。当然，说归说，关心还是要关心的，便命陶祖秀盛了一碗热汤，叫儿子趁热快喝，喝了肚子就不痛了。

可是，陶祖远只喝了两口，就再也喝不下去了，双手捂紧了肚子，说了声"妈妈……痛"就站不直了。母亲和姐姐还没做出反应，他已经倒地翻滚，惨叫不绝！

在邻居的帮助下，陶祖远很快被送往医院。因为有了陶祖娟的先例，医生一看便说，这是食物中毒，马上让灌肠。可是，已经迟了，也就十来分钟，这个聪明活泼的八龄童就断了气。

派出所接到居委会干部的急报，马所长立刻指派副所长老杜带人前往医院保护遗体，了解情况；自己则立刻给分局刑侦队打电话，直接找了钟跃渊和呼知义，说看来这肯定是他杀案件了，七天里一家就死了两个孩子，这还不是明显的他杀命案吗？

河西分局领导也是这样认为的，当下通知刑侦队出动。因为涉及两条人命，同时向天津市公安局急电报告。很快，就传来了市局局长万晓塘的指示：立刻组建市局、河西分局联合专案组，对该连环命案开展侦查，要求专案组赶在春节之前侦破该案，抓获案犯。

专案组由来自市局、分局的七名刑警组成，河西分局原受命调查陶祖娟死因的刑警钟、呼二人也在其中，另外五名刑警是应参道、吴玉鼎、张志达、姜开山、谢云，由应参道担任组长，钟跃渊任副组长。

下午三点，应参道从市局法医那里获取对陶祖远遗体解剖检验的结论后，赶到专案组驻地河西分局，主持召开了专案组首次案情分析会议。

法医认为，死者死于食物中毒，死前一小时内进食了黑芝麻馅儿的糯米团子，案犯在团子里（糯米或者芝麻馅儿，芝麻馅儿的可能性居多）下了毒药，毒药成分与毒死陶祖娟的毒药属于同一类型。但该毒药究竟是什么玩意儿，天津这边无法分辨，市局已决定把样本空运上海进行鉴定。法医特地指出，案犯用来作为毒药载体的糯米团子中的芝麻馅儿，研磨得不像市场上在售的芝麻馅儿那样细碎，应是自制的。

一干刑警听组长应参道介绍了上述情况后，纷纷对此发表意见，观点比较一致，都对姐弟俩死于同一种毒药的说法表示不解——陶祖娟自中毒到死亡中间，大约隔了十二个小时，陶祖远怎么才个把小时？这个药性发作时间怎么相差这么大呢？应参道说这个问题他向法医请教过，法医对此作了解释：案犯对陶祖娟所吃的芝麻糕下毒较轻，对陶祖远所吃的芝麻馅儿团子下毒很重；况且，姐弟俩相差六岁，体质悬殊，姐姐体质远比弟弟好，对毒药的耐受程度有比较明显的优势；还有一个原因是，姐弟俩吃带毒食物时的饥饱状态不同，陶祖娟是在非饥饿状态下吃芝麻糕的，而陶祖远则是在饥饿状态下吃糯米团子的，所以一个中毒后挣扎了十二个小时，另一个却在一个小时内就殒命了。

大伙儿弄明白这一原因后，对案情进行了讨论，综合起来，大致上形成以下观点：第一，从作案方式同是在食物中下同一种毒药这一点来看，案犯应是同一人或者同一伙人；案犯在短短七天内接连下手，连害两命，这种丧心病狂的作案方式简直闻所未闻，由此可见案犯对陶家怀有极大极深的仇恨，应当从冤家仇人方面来考虑凶手。第二，如果说陶祖远不过是一个八龄儿童，案犯能以食品作为诱饵轻而易举达到作案目的的话，那么另一受害人陶祖娟的情况就明显不同，她是一个十四岁的少女，从生理心理上来说，都是正在步入青春期门槛的当口儿，对外界接触非常敏感，且比较矜持，不会轻易吃别人递去的食物，因此，案犯应该是跟她比较熟悉的人。第三，从两被害人在中毒前并未离开其住宅区域（活动范围比较狭窄）这一点来看，案犯应该就在陶家或者两人就读的学校附近。

综合上述观点，专案组总结了案犯的基本特征：一是跟陶家人比较熟悉，可能是亲朋好友一类的角色；二是会制作糯米团子和芝麻馅儿。这在以北方人居多的天津市，应该是比较容易识别的，因为天津市民中，会做包子、馒头的分布于家家户户，而会制作糯米团子的，只怕千里挑一也难——和糯米粉跟和面粉的方法明显不同，北方人一般都不熟悉如何和糯米粉，所以案犯可能是南方人。

一干刑警又对如何开展侦查进行了研究，最后决定抓现成的热点——从调查陶祖远当天离开学校后的行踪着手。

下午四点半，专案组刑警全体出动，分头对陶祖远就读小学的老师、同学以及陶家的街坊邻居、从学校到陶家的沿途居民等进行缜密调查。

调查分三路进行，一直查到晚上九点多才告一段落，具体情况如下。

第一路对学校师生进行调查。这路调查由刑警谢云、姜开山两人负责，他们先去找了陶祖远的班主任杨老师。杨老师是一个三十多岁的中年妇女，个头儿高大，说话带着一股北方人的粗犷和热情。她告诉刑警，今天的寒假放假课于上午十点半结束，全校统一，下课铃一响，她说声"下课"，学生们便欢呼雀跃，转眼就一哄而散。老师们则留下，听校长说了会儿事情，大约半小时后才离校。等她走出校门时，学生们应该早就到家了。因此，杨老师对陶祖远离校后的情况一点儿都不知道。不过，杨老师说她知道和陶祖远关系很好的那五个小伙伴，他们每天放学都是一起回家的，可以去问问他们。

杨老师很热心，当下就撇下家务带刑警去了五个小朋友家。她的丈夫在区法院当法官，她知道"回避"之说，每到一家，都是连门都不进，不让学生知道是班主任带刑警来的，刑警入内访查，她则在附近等候刑警结束访查，再前往下一家。谢、姜二人跟五位小朋友逐个接触下来，了解到他们五人平时放学后确实总是和陶祖远一起回家，这天也是这样。但陶祖远没和他们一路走到底，因为前几天他家里来了许多客人（前来为陶祖娟之死奔丧的亲朋好友），其中有几位很喜欢他，给了他一些零用钱，总共加起来，据说有十多元，大部分都给母亲收去保管了，只给他留了几毛零钱。二十世纪五十年代的几毛钱对于一个一年级的小学生来说，已是一笔小小的财富，陶祖远不想一下子花光，还盘算着把这笔钱分成几次花，买连环画、印花纸（一种玩具粘贴纸）和几样零食。放学后他跟同学一起走了一程，在距陶家五六分钟路程的岔路口分了手，说是要去李家胡同口的小人书摊上买印花纸。

根据法医鉴定，致使陶祖远丧生的毒药是与胃里尚未来得及消化的糯米团子混杂在一起的，由此推断其中毒时间应该就在从放学到回家的这段时间里，这说明陶祖远和同学分手后曾进食过一个糯米团子。这种糯米团子市面上并无出售，即使有售他也没有粮票，光有钞票是无法购买的，所以可以肯定那个糯米团子是有人故意给他吃的。

谢、姜二人完成上述调查并得出初步结论时，另两路刑警尚未完成调查。谢、姜二人前往陶家，向正在单独跟陶氏夫妇谈话的组长应参道汇报了情况。应参道让他们另外开辟一个新的调查方向，即对陶祖远与五位小朋友分手后前往李家胡同口买印花纸的那段路上的居民进行调查。

晚上九点半左右，一干刑警会合后互通信息，都未能获得有价值的线索。应参道因而特地问了陶氏夫妇，得知孩子回家时手里确实拿着一张印花纸，这张印花纸还保存着。应参道征得家属同意，将该印花纸拿了回来。

次日，专案组刑警继续进行调查，重点是陶祖远跟小伙伴分手后单独活动那段时间的情况。应参道画了一张草图，按照参与调查的刑警人数划出了范围，每人一段进行分工。应参道工作认真，宣布分工后毫不客气地对下属说："必须认真细致地进行调查，如果以后发现有哪位同志漏查了应该查到的线索，必定报请领导对其进行处分！"

应参道本人则叫上谢云带着那张印花纸，去找那个在李家胡同口摆摊儿的摊主。可是，他们在李家胡同口等候了半个多小时，一直到上午九点都未见摊主前来出摊儿。两人向胡同口一家杂货小铺的店主夫妇打听，得知那个摊主是个五十多岁的小老头儿，姓高，人们称他"高老头儿"。平时，高老头儿每天总是早早就出摊儿了，因为他必须赶在学校上课铃响之前至少半个小时做早市生意，有学生前来还上一天租借的小人儿书或者租借新看中的小人儿书，还会购买玩具和文具等。寒假暑假期间，高老头儿会把营业时间稍作调整，出摊儿、收摊儿的时间都往后推半个多小时，但从来都是在八点半之前出摊儿的，今天绝对是个例外。

这个例外跟陶家命案是否有关系呢？此刻，应参道、谢云尚不清楚，但他们认为这似乎有些反常。于是，他们继续向杂货铺店主夫妇和胡同里的居民打听高老头儿的情况。这一打听，就更反常了——店主夫妇竟然说不出高老头儿家住何处，更别说其人的经历、家庭成员什么的了。这小老头儿在李家胡同口摆摊儿至少五个年头儿，跟店主夫妇以及胡同里的居民时有接触，可是他从未向人透露过自己是什么人、居住在哪里等个人情况。这种现象如果在今天还能说得过去，可是，在1958年，社会上根本没有"隐私权"之说，自己不说，别人也会打听；几次打听下来如果还是吞吞吐吐刻意隐瞒，那就容易引起人家的怀疑，甚至会有好事者悄悄向派出所民警反映，由此发现什么漏网潜逃的特务、匪霸、江洋大盗的情况也是有的。可是，这个高老头儿却似乎是个例外。他在李家胡同口摆摊儿这么久，胡同里外的那些居民人人都知道他，每天出出进进打招呼的不在少数，驻步租书、买玩具文具的也每天都有，互相之间总要闲聊几句，难免有人会问长问短。令人难以置信的是，高老头儿竟然从来没有透露过自己的信息，而且能做到在保护自己隐私的同时还不引起别人的注意——从来没有人向派出所民警反映过高老头儿这个人可疑。

从陶祖远带回家的印花纸可以断定高老头儿与其有过直接接触，于是刑警去了派出所，指望户籍警知晓此人的情况。可是问下来，派出所方面对此人也是一无所知。户籍警承认他去胡同时多次看到过那个老头儿，还不止一次向高老头儿买过文具用品，却从来没有问过人家的个人情况。因为户籍警管的是有户口的居民，高老头儿的户口肯定不在本派出所管段内，而且他又不是暂住在李家胡同，只不过是摆摊儿，户籍警也就不去打听人家什么了。

如此，专案组只好一边打听高老头儿的住址一边等候，指望他到下午或者明天就出摊儿了。

与此同时，另一刑警吴玉鼎继续对坊间居民进行调查。在访查时，一位居民说昨天中午看见过陶祖远，当时小家伙正从南边过来，走得不慌不忙，一手拿着一张印花纸，另一手拿着一个团子，已经吃了一半，露出黑乎乎的馅儿。这个居民目睹的一幕，证实了法医所说的"进食了黑芝麻馅儿糯米团子"的判断。

那么，这个糯米团子是不是高老头儿"赠予"的呢？

四、可疑的高老头儿

当天，高老头儿没有出摊儿，专案组也未能调查到他的信息。傍晚，专案组会合后，对此进行了讨论，综合意见集中于两点：一是高老头儿今天没有出摊儿，可能是因为作案后心虚，不敢露面；还有一种可能是正巧临时因事缠身而没法儿出摊儿。二是暂且把不出摊儿这事放在一旁，单从这小老头儿在李家胡同口摆摊儿五个年头儿，竟然不曾向人们泄露过自己哪怕一丁点儿的信息，这种做法就有违常情，说明此人即使跟本案无关，也可能有历史问题。

刑警决定，如若次日上午高老头儿仍不出摊儿，则启动对其住址、下落的全方位调查，并对调查方式作了安排。

2月6日，高老头儿仍未出摊儿，专案组开始正式着手调查。方案昨晚已经形成，对于这些经验丰富的刑警来说，要查找这样一个目标的下落还算不上是一个难题。刑警的调查思路是：之前访查李家胡同居民时获得的信息表明，高老头儿所设的小人儿书摊上的连环画品种较多，新书一到新华书店，最多隔一两天他的摊头上就已经有了；另外，市面上每隔一段时间推出来的各种新玩具、文具，他也能及时摆出来，这里面涉及一个进货渠道问题。当时所有商品都是由政府掌握的统一渠道供货，高老头儿再狡猾，也无法从其他渠道去进连环画、玩具和文具，只要循着这条线索进行调查，应该可以查到。专案组七名刑警据此分三路进行查摸。

查摸工作当天就有了收获。高老头儿的连环画是从新华书店直接以市场销售价购买的，河西区新华书店营业部的工作人员说，有这么一个小老头儿时常来买连环画，每次一买就是十本以上。不过连环画是公开销售的普通商品，所以高老头儿并未留下姓名、地址等信息，他来购买时从不跟营业员搭讪，营业员并不知道其个人信息。这一路刑警算是扑空了，不过另外两路刑警却有了令人满意的收获。玩具、文具当时由国营企业批发部统一进货，统一批发，只能批发，不能零售；价格也是严格按照国家划定的几类地区统一定价，没有议价、浮动之说。批发部并不是阿猫阿狗任谁都可以拿到货的，得凭营业执照。天津市当时对玩具、小文具批发稍有松动，规定可以凭证明酌情适量供应。高老头儿就是凭证明去批发部以批发价购进玩具、文具的，他的证明是其居住地街道居委会出具的，上面姓名、地址一应俱全——确实姓高，名叫淳清，五十二岁（这是1953年出具证明时的年龄），住址位于天津市河西区徽州道大圣堂。

刑警直接登门"拜访"，发现高淳清腿上打着石膏，卧床不起。这对为何连续两天不曾出摊儿当然是一个最合理的诠释，可问题是这小老头儿的腿是什么时候骨折的？病历卡记载高淳清是2月4日傍晚骨折的。据其本人说，2月4日傍晚，他收摊儿回家途中，拉着装了小人儿书、玩具、文具的那辆自己制作的小推车行至离家数十米处时，脚下踩着了一块由马路低凹处的积水形成的冰，滑了一跤，于是就有了右侧股骨颈骨折。据医生估计，像高这个年岁，这种骨伤得在床上躺两三个月才能下地。

高淳清的涉案嫌疑仍是不能排除。刑警问他2月4日午前是否有一个七八岁上下，缺了一颗门牙的儿童前往小人儿书摊买印花纸，他倒很坦率，几乎想都没想就点头，说有这事儿。

这等爽快出乎刑警意料，反倒使人产生怀疑。刑警又问他怎么记得这么清楚，高淳清笑道："那天我的摊儿上来过十几个小顾客买印花纸，你们若是问其他人我记不得，问这个缺了一颗门牙的我当然是记得的。那天除了这个小男孩儿，其他的都是只买十枚以下的，只有这个小男孩儿买了一整张，所以我印象深刻。"

高淳清那从容之态，使刑警意识到这小老头儿绝对是有过不平凡经历的主儿。接下来他说出的内容，更使刑警对此深信不疑——"同志啊，我知道你们今天登门是来了解什么的。老朽我已经听说了，那个小男孩儿从我摊儿上买了印花纸回到家里就死了，说是让人给毒死的，所以，老朽我肯定会被你们调查的。唉，真是天可怜见，那天那小男孩儿来买印花纸时，我正好在做另一笔生意，附近庆新铁木生产合作社的钟会计到我摊儿上来买文具，要我给她打一纸白条代替发票好报销（当时财务制度允许此类行为）。我正要写时，那小男孩儿风风火火地奔来了，一到就递上钱来，说给他拿一整张孙悟空的印花纸。我见他冻得脸蛋儿通红，不忍心让他在寒风中等着，就先把他这笔生意做了。他拿了印花纸和找的零钱，拔腿就跑了。这一幕，钟会计可是在场看得清清楚楚的，你们去问她一下就知道了。"

刑警听他说得有鼻子有眼，况且如此从容不迫，便知十有八九是真实的。不过，既然来了，还得了解一下这个小老头儿在李家胡同口摆摊儿五个年头儿，何以刻意要把自己的情况隐瞒得严严实实、滴水不漏的原因。询问之下，了解到此人果然是有来头的——

高淳清竟在1930年就已经加入中共，是天津地下党的交通员。不久，平津地区地下党组织遭到了国民党的严重破坏，损失惨重，北平、天津处于白色恐怖之中。高淳清的那条线倒没有遭到破坏，不过在他这个地下交通员想来，估计也是朝不保夕了。他的地下党身份家里人是知道的，他的大舅子是国民党特务，也知晓自己妹夫的身份，不过念及兄妹之情没动手抓他去邀赏，也没偷偷告密，只是动员他去自首。高淳清那时还年轻，社会经验既少，革命意志又不坚定，左思右想，觉得自己无路可走，于是决定接受大舅子的"规劝"，去向"中统"天津特务机关自首。总算其人性未泯，还念及其直线领导、入党介绍人老林以往对他的种种情谊，自首前在住所门口、窗前都摆出了"出事"的警号。这样，尽管敌人立刻派特务（其大舅子是其中之一）前往他家蹲守，但没抓到同党。高淳清就这样成了叛徒，从此再也没跟中共方面有过接触。天津解放后，市委社会部在缴获的敌伪档案中发现了高淳清自首的记载，立刻将其逮捕。本来对他这样的叛徒判个五年七年是肯定的，但考虑到他的叛变没造成血债，而且其时已是外省地委书记的原老上级老林也发函，为其证明当时确实主动摆出了警号，使上家交通员避免了被捕之险，总算网开一面从轻发落，判了三年实刑。高淳清服满刑期后，原先的工作（税务局科员）自然干不成了，政府只管释放，不管安置，他只好自谋出路做了一名小贩。因为要面子，所以没在住宅附近摆摊儿，而是去了离其家较远的李家胡同口摆摊儿。

刑警随即找了"庆新铁木生产合作社"的女会计钟艳翔核实高淳清所言之事，得到了证实。这样，高淳清的作案嫌疑就给排除了。专案组在之后进行的汇总讨论时认为，高淳清这条线索虽然排除了，但这次调查并非完全白辛苦了一趟，至少有一个收获——可以认定被害人陶祖远是在离开李家胡同口的小人儿书摊回家的途中遇到案犯，接受了那个被下了毒的糯米团子的。这样，查摸的范围就缩小了一些。

从李家胡同到陶家，步行也就十来分钟，案犯就是在这段时间、这条路上对陶祖远下的手。案子查到这份儿上，应该说已经快看见曙光了，专案组决定次日对此进行重点调查。老刑警呼知义向应参道建议安排两人去跟陶氏夫妇聊聊情况，开辟另一调查渠道，因为陶祖远接受那个有毒糯米团子时的情景不被目睹也是有可能的。陶祖娟、陶祖远的被害应该是仇杀，凶手跟未成年的孩子当然是不会有什么深仇大恨的，那就只有从父母那里着手查摸了。

应参道接受了这个建议，他和老呼去走访陶家，其余五位同志查摸陶祖远那天买了印花纸回家途中的情况。

2月7日的调查工作就是按照这一安排进行的。还真让呼知义给预料着了，其他五位刑警查访了一天，跟那段路上的每一户临街住户、商家都接触过，竟然未能获得任何线索，倒是应、呼二人对陶家的访问似有收获。

这天是星期五，陶裕民原本是要去上班的，但因为咳嗽得厉害请了一天病假。上午他早早去医院开了咳嗽药，回到家还不到十点。这时，应、呼二人已经跟储占美、陶祖秀聊一阵了，但还没有进入实质性的谈话内容，正好陶裕民回来了，就跟他聊上了。陶裕民是个比较健谈的人，不过谈话内容惯于开无轨电车，说到哪里算哪里，根本没有一个重点，刑警也不便打断他，就坐在那里耐心听着。这样，上午很快就过去了。

这回已经熟悉了夫妇俩的谈话路数，刑警也就不让对方掌握话语主动权了，直接开口要求夫妇俩回忆是否跟人结下过什么冤仇，这当然指的是那种可以上升到"深仇大恨"高度的事儿，而不是三言两语就解决得了的鸡毛蒜皮的小矛盾。陶裕民健谈，所以还是以他说话居多。他说自己的性格属于大大咧咧的那一类，从来没有心机，说话随随便便，平时单位里跟同事间的小矛盾那是免不了的，不过互相之间从来不曾发生过粗脖子红脸的吵闹。这跟他业务水平比较高也有关系，技术方面那班同事对他都是另眼看待的。所以，若说到人家跟他结下梁子而且严重到接连杀其子女的程度，那显然是不可能的。

陶裕民说完，刑警又问储占美。她还没开口，丈夫已经摇头开腔了："她呀，是教书匠，也算是吃开口饭的，但平时跟人说话少得可怜，就是跟我也是这样，有时一天到晚待在一起，所说的话加起来还不到十句。"

刑警对此已有感觉，知道储占美的性格属于沉默寡言那一类，通常，这种性格的人是不容易跟人产生矛盾的。当然，凡事都有例外，有时沉默会比健谈更容易产生不良后果。所以，刑警还是认为沉默寡言的储占美并非不可能跟他人结怨成仇。

这番话是应参道对储占美说的。应参道有一双捕捉人的细微表情变化的锐眼，他有个习惯，跟别人说话时，哪怕面对的是跟案件没有任何关系的人，双目也总炯炯有神地盯着对方。此刻也是这样，他发现储占美听了自己这番话后，目光就像流星划破夜空似的飞快地闪过一丝异样，应参道的脑子里也犹如电光石火般地掠过一种直觉——她可能有什么情况向别人隐瞒着！

专案组对此进行讨论后，决定请领导指派一名女警去跟储占美个别谈话，力争让她吐露真言。

这位女警名叫崔向南，系市局预审处的一名预审员，那年二十八岁。她的特点是耐心细致，讯问犯罪嫌疑人时永远细声慢气，善于下套。领导认为派崔向南出马最为合适：一是同为女性，二是她有耐心，三是她那独特细致的洞察能力，四是她与人沟通时的那份常人不及的亲和力。警方相信，如果储占美确实有重大隐秘的话，她一定经不住崔向南的"温和攻势"。

崔向南接受任务后，立刻赶到河西分局跟应参道见面，听他把本案的一应情况详细介绍一遍后，连夜进行跟储占美的谈话准备工作。

次日上午，放寒假在家的储占美接到学校的通知，请她去一趟区教育局。她不知教育局叫她去有啥事儿，匆匆前往，崔向南和应参道已经在那里等着她了。教育局应警方要求安排了一个房间，崔向南请储占美入内谈话，应参道则坐在隔壁屋里喝茶翻阅报纸，不让任何人靠近。

五、女主人的情夫

崔向南成功完成了任务，两小时后，当她走出房间时，心里已经兜着储占美说出的一个嫌疑人的名字——郑世渭。

在储占美所有的亲朋好友、同事邻居中，只怕没有一个人会相信她与郑世渭有着一份长达六年的婚外恋，一直到半年前才告中断。储占美出身资本家家庭，她的父亲储雄飞是天津法租界一个颇有名气的商人。储占美生活在一个富裕的家庭中，从小过着非常优越的生活，接受良好的教育，有着大家闺秀的气质。因此，人们在男女关系方面对她从来不曾有过丝毫的怀疑——包括她的丈夫陶裕民。正因为如此，陶裕民才把自己的一个关系很铁的哥们儿郑世渭带进了家门，奉为座上宾，让妻子操持厨务，精心烹饪中西菜点热情款待。但陶裕民怎么也没有想到，他此举竟是引狼入室，通过自己的手把一顶绿帽子戴到了自己头上。

那是1951年春天，当时储占美还没有参加工作，膝下已有三个孩子，家里由其资本家老爸出钱雇佣的两个保姆相帮料理，她当着全职太太，过着相当滋润的日子。正值抗美援朝，政府动员各界人士支持保家卫国运动，有钱出钱，有力出力。三十岁的储占美自是难能置身事外，况且她以前所接受的正规教育使其拥有相当的艺术功底，举凡画画、书法、演讲、文娱等跟宣传活动密切相关的活儿，她都能干得得心应手。很快，她就成为全区有名的积极分子。不久，区里要组织一支业余文艺宣传小分队，分管副区长点名要储占美出任负责文艺演出的副队长。储占美上任后接受的第一个任务是要求她在一周之内排演一台节目，两个用途：一是参加有市领导观摩的全市抗美援朝文艺汇演，二是参加欢迎志愿军英雄事迹报告团的慰问演出。区领导要求，这两次演出对于本区的荣誉和在全市的影响关系极大，只许成功，不能失败！

储占美的能力还可以，可是心理素质不佳，受不住压力，压力稍大，效果就会朝反方向走。如果持续施压的话，那只怕她就得崩溃了。自接受任务的当天起，她失眠了三十六个小时，不单是睡不着，而且还得工作——写策划书，牵头开会，动员别人踊跃参加汇演，还得请人创作节目。三十六个小时下来，原本人前人后都光彩照人的储占美，整个儿变了模样，说得刻薄一点儿，跟僵尸鬼有一比。丈夫看着，心里自然不是个味儿。好在陶裕民有办法帮助妻子，他想到了一个人，一个跟他关系很铁的哥们儿。

这哥们儿就是郑世渭，出身梨园世家，从小就学戏，但尚未出师就打了退堂鼓，又改学乐器伴奏。这方面他倒是有天赋，几年下来把京剧伴奏的各种乐器都玩得心应手，达到了专业水平，还顺带着把各种西洋乐器学了个遍，专业水平可能还不够，但在业余演出中已经能顶大梁当台柱子了。这哥们儿虽没上几年学，但他能编剧写本子，因为学过表演，在业余演员面前还能充个导演、艺术总监什么的。不过，郑世渭的正业却跟演出没有关系，他是做生意的，在和平区襄阳道开了家两上两下三个门脸的饭馆，跟三教九流都有交往。正因如此，天津解放后他曾受过审查，去集训大队待了三个月，最后结论是并无罪恶，基本可以算是良民一个。郑世渭被审查期间，饭馆由其两个朋友相帮经营，照样打理得风生水起，营业额节节上升。后来，国家搞公私合营，郑世渭顺应形势，人家让他担任经理，他起初很高兴，刚要唱几句赞歌，随即又来了个书记，明摆着是管着经理的。他心里不爽，索性请了长病假。工资打折他不在乎：一是钞票存在银行可拿利息，二是他有祖上留下的遗产，房屋出租有租金，日子过得照样滋润。

陶裕民打的就是郑世渭的主意，寻思这哥们儿一是精通吹拉弹唱，二是会编剧导演，三是人脉广，拉一拨帮手借几样道具，只需开个口就行，何不请他协助储占美完成这桩重要任务呢？主意打定，陶裕民便去找郑世渭，自是一说就成。郑世渭过来后问了问情况，说那是小菜一碟，不过举手之劳，嫂子不必着急，在旁边看着就行。这话倒还真不是吹的，郑世渭的确有一套，不过三天时间，就给弄出了一台由合唱、独唱、舞蹈、相声、器乐等组成的综合节目，而且水准还很高。彩排时，区领导过来一看，大鼓其掌，赞不绝口。

就这样，郑世渭和储占美有了交往，而且升温很快，不到半年就越过了那条界线。郑世渭跟陶裕民继续保持着原有的关系，这种关系正好巧妙地掩盖了他和女主人的婚外情。这对男女的婚外恋保持了整整六年，双方的配偶竟都没有发现，而且也没有任何外人对此产生过怀疑。直到半年前，两人的感情出现了裂隙——

去年秋天开学后，学校组织校外社会活动，发动学生利用星期天陪伴荣军院的残疾军人去公园游玩散心。储占美担任初一年级的班主任，活动时得在场，那天下午，她就去了公园。没想到恰恰遇到郑世渭挽着一个美貌少妇的胳膊在那里逛，肩上还挂着一架照相机，时不时停下来给少妇拍照，还去小卖部给少妇买汽水喝。储占美简直怀疑自己置身梦中！待在远处反复揉着眼睛看了又看，终于确定自己没有看错，那男子肯定是郑世渭，而他对那少妇的殷勤以前也曾用在储占美身上。以储占美的性格，如果她当时没有带学生进行社会活动，而是单独一人的话，肯定要上去亮相，就在那对儿跟前晃悠，看郑世渭怎么说。但此刻她只好佯装无事，还得故意避开对方。

当晚，郑世渭正好到陶家来，提着两个哈密瓜，说是新疆一个朋友送来的。储占美和丈夫一起跟他闲聊时，没透露自己白天去了公园，而是问郑世渭星期天是怎么度过的。郑世渭脸不改色，从容作答，说他昨晚在帮人修改一个剧本，睡得很晚，今天上午十一点才起床；下午应一班戏剧界的老友之约，一起聚了聚，聊得很开心。储占美气得差点儿当场发作，忍了又忍才压了下来。当晚，她就给郑世渭写了一封信，说了公园那一幕，将负心郎痛骂了一顿，宣布两人从此断绝关系。

原以为此事就到此为止了，哪知郑世渭却仍想与储占美保持原来的关系，和以往一样若无其事地来陶家，而陶裕民被蒙在鼓里，照样热情接待。郑世渭则以"慰问"为名到厨房对女主人动手动脚，储占美生怕被丈夫察觉，不敢发作。直到一个月前，储占美给郑世渭写了一封信，警告他如果再敢图谋不轨，她将以死相拼！郑世渭回复了一封只有一句话的短信，寄到她教书的学校：敢断，我就敢杀你子女！

专案组设法提取到郑世渭的笔迹，连同储占美交出的那封信一起送交市局技术处进行鉴定，结论是该信确实出自郑世渭之手。而郑世渭与陶家子女的熟悉程度完全符合之前专案组所分析的凶手的作案条件，刑警初步确定郑世渭具有重大作案嫌疑。

2月9日下午,刑警前往郑家传唤郑世渭。郑世渭不在家,问其妻子郑世渭去哪里了,答称不知道,说丈夫长病假不上班,一直喜欢到处乱逛,出门数日甚至十多天不回家也是经常有的事儿。刑警问郑世渭这次离家带了哪些东西,得知什么也没带,估计这家伙可能没往外地跑,决定先不开展追逃行动,而是在天津本地暗暗访查。

专案组抽调了四名刑警访查郑世渭的下落,之所以没有全组出动,是因为这天又发现了一条线索。

六、一名凶手落网

这条线索,跟一个名叫车家耀的人有关。车家耀,江苏常州人氏,五十多岁,北洋时期曾当过旧军队的排长,后退伍经商,娶妻生子,定居津门。车家所住房舍与陶家不过一里之遥,两家属于坊间邻里关系,但从来不打招呼,偶尔路遇,双方也就互相瞅一眼而已。可是,这天陶裕民忽然找专案组反映,说他跟车家耀曾经结下过梁子——

车家耀在旧社会曾参加"一贯道",一度还很狂热,不但向"一贯道"组织捐大洋,还多次无偿捐献自己粮店里的米面,这是附近邻里有目共睹的事儿。车家耀所参加的那个"一贯道"组织,其背后变相掌坛的是国民党天津市警察局侦缉队头目荣中白。荣在抗战时期系"军统"地下特工,抗战胜利后"军统"改组为"国防部保密局",他是天津这边的一个小头目,军衔是少校。天津解放前夕,荣中白受命抓捕中共地下党成员,因为生怕警察局中混有共党分子,不敢像平时办理刑事案件那样动用全部警察,只是悄悄通知了一些知根知底的骨干。这样,人手就不够,上级让荣中白自己想办法,他就想到了动用"一贯道"。天津解放后人民政府公布的材料显示,荣中白这一路当时一共抓捕了二十五名中共地下党和外围人员，其中二十一人被杀害，一人病死狱中。

天津解放前夕，荣中白逃往南京，不久又去了台湾。人民政府清算血债时这主儿虽然名居榜首，却无法捉拿归案。不过，受荣中白差遣、助纣为虐的那些家伙可就没那么幸运了，公安局通过内查敌档外调线索，这些人一个个全都折进了局子，其中一部分被判处死刑。被捕的人犯中，有一个就是车家耀。

当时，公安局在全市进行声势浩大的宣传活动，一是震慑参与者向政府自首，争取宽大处理；二是动员知情群众检举揭发，向警方提供线索。像陶裕民这样的旧式知识分子，按说通常是不会对此等活动感兴趣的，也就谈不上什么检举揭发。可是，用陶裕民后来的说法，不知脑子里哪根筋搭错了，也没有人动员过，有一天下班后喝了二两烧酒，跟老婆聊了会儿家常，脑子里突然回忆起一幕情景——

那是天津解放前夕的一个寒风呼啸的夜晚，陶裕民夫妇应一位世交好友关某之邀，参加了他们的告别宴。宴终，陶裕民夫妇为赶在戒严前回家，走得有点儿急，经过离家不远的一条胡同口时，隐约看见黑暗中蹲着一个穿棉大衣的男子。当时两人也没留意，只顾匆匆回家。次日传来消息说，住在那条胡同里的彭老师昨晚让人逮走了。三天后，彭老师的头颅被挂上了城头。天津解放后，这位以小学老师身份为掩护从事党的秘密工作的青年彭宗义，被追认为革命烈士。

公安局对彭宗义烈士被害一案展开调查，并成立了专案组，驻扎在陶家这边的派出所。有群众悄悄向专案人员反映，彭老师被捕那天晚上，曾看见过其住所的胡同口有人出入和蹲守。专案组在派出所、居委会的配合下，在管段一次次召开会议，动员、启发居民检举与该线索有关的蛛丝马迹。陶裕民当时上的是没有规律的三班倒，有不参加会议的借口。而储占美是家庭妇女，天天得去参加动员会。平时夫妇俩说话时，妻子难免要跟丈夫说说"揭发反革命分子"的事，陶裕民脑子里也就稍许有了些概念。

这样过了整整三个月，专案组抓住了与该案相关的六名案犯，但对彭宗义烈士被捕遇害负有直接责任的那个在彭宅胡同口蹲守的案犯却始终没有下落。侦查工作不可能无限期地拖延下去，专案组奉命解散，大伙儿这才松了一口气，寻思再也不必参加动员会或者不时接待登门的专案人员了。陶裕民夫妇也大觉轻松，寻思从此可以过正常生活了。

陶裕民所谓的"搭错了筋"，发生在彭烈士被害六年后。那天下班喝过酒，他跟储占美聊天时不知怎么想到了已经歇菜了的那桩专案调查，说起天津解放前夕的那个晚上他俩从关老兄那边赴宴回家时，在彭老师家的那个胡同口不是见到过一个穿着黑色棉大衣的主儿吗？现在想起来，怎么那么像住在"大槐树"的那个姓车的家伙！他这一说，储占美觉得瞧那身影儿还真有点儿像。夫妇俩虽是普普通通的群众，可是那个年头儿，群众的觉悟和积极性还是很高的，当下就决定立刻去派出所反映。究竟是或不是，那就由政府调查了。

警方调查的结果是，在两天后的晚上把车家耀铐走了。之前捕获的那六个案犯都已经判决了，最重的判了死刑，最轻的也判了十年。不过其时风头已过，1956年2月，车家耀被判处八年徒刑，据说还是因认罪态度好被从宽处理的。

令人意外的是，也就不过四五个月，有天早晨人们看见车家耀大摇大摆出现在街头。紧接着，派出所民警在下胡同时告知居委会干部并让其转告邻里：该案属于错案，车家耀与彭宗义烈士被害无涉，也无其他历史、现行罪行，故无罪释放。不久，坊间传说那个蹲守的正身儿早已因其他事儿折进了局子，只是一直没有交代此事。车家耀被错判后，那厮犯了重病，看守所对其仁至义尽，送医送药，住院时还派了四个民警监护兼带侍候。那人深受感动，临死前交代了这桩罪行。经查其交代内容属实，车家耀就被平反了。

这桩错案给车家耀造成了严重后果——他入狱后，其双亲均急病而殁；妻子带着子女改嫁去了保定；其住房被一公家单位占用；原先的工作丢了，虽说释放后原系统按照政策立刻接收了他，但原岗位（会计）已经安排了人，就给他调了个装卸工的岗位。这两个工作岗位的待遇和工作量，可以用"霄壤之别"来形容。那时候，错案没有什么"国家赔偿"，车家耀上访了一年，才拿到了关押期间的"病假工资"（原工资打八折）。他又上访了半年，总算住回到了原先的老房子。当然，父母双亡、妻离子散那是没法儿改变的了。

现在，陶裕民突然想起这件事，就向专案组报告了。

专案组对这条线索相当重视，调来了两名刑警，由组长应参道带领进行初步查摸。调查下来，发现车家耀似有作案条件——

其一，车家耀在陶祖远被害前四天，刚从江苏常州老家探亲返津。元月31日，他把带回来的自制特产黑芝麻馅儿的糯米团子分赠给四邻品尝，一共送了八家，每家四个，他自己应该还留了若干个。据了解，受赠的四邻当天就把团子吃了。所以，陶祖远所食的团子的来源只能锁定车家耀了。

其二，车家耀当初被捕后，不肯承认自己参与了彭宗义被害案件，要求承办员出示证据。承办员便把检举人陶裕民叫去，当面对质。陶裕民说那天晚上他看见蹲守者所穿的黑色棉大衣的一个袖口上有一个长方形的浅色补丁，承办员问车家耀是否有这样一件棉大衣。车家耀恰恰有这样一件袖口上补着长方形灰色补丁的棉大衣，已经落在警方手里，这也是警方抓他的一个重要原因。当下，他给问住了，错案由此产生。车家耀被平反释放后，对陶裕民恨之入骨，但凡跟人说到自己蒙冤入狱之事，对陶裕民总是骂声不绝，诅咒陶家断子绝孙。

其三，据向车家耀供职的木材公司以及邻居调查，陶祖远被害那天车家耀未曾上班，在家待着，有作案时间。

鉴于上述情况，专案组经过研究，决定传讯车家耀。

2月10日深夜，刑警应参道、吴玉鼎、谢云前往车家耀住处。开门见是刑警，车家耀倒也不是特别吃惊，说："你们来啦？我承认，事儿是我干的！"

未讯先认，刑警自是一阵轻松，把人带到分局。车家耀对自己下手毒死陶祖远之事供认不讳——

车家耀自被陶裕民检举后，对陶恨之入骨。不久冤案被厘清后，如果家里和单位的情况还跟被捕前一样，估计他还不至于把这种仇恨延续下去，跟陶裕民说不定会"相逢一笑泯恩仇"。可是，他出狱后的境遇跟入狱前实在是过于悬殊了。于是，他就把一股火气全部集中到陶裕民身上，每当干了一天装卸工作周身疲惫回到空空荡荡的家里时，他就越发对陶裕民恨得牙根发痒，有一种想杀死陶氏全家的冲动。

到了一个月之前，这种情绪稍稍得到了缓解。车家耀接到常州老家亲戚的信件，说替他张罗了一门亲事，女方是个农村丧偶妇女，愿意嫁给他后赴津定居，让他回家相亲。车家耀拿着信件去向单位领导请假，领导自然立刻准假，还说这是探亲假，不扣工资奖金，也不会影响年终奖发放。车家耀便兴冲冲去了常州，一路上沉浸在对未来生活的憧憬中。可是，这趟相亲却不顺利。女方跟他见过面后，没有表态，事后让媒人捎来的话是"人长得太老相"。实际情况却是，女方相亲后特地跑到常州城里请人算了一卦，结论是车家耀不久恐有血光之灾，这门亲事就这样吹了。

可以想象，车家耀返回天津时的心情是何等恶劣，偏偏单位还有事儿等着他，那个批准他请探亲假的领导上任伊始，对劳资政策生疏，并不知道回家探望兄弟姐妹不在享受探亲待遇之内。所以，领导批的探亲假作废了，只能算是事假，那就要扣工资奖金，年终奖也会大受影响。车家耀孤身一人自己养自己，经济算是比较宽裕的，不缺这几张钞票，但心情方面纯属雪上加霜。他屈指一算，寻思一个月假期还差几天，一样要扣工资奖金，那就干脆休满一个月后再上班算了。

车家耀入狱后对于自己的犯罪客观原因作过回顾，认为他如果直接去单位上班，很有可能就没有这桩事儿了。返津后的第二天，他听说了一个消息——他的仇人陶家的大女儿被人毒死了！车家耀顿时一阵欣喜，暗说"老天有眼"，总算给陶家报应了。他不上班，在家闲着无事可做，早晚两餐就喝点儿小酒解解闷儿。喝酒时当然要想到这件事，寻思不知是谁对陶家下的手，反正已下手，怎么就只毒死了大女儿，若把另外两个也一并毒死不是更好吗？至少该把儿子干掉，让陶裕民那厮断子绝孙！随即又想，我何不趁机下手，能干掉一个算一个，当然最好是干掉那个男孩儿！车家耀被捕后对刑警说，这个念头一冒出来，他自己也吓了一跳，寻思这不是要犯杀人大罪吗？这可不敢啊！不过转念又想，人家不是也杀了人吗，公安局折腾了个把星期也没发现什么线索，这说明即便是杀人大罪，只要做得巧妙，也是可以瞒得过去的。这样想着，他脑子里又冒出一个念头——如若这几天下手，人们就怀疑不到他头上来，肯定认为还是那个毒死陶家大女儿的凶手作的案。这件事再怎么查也查不到他头上来，因为谁都知道陶家大女儿死的时候他在常州老家探亲。

许多人都曾有过一念之差，车家耀此刻也不例外，问题是他这个"一念"差得实在太离谱了，他竟然把脑子里产生的这个念头真的作为一个天衣无缝的计划来实施了。听说陶家大女儿是吃了掺了不知什么毒药的芝麻糕被毒死的，他就想仿效那个凶手。次日，车家耀去百货公司买东西返回时，路遇一个打着竹板叫卖老鼠药的外地小贩，便买了两包，还顺便去西药店买了一支注射针筒。诱饵是现成的，他探亲带回的黑芝麻馅儿的糯米团子就可以了，至于具体如何下手作案，那再考虑吧。

车家耀把一包老鼠药加些许清水溶解，用针筒注射进了糯米团子里。当晚，他几乎一夜未眠，不是害怕，而是在考虑怎样物色下手机会。他跟陶家人见面连点头礼都没有，更别说搭腔说话了。找不到跟孩子直接接触的机会，这倒是一个伤脑筋的难题。

2月4日，车家耀睡了个懒觉，一直到十点过后才起床。午前，他站在家门口闲望。邻家一个叫小虎子的三岁男孩儿在门前玩耍，车家耀便从蒸锅上拿了一个蒸得温热的糯米团子，掰了半个给孩子，另外半个自己吃。正吃着，忽见过来一个背着书包的男孩儿，手里拿着一张印花纸。男孩儿忽然闻到团子散发出的那股浓浓的芝麻香味儿，不由自主地放慢了步子。车家耀定睛一看，还真巧——竟然就是陶家的儿子！他立刻朝陶祖远招手将其引进家门，把那个已经下了毒药的团子递给孩子，说饿了吧？吃吧。陶祖远确实是饿了，当下接过，说声"谢谢伯伯"后，立刻咬了一口，脱口而出："好吃！"车家耀原本是想让孩子吃光了团子再走的，可陶祖远急着回家，说声"伯伯再见"，拔腿就往外走。车家耀不便阻拦，唤住陶祖远关照说，不要告诉任何人在伯伯这里吃了东西，否则别人都来向伯伯讨吃的，伯伯可没那么多东西给人家。陶祖远连连点头，嘴里嚼着团子出门而去。

很快，就传来了陶家儿子中毒身亡的消息。车家耀这下似乎清醒了，禁不住一阵后怕。接下来的日子，车家耀是在极度忐忑不安中度过的。他上过初中，干过会计，在那年月算是有点儿头脑的。因为有点儿头脑，他作案后就要考虑警方是否会怀疑到自己这边来。这时候考虑的内容，就不能一厢情愿，而是要从刑警调查案件的路数来考虑了。车家耀没有干过警察，不过他以前曾是侦探小说迷，看过大量中外侦探小说；又结交过几个旧警察朋友，平时喝酒闲聊时经常谈及破案之事。因此，他这时候的分析还是比较客观的，越客观就越发现自己的策划是有漏洞的，最大的漏洞就是黑芝麻馅儿的糯米团子。法医解剖肯定会发现陶祖远生前吃过团子，而他恰恰就在之前给四邻送过团子。如果刑警广泛访查，那自己肯定难逃嫌疑。车家耀越想越绝望，预料到自己此番在劫难逃了。当刑警出现在他眼前时，他干脆就承认是自己作的案。

专案组将从车家耀住所搜查出的另一包未启封的毒药送往市局检验，法医证实该毒药的成分与在死者陶祖远胃脏发现的致命毒药成分完全相同，又与致陶祖娟死亡的毒药成分进行比对，与之前的结论一致——姐弟俩的死亡系同一种毒药造成的。

这天下午，江苏省常州市公安局给专案组发来回电，他们对车家耀回乡探亲时间以及活动情况进行了调查，证明车家耀所言属实，也就是说，他没有对陶祖娟下毒的作案时间。

七、真相大白

2月11日晚上，专案组举行案情分析会。案件侦查至此，对于专案组来说实在是一个大大的意外，一干刑警面对着这个罕见的意外情况，一时不知该如何走下一步棋。议了一会儿，大伙儿的注意力又回到了之前已经盯上的另一嫌疑人郑世渭身上。在车家耀的线索未暴露之前，郑世渭是被作为重点犯罪嫌疑人来调查的，如果不是这家伙不知所踪，肯定在车家耀暴露之前就已经折进局子了。刑警钟跃渊、呼知义、张志达、姜开山四人受命调查郑世渭的下落，前一天对其"失踪"情况已经查摸得八九不离十，正要向领导请示是否对其采取行动。

前面说过，郑世渭朋友多，天南地北跑来跑去，日子过得很潇洒。他潇洒，刑警可就吃苦了，这几天跑东跑西，天津各区连同郊县全部转遍了，最后获得的信息是，目标跑到河南项城去了。

现在，既然疑上了这主儿，钟跃渊等人就向应参道请示，是否有必要出一趟差，去河南项城将这主儿提溜回来？

专案组正说到这当口儿时，接到郑世渭住所管段派出所的电话，说他们布控的目标半小时前已经回到家里了。应参道闻讯大喜，说赶紧把他提溜到分局！

郑世渭在刑警面前保持着他一贯从容活泼的特点，可是刑警因早已耳闻此人是津门小有名气的票友，且精通舞台表演，脑子里便有些先入为主，认为他这是装腔。于是，刑警摆出一副秋风黑脸开始讯问，先问他是否知道储占美的大女儿陶祖娟被害。郑世渭点头说当然知道，他还去陶家吊唁过。刑警问他之后有没有去过陶家，你跟陶家关系不是很好吗？郑世渭说关系确实不错，不过并不等于因为这样，他就必须放下一切事情，留在陶家帮他们料理丧事。他有自己的事儿要做，再说陶家根本不缺人手。

郑世渭所说的"自己的事儿"是什么呢？他说是受宁河县文化馆的邀请，去宁河帮忙搞一台在全县循环演出的文艺节目。他于陶祖娟死后的第二天下午出发，次日上午抵达，两天后离开，然后就去了河南项城。去项城同样是受邀前往相帮策划节目，在那里待了几天，然后就回天津了。

刑警要郑世渭把这些日子的活动情况一五一十排个清楚，却不料这主儿已经准备好了，拿出两张纸说在这儿呢，这一招儿弄得刑警吃惊不小。郑世渭倒是照样笑嘻嘻的，说："你们既然来找我，那肯定是已经怀疑上我了，那我跟储占美的事儿你们肯定也知晓了，我也确实对储占美说过一些威胁的话。不过，这当不得真的，那是我在她突然翻脸之后一时激愤的反应。人嘛，都是这样的，谁没说过几句过头话呢？人命关天，你们肯定要好好查一查的，我这样排出一张表来，你们就省事儿了，上面有证明人，而且都有两三个，你们只要一查就知道了，我没有作案时间。"

讯问到这里，刑警反倒觉得似乎没啥可问的了。大伙儿交换了意见，最后定下两条措施：一是对郑世渭在陶祖娟被害之前七十二小时的情况进行详细调查，二是对其住所进行搜查。

整个专案组七名刑警全部出动，整整调查了一天半，其结果令人失望，郑世渭确实没有作案时间，在他家里也没查到毒药，而审阅其日记，可以看出他对储占美倒是一往情深，并无实施报复的念头。

如此，这条原本寄予很大希望的线索就到此为止了，专案组排除了郑世渭的疑点。众刑警聚在一起重新研究该从哪个方向去寻找新的线索，大家都觉得这两起已经可以认定为由不同案犯作下的命案存在着巧合——致命原因都是中毒身亡，毒药是同一种老鼠药，毒药载体都是黑芝麻制作的食品。如果不是已经确认杀害陶祖远的真凶是车家耀，恐怕很难使人相信姐弟俩是被不同的凶手杀害的。这是刑事侦查实践中罕见的连环命案，专案组这些经验丰富的刑警也从未遇到过。大伙儿反复讨论，最后找到了一个连他们自己都觉得不一定有把握的方向——寻找毒药来源。

2月14日，一干刑警一上班就分头上街走访叫卖老鼠药的小贩。中午，众人在分局会合，汇总调查情况。以前谁都没有跟这种小贩打过交道，这回接触下来，才知道原来卖老鼠药也是有帮伙的。天津地面上当时有三个帮伙——安徽帮、河南帮和江西帮。其中以河南帮最牛，因为他们出售的老鼠药是自己研制的，毒性最强，别说老鼠了，就是牛马驴那样的牲口也毒得死。刑警把三种老鼠药送交市局化验，结果表明毒死陶氏姐弟的老鼠药还真是河南小贩的"科研成果"。

刑警在调查中还了解到，三个帮伙卖老鼠药虽然没有划分地段，任何一帮在全天津都可以叫卖，但帮伙内部却是有规矩的，就像丐帮讨饭一样，每个人的叫卖区域都有规定，没有特殊情况不得越界。当天下午，刑警就着眼于调查河南帮在河西区叫卖的是哪几个小贩。很快得知，那是一对堂兄弟——大龙、小龙。刑警找到这两人，把他们请到派出所喝茶。他们承认确实是在这一带叫卖老鼠药，可是，哥儿俩谁也回答不了曾把老鼠药卖给哪位主顾，因为他们既没有那么好的记性，也没有必要对每一个主顾刻意留下记忆。刑警对此表示理解。

怎么办呢？专案组报请领导批准，向本区各派出所发了一份《协查通报》，要求各所指派户籍警下到各人负责的管段，通过居委会向居民广泛征集需要调查的信息。

2月16日中午，刑警在各派出所报上来的信息中发现了一条似与本案有关的线索——一个名叫柏峰的居民向居委会报告称，他在元月24日下午，亲眼看见陶家大闺女向沿街叫卖的小贩买了一包老鼠药。

专案组诸刑警闻之，个个吃惊：是陶祖娟自己买的老鼠药？难道不是他杀，而是自杀？

专案组立刻约见柏峰。那是一个年过六旬的老者，现已退休。他身体虚弱，瘦削的脸上有着一个高高的鼻梁，上面架着一副深度近视眼镜。柏老头儿说，前一阵家里闹耗子，夜夜不得安宁。那天下午，他正在大街上闲逛时，遇见小贩叫卖老鼠药，于是就买了一包。付了钱离开时，看见陶家大闺女背着书包走来，唤住正要离开的小贩，掏钱买了一包。

刑警看着老头儿鼻梁上的那副深度近视眼镜，半信半疑地问道："老先生，您没认错人吧？"

柏峰笑道："都是老街坊了，从小看着那闺女长大的。我又不是七老八十了，一双眼睛还管用呢，离得这么近，哪会看错人呢？"

刑警接着问："您听说陶祖娟死后，是否把她的死跟她买老鼠药的事联系起来想过？"

柏峰摇头说道："我又不知道那闺女是吃了老鼠药死的，怎么会那样去想呢？再说，老百姓嘛，就该一切听政府的，在这个案子上政府没让群众说什么，我即使想到什么也不会对别人说，否则人家说我造谣，那怎么办？"

当天下午，应参道叫上钟跃渊、张志达去了陶裕民供职的疏浚公司，同时安排呼知义、吴玉鼎、姜开山三人在分局约见储占美。两路刑警的调查内容是一致的——向陶氏夫妇了解陶祖娟是否有自杀倾向，陶裕民夫妇对此都是不假思索地矢口否定。刑警又分三路分别走访了陶祖娟的班主任和几个跟她关系很好的女生，了解下来，没有人认为陶祖娟有自杀倾向。

当晚，专案组对此专门进行了讨论。关于陶祖娟生前的精神状况是否正常这一点，其实早在其死亡伊始刑警就进行过调查，并没有发现陶祖娟有这方面的倾向，现在的调查也是这样。专案组制订了调查提纲，大致是以下三个方面：一是家庭，二是学校，三是社会。重点着眼于陶祖娟是否遭受过重大压力和挫折，身心是否受到过足以产生自杀念头的严重伤害。那年月，由于政治运动频繁，成年人的压力比较大；但未成年人（当时均以十八周岁或者高中毕业为界）的压力反倒没有如今这样重，学业比较轻松，老师也不会体罚或殴打学生，更没听说过因为忧郁症自杀的青少年。刑警针对上述三方面的调查都未发现异常情况，所以对于陶祖娟是否自杀这个问题难以确定。

可是，柏峰说得言辞凿凿，他明明亲眼看见陶祖娟向小贩买了一包老鼠药的。他的住所距陶家不远，两家属于一个居民小组，平时跟陶祖娟经常打照面，应该不会认错人。陶祖娟瞒着家人买老鼠药准备干什么呢？

专案组讨论许久，始终不得要领。于是，大伙儿定了两个新的调查方向：一是仔细阅读陶祖娟生前留下的日记，二是继续向学校方面进行调查。

调查只进行了半天，竟然就有了重要发现，而且是两路人马都有发现！

这回，组长应参道没有亲自出马，专案组其他六名刑警一分为二，各负责一路调查——

钟跃渊、吴玉鼎、谢云三位负责阅读陶祖娟生前的日记。陶裕民夫妇都是知识分子，对子女的文化教育抓得比较紧，规定子女从三年级开始就必须记日记。陶祖娟记到初一已有四年，日记本用掉了三本半。这些日记本早在陶祖娟出事伊始就已到了专案组手里，诸刑警都浏览过，没有发现什么值得引起重视的内容。不知是否因为父母曾有过关照，反正陶祖娟的日记中从来没有提到过有关政治方面的内容，对家庭生活、与家庭其他成员的接触、玩耍什么的倒是记得很多也很详细。还有，跟同学的交往记得也比较多，但都只叙不评。总之，这个十四岁的少女，并不像大多数同龄人记日记那样，乐意敞开心扉。

三名刑警商量下来，决定先读这四本日记中的最后一本。最后一本只记了半本其主人就死了，时间是从初一上学期开学第一天开始的，记到其被害前几日。刑警选择先读这本日记的理由是，不论陶祖娟是自杀还是他杀，其原因一般说来都应该是在初一上学期这将近半年时间里产生的。如果把这段时间里所记的半本日记研读完还不得要领的话，那就只好再研读前三本了。

三名刑警中文化程度最高的是谢云，这个二十六岁的小伙子是读到大学二年级才辍学的，读的还是中文专业，所以在文字功夫上肯定是技高一筹。钟跃渊、吴玉鼎都把希望寄托在小谢身上，接受任务的当天晚上就把日记本交给他，让他"多辛苦些"。谢云自己也确实想有所发现，当晚一口气就把日记看完，却没有发现什么疑点。

次日，谢云再看。一直看到上午十时许，突然拍案惊呼："这里的用词怎么跟之前不同呢？"

这一说，正在一旁捧着另外三本日记胡乱翻阅着的钟跃渊、吴玉鼎一惊而起，异口同声问："发现了什么内容？"

谢云的发现说来很简单。陶祖娟在1957年12月1日（星期日）的日记里有一句话："下午陪秀妹去公园。"同样的话，在之前的日记中也曾出现过数次，都是跟游公园有关的，但每次都是"和父母（或父亲、母亲、秀妹、远弟）去公园"，从来没有用过"陪"这个动词。

这个发现引起了刑警的警觉。陶祖娟的各科学习成绩都很优秀，语文更是出类拔萃，这也可以从她的日记中得到印证。她的用词一向都很讲究，写作态度也认真，在同样是去公园这件事上，之前一直用"和"，为什么偏偏在那天的日记里用了"陪"呢？"和"与"陪"虽然不过是一字之差，但意思却是不同的，前者表示"主动"，后者则有"被动"的含义。也就是说，那天姐姐并不是"去公园"之举的主动倡议人，或者即使是她提出来的，也是因为其妹妹的原因。12月1日是一个什么日子？或者那天之前陶家发生了什么情况？

这天之前的情况，陶祖娟在日记里是有记录的，就是本文开始时说

匠心·育人

变雅丽自二〇一〇年起,连续十六年深耕语文教育教学,以《语文报》为载体,精心打造二十余种主题报刊,用语言教育点亮学生的心灵之光。

「匠心」育人

教学生一年,想学生十年,想国家百年。变老师将这"三个一"当作自己教书育人的信条。

"熊猫"文学社

在变雅丽老师的带领下,孩子们从一个个懵懂的"熊猫"成长为有思想、有表达的"熊猫"……

啄木鸟·红色侦探系列

有刻度的历史

有故事的大案

特殊年代的生死谍战

红色侦探的热血传奇

东方明 魏迟婴 著

群众出版社

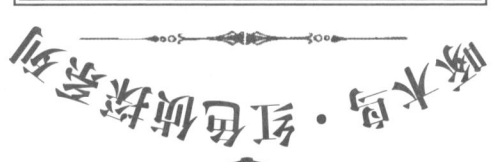

到过的其堂伯父陶裕国从香港来天津，跟陶裕民夫妇商谈过继陶祖娟之事的那段时间。这就是说，关于这件事，姐妹俩因为境遇不同，各自是有各自的想法的。陶祖娟自是高兴，但陶祖秀呢，陶祖娟的日记里没有写过高兴还是不高兴，但从这个"陪"字来分析，肯定是不开心的。而且这种不开心很有可能已经被姐姐发现，姐姐为了安慰妹妹，星期天就陪她去公园散心。姐妹俩可能有话要说，因为陶祖娟在那天的日记里还写到弟弟意欲同往，遭到拒绝，为此她还从自己积攒的零花钱里拿出一角钱送给弟弟，让他买零食，姐妹俩这才得以脱身。

这样看来，姐妹俩在去香港定居这件事上是有矛盾的，妹妹对此事似乎"想不通"，可能还对姐姐使过小性子，借以发泄。这个矛盾，是不是跟本案有关呢？

钟跃渊三人在对此进行讨论的时候，第二路刑警呼知义三人也有了意外发现——

呼知义三人去学校的日子正好是返校日，学生都在学校。刑警请老师把平时跟陶祖娟关系比较好的七名女生请出来，在一间空教室里开座谈会。刑警先是问了些她们平时跟陶祖娟交往的情况，主要是想从侧面了解陶祖娟最近这段时间是否有类似忧郁的情绪表露出来。聊下来，七个女生都说陶祖娟平时一向就很阳光，自从其伯父要将其过继为女儿携往香港定居后，这种阳光可以说上升到灿烂的境界。倒是在同年级另一班级的其妹陶祖秀明显显出一副闷闷不乐的样子，这也可以理解，毕竟在一起生活长达十四年之久的同胞姐妹要分离了嘛。

然后，进入了第二个话题：陶祖娟上学放学是否喜欢跟你们几位一起走？她在途中是否喜欢买东西？那七位女生的回答是：基本上都是一起走的，倒是她妹妹陶祖秀因为不同班、老师又喜欢拖堂，跟她们班级的放学时间有迟早，所以姐妹俩很少一起回家。至于买东西，陶祖娟很少买，倒是陶祖秀喜欢，她们经常看见她在校外的小摊头或者沿街叫卖的小贩那里买些杂七杂八的东西。她们曾听与其同班的女生说过，陶祖秀透露说，她的零花钱用光后，有时会偷偷从父母口袋里顺几毛钱花。

刑警觉得有些跑题了，赶紧往回引，问女生们是否看见陶祖娟买过老鼠药？女生中有一个姓丁的，是七人中最冷静的一位，她问刑警说的是哪一天、哪个时段的事儿。刑警说是元月24日，下午三点钟左右吧。小丁和其他女生交头接耳，互相问那天是星期几，有个女生随身带着的皮夹里放着一张名片大小的彩色年历卡片，当下一查，说那天是星期五，她们在学校上学。小丁的记性好，马上说她想起来了，那天轮到她们小组做值日，她和陶祖娟一直忙到四点钟过后才离校回家，其间陶祖娟一直跟他们在一起，没有离开过。在场七位女生中只有小丁与陶祖娟同一小组，为证实其说法是否准确，刑警随即请老师把小组的其余六名学生叫来，了解下来，证实小丁所言不谬。

中午，两路刑警在分局会合，向组长汇报了调查情况，应参道马上意识到之前那个高度近视加老眼昏花的柏峰认错了人，他所看到的那个买老鼠药的女孩儿，应该是陶祖秀！

专案组刑警顾不上吃午餐，立刻对此情况进行了讨论，很快得出结论：下毒的是陶祖秀，其作案动机是出于对姐姐被伯父选中移民香港的忌妒，还可能是想通过下毒使姐姐患病（不一定是想把姐姐毒死），从而让其伯父改变选择，这样她就可以去香港定居了。

下午一时，刑警前往陶家传讯陶祖秀。进门便闻到一股烟味儿，原来陶祖秀返校时见三个刑警出现在校园里，认出正是侦查两起命案的专案组成员，当下知道情况不妙，回家后第一件事儿就是把自己的日记付之一炬。不过，如果刑警连一个十四岁的女孩儿都对付不过来，那就该改行了。陶祖秀进分局后，也就几个回合便败下阵来，哭着对自己的罪行作了交代。

　　诚如专案组所分析的，陶祖秀是因忌妒而冲陶祖娟下了手。作案过程很简单：她买了姐姐喜欢吃的芝麻糕，把老鼠药用擀面杖碾成粉末后溶于水中，把芝麻糕放入毒液中浸泡片刻，晾干后又在外面滚了一层糖粉。那天夜里，姐妹俩在灯下复习功课时，她把有毒的芝麻糕拿给姐姐。当时，陶祖娟正在解数学难题，随手用纸包了包放进书包，说一会儿再吃。姐姐具体是什么时候吃的那就不清楚了，陶祖秀交代，她真的不想害死姐姐，只不过是想让姐姐大病一场，最好留下后遗症，这样，就会迫使伯父改变主意，让她移民去香港了。

　　连环命案至此终于圆满侦破，这天，正是除夕。

　　五个月后的 1958 年 6 月 20 日，天津市中级人民法院对该案进行宣判：车家耀犯故意杀人罪判处死刑，立即执行；陶祖秀犯故意伤害致死罪，判处有期徒刑十二年，押送少管所羁押改造，待满十八岁后移押监狱继续服刑。

图书在版编目（CIP）数据

"心战专家"落网记 / 东方明，魏迟婴著. -- 北京：群众出版社，2025.01. -- （啄木鸟）. -- ISBN 978-7-5014-6433-3

Ⅰ.Ⅰ247.5

中国国家版本馆CIP数据核字第2024M8Y802号

"心战专家"落网记

东方明　魏迟婴　著

策划编辑：杨桂峰
责任编辑：季伟
文字编辑：杨玉洁
装帧设计/封面插图：王紫华
责任印制：周振东

出版发行：群众出版社
地　　址：北京市丰台区方庄芳星园三区15号楼
邮政编码：100078
经　　销：新华书店
印　　刷：天津盛辉印刷有限公司

版　　次：2025年1月第1版
印　　次：2025年1月第1次
印　　张：15.5
开　　本：787毫米×1092毫米　1/16
字　　数：193千字

书　　号：ISBN 978-7-5014-6433-3
定　　价：58.00元

网　　址：www.qzcbs.com
电子邮箱：qzcbs@sohu.com

营销中心电话：010-83903991
读者服务部电话（门市）：010-83903257
警官读者俱乐部电话（网购、邮购）：010-83901775
啄木鸟杂志社电话：010-83904972

本社图书出现印装质量问题，由本社负责退换

版权所有　侵权必究